U0331176

πολιτικά

　　我(苏格拉底)跟得上你的道路吗？我说，你说的那门专业似乎指政治专业，而且还许诺把男子教成好的政治人？

　　就是就是，他（普罗塔戈拉）说，苏格拉底哟，这正是我的专职。

　　真漂亮，我说，你搞到的这门专业漂亮，要是你真的搞到了的话——我没法不说出自己的真实想法，尤其对你，——其实，我自己一直以为，普罗塔戈拉噢，这专业没办法教。可你现在却那样子说，我不知道该怎么看你的话。不过，为何我觉得这专业不可传授，没法由一个人递给另一个人，还是说清楚才好。

——柏拉图，《普罗塔戈拉》，139a2-319b3

子曰：
可与共学，未可与适道；
可与适道，未可与立；
可与立，未可与权。

——《论语·子罕》

πολιτικά

政治哲学文库

甘阳 刘小枫 | 主编

荷马之志

Odysseus's Problem in Perspective of
History of Western Political Thought

政治思想史视野中的奥德修斯问题

贺方婴 ▮ 著

华东师范大学出版社

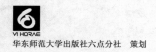

华东师范大学出版社六点分社　策划

本书荣获古典文明研究工作坊2018年"蒲衣子学术奖"

总　序

甘　阳　刘小枫

　　政治哲学在今天是颇为含混的概念，政治哲学作为一种学业在当代大学系科中的位置亦不无尴尬。例如，政治哲学应该属于哲学系还是政治系？应当设在法学院还是文学院？对此我们或许只能回答，政治哲学既不可能囿于一个学科，更难以简化为一个专业，因为就其本性而言，政治哲学是一种超学科的学问。

　　在 20 世纪的相当长时期，西方大学体制中的任何院系都没有政治哲学的位置，因为西方学界曾一度相信，所有问题都可以由各门实证科学或行为科学来解决，因此认为"政治哲学已经死了"。但自上世纪七八十年代以来，政治哲学却成了西方大学内的显学，不但哲学系、政治系、法学院，而且历史系、文学系等几乎无不辩论政治哲学问题，各种争相出场的政治哲学流派和学说亦无不具有跨院系、跨学科的活动特性。例如，"自由主义与社群主义之争"在哲学系、政治系和法学院同样激烈地展开，"共和主义政治哲学对自由主义政治哲学的挑战"则首先发端于历史系（共和主义史学），随后延伸至法学院、政治系和哲学系等。以复兴古典政治哲学为己任的施特劳斯政治哲学学派以政治系为大本营，同时向古典学系、哲学系、法学院和历史系等扩展。另一方面，后现代主义和后殖民主义把文学系几乎变成了政治理论系，专事在各种文本中分析种族、性别和族群等当代最敏感的政治问题,尤其福柯和德里达等对"权力－知识"、"法律－暴力"以及"友爱政治"等问题的政治哲学追问,其影响遍及所有人文社会科学领域。最后,女性主义政治哲学如水银泻地,无处不在,论者要么批判西方所谓"个人"其实是"男性家主",要么强烈挑战政治哲学以"正义"为中心无异于男性中心主义,提出政治哲学应以"关爱"为中心,等等。

以上这一光怪陆离的景观实际表明,政治哲学具有不受现代学术分工桎梏的特性。这首先是因为,政治哲学的论题极为广泛,既涉及道德、法律、宗教、习俗以至社群、民族、国家及其经济分配方式,又涉及性别、友谊、婚姻、家庭、养育、教育以至文学艺术等表现方式,因此政治哲学几乎必然具有跨学科的特性。说到底,政治哲学是一个政治共同体之自我认识和自我反思的集中表达。此外,政治哲学的兴起一般都与政治共同体出现重大意见争论有关,这种争论往往涉及政治共同体的基本信念、基本价值、基本生活方式以及基本制度之根据,从而必然成为所有人文社会科学的共同关切。就当代西方政治哲学的再度兴起而言,其基本背景即是西方所谓的"60 年代危机",亦即上世纪 60 年代由民权运动和反战运动引发的社会大变动而导致的西方文化危机。这种危机感促使所有人文社会学科不但反省当代西方社会的问题,而且逐渐走向重新认识和重新检讨西方 17 世纪以来所形成的基本现代观念,这就是通常所谓的"现代性问题"或"现代性危机"。不妨说,这种重新审视的基本走向,正应了政治哲人施特劳斯多年前的预言:

> 彻底质疑近三四百年来的西方思想学说是一切智慧追求的起点。

政治哲学的研究在中国虽然才刚刚起步,但我们以为,从一开始就应该明确:中国的政治哲学研究不是要亦步亦趋与当代西方学术"接轨",而是要自觉形成中国学术共同体的独立视野和批判意识。坊间已经翻译过来不少西方政治哲学教科书,虽然对教书匠和应试生不无裨益,但从我们的角度来看,其视野和论述往往过窄。这些教科书有些以点金术的手法,把西方从古到今的政治思想描绘成各种理想化概念的连续统,盲然不顾西方政治哲学中的"古今之争"这一基本问题,亦即无视西方"现代"政治哲学乃起源于对西方"古典"政治哲学的拒斥与否定这一重大转折;还有些教科书则仅仅铺陈晚近以来西方学院内的细琐争论,造成"最新的争论就是最前沿的问题"之假象,实际却恰恰缺乏历史视野,看不出当代的许多争论其实只不过是用新术语争论老问题而已。对中国学界而言,今日最重要的是,在全球化时代戒绝盲目跟风赶时髦,始终坚持自己的学术自主性。

要而言之,中国学人研究政治哲学的基本任务有二:一是批判地考察西方政治哲学的源流,二是深入疏理中国政治哲学的传统。有必要说明,本文库两位主编虽近年来都曾着重论述施特劳斯学派的政治哲学,但我们决无意主张对西方政治哲学的研究应该简单化为遵循施特劳斯派路向。无论对施特劳斯学派,还是对自由主义、社群主义、共和主义或后现代主义等,我们都主张从中国的视野出发深入分析和批判。同样,我们虽强调研究古典思想和古典传统的重要性,却从不主张简单地以古典拒斥现代。就当代西方政治哲学而言,我们以为更值得注意的或许是,各主要流派近年来实际都在以不同方式寻求现代思想与古典思想的调和或互补。

以自由主义学派而言,近年来明显从以往一切讨论立足于"权利"而日益转向突出强调"美德",其具体路向往往表现为寻求康德与亚里士多德的结合。共和主义学派则从早年强调古希腊到马基雅维里的政治传统逐渐转向强调罗马尤其是西塞罗对西方早期现代的影响,其目的实际是缓和古典共和主义与现代社会之张力。最后,施特劳斯学派虽然一向立足于柏拉图路向的古典政治哲学传统而深刻批判西方现代性,但这种批判并非简单地否定现代,而是力图以古典传统来矫正现代思想的偏颇和极端。当然,后现代主义和后殖民主义各派仍然对古典和现代都持激进的否定性批判态势。但我们要强调,当代西方政治哲学的各种流派无不从西方国家自身的问题出发,因而必然具有"狭隘地方主义"(provincialism)的特点,中国学人当然不应该成为任何一派的盲从信徒,而应以中国学术共同体为依托,树立对西方古典、现代、后现代的总体性批判视野。

中国政治哲学的开展,毫无疑问将有赖于深入地重新研究中国的古典文明传统,尤其是儒家这一中国的古典政治哲学传统。历代儒家先贤对理想治道和王道政治的不懈追求,对暴君和专制的强烈批判以及儒家高度强调礼制、仪式、程序和规范的古典法制精神,都有待今人从现代的角度深入探讨、疏理和发展。近百年来粗暴地全盘否定中国古典文明的风气,尤其那种极其轻佻地以封建主义和专制主义标签一笔抹煞中国古典政治传统的习气,实乃现代人的无知狂妄病,必须彻底扭转。另一方面,我们也并不同意晚近出现的矫枉过正,即以过分理想化的方式来看待儒家,似乎儒家或中国古典传统不但与现代世界没有矛盾,还包含了解决一切现代问题的答案,甚至以儒家传统来否定"五四"以来的中国现代传统。深入研究儒家和中国古典文明不应采取理想化的方式,而是要采取问题化的方式,重要的是展开儒家和中国古典传统内部的问题、矛盾、张力和冲突;同时,儒家和中国古典传统在面对现代社会和外部世界时所面临的困难,并不需要回避、掩盖或否认,倒恰恰需要充分展开和分析。中国政治哲学的开展,固然将以儒家为主的中国古典文明为源头,但同时必以日益复杂的中国现代社会发展为动力。政治哲学的研究既要求不断返回问题源头,不断重读古代经典,不断重新展开几百年甚至上千年以前的古老争论,又要求所有对古典思想的开展,以现代的问题意识为归依。古老的文明中国如今已是一个高度复杂的现代国家,处于前所未有的全球化格局之中,我们对中国古典文明的重新认识和重新开展,必须从现代中国和当代世界的复杂性出发才有生命力。

政治哲学的研究在我国尚处于起步阶段,无论是批判考察西方政治哲学的源流,还是深入疏理中国政治哲学传统,都有待学界同仁共同努力,逐渐积累研究成果。但我们相信,置身于 21 世纪开端的中国学人正在萌发一种新的文明自觉,这必将首先体现为政治哲学的叩问。我们希望,这套文库以平实的学风为我国的政治哲学研究提供一个起点,推动中国政治哲学逐渐成熟。

2005 年夏

"漫游者"(der Wanderer)说：为了从远处一下子看清我们欧洲的道德品质(Moralität)，以便用别的、先前的或正在到来的道德品质衡量它，必须像一个漫游者所做的那样去做，即他为了要知道一座城里的那些塔楼(die Thürme)究竟多高，他离开了这座城。

　　——尼采,《快乐的科学》,卷五,格言 380(刘小枫译文)

献给我的外祖母，她动荡一生，却没有自己的名字……

目　录

前　言

一

《奥德赛》的谋篇布局令人着迷。

全诗的叙事以奥德修斯之子特勒马科斯（Telemachus）出海找寻父亲踪迹开篇（前四卷），当时，伊塔卡城邦因国王奥德修斯远征特洛伊长达 20 年未归而陷入失序状态。一个政治体若没有王者在场，魑魅魍魉必然蠢蠢欲动，贵族子弟们以向奥德修斯妻子佩涅罗佩（Penelope）求婚为名，每日在王宫中饮酒作乐，狎戏宫婢。这些求婚人还密谋杀死已经成人的王子特勒马科斯，审慎的王后佩涅罗佩无计可施，只能隐忍拖延。

伊塔卡城邦危机重重，偷偷离开家乡寻找父王的特勒马科斯先是去了皮洛斯城（Pylos，第三卷），后来到了斯巴达（第四卷）。在那里，国王墨涅拉奥斯（Menelaus）兴致勃勃地给这位异乡王子讲述了自己所见过的人间最好的地方利比亚是什么样子（4.85－89）。

直到第五卷，诗人才让王者奥德修斯正式出场。当时，他孤身滞留女神卡吕普索（Calypso）的仙岛已经 7 年，泪水涟涟思念故乡。20 年前随他出征的伊塔卡子弟兵们全都命丧异乡。

第五卷到第十三卷可以"奥德修斯的归程"为题。从结构上看,算是《奥德赛》戏剧的第一幕,而前四卷仅仅是序幕。诗人在第一幕就让我们看到,奥德修斯所经历过的返乡之旅何其艰难,而这一经历无异于奥德修斯政治德性的历练。

二

整个第五卷至第十三卷的叙事发生在费埃克斯人(Phaeacians)的城邦费埃克斯(Phaiakis)。正是在费埃克斯人的这个岛国,奥德修斯讲述了自己的经历,并从这里再次起航返回故土伊塔卡。

费埃克斯人本来居住在陆上,与圆目巨人族为邻。由于圆目巨人族野蛮强横,费埃克斯人虽然有王者和家长式的政体,还擅长生存技艺,仍不敌强邻欺侮,被迫迁离大陆,来到孤悬海上的斯克里埃岛(Scheria),建立了新的海岛城邦。

圆目巨人这个族群与费埃克斯人的新城邦分别以陆地和海洋为基础,在今天让人觉得意味深长,不过是我们这些后现代人的自我代入。因为费埃克斯人崇拜技术,以智识治邦,有高超的航海术、耕作术、纺织术,再加上这个城邦位于远离大陆的海岛,看起来颇像是近代哲人发明的乌托邦。费埃克斯是否就是后世乌托邦文学的滥觞,还不好说,但至少在奥德修斯眼里,费埃克斯城正是人世间的最佳城邦,因为他曾情不自禁地赞颂说:

> 在我看来,这是最最美好的东西(τοῦτό τί μοι κάλλιστον 9.9)。

对一个真正的王者来说,"最最美好的东西"除了是"最美的"政治体,不会是别的什么东西。然而,对一个政治体来说,何谓"最最美好"或"最佳"（κάλλιστον）呢？笔者将这个问题称为"奥德修斯问题"。

再看特勒马科斯这边，斯巴达王继续在向未来的王者讲述他眼中的最佳城邦。尽管诗人并未着墨，我们能够体会到，斯巴达国王所讲述的最佳城邦与奥德修斯眼下看到的费埃克斯城有一种对应关系：虽然都是最佳城邦，却有品质上的差异。

应该说，诗人荷马让我们看到，在不同德性的王者眼中，最佳城邦有相当大的差异。利比亚城在陆上，其丰饶出于自然所赐，而费埃克斯城孤悬大海，其丰饶则来自费埃克斯人擅长的生存技艺。换言之，这个孤悬大海的岛国是凭靠人为技艺打造出来的最佳城邦。

通常认为，技术与自然的关系是雅典民主时期的智术师提出的政治思想主题，现在我们恐怕需要修改这样的看法，因为，这个主题在荷马笔下已经出现了。

三

可以说，《奥德赛》的前四卷作为序幕引出了何谓天下的最佳城邦问题。

在《奥德赛》前四卷先后出现了三种天下城邦，即伊塔卡、皮洛斯和斯巴达。它们代表着三种现实的城邦样式，即失序的城邦、虔敬的城邦、欲望的城邦。如果利比亚与费埃克斯分别凸显了自然富足与人为技艺的对比，那么，伊塔卡、皮洛斯和斯巴达的对比则凸显了城邦的政治品质的优劣对比。

失序、虔敬、欲望呈现了三种政治状态，但显得并不是平行的对比关系。生活得虔敬与生活在欲望之中形成对比，而失序对应有序，但虔敬的皮洛斯是有序的城邦吗？斯巴达国王眼中的利比亚与奥德修斯眼中的费埃克斯是有序的城邦范例吗？

无论如何,奥德修斯是伊塔卡的国王,他的城国处于失序状态,他的儿子被迫离开城邦寻找父亲。由此我们或可说,奥德修斯和特勒马科斯这对父子都在寻求有序城邦的实际范例。皮洛斯和斯巴达仅仅是特勒马科所看到的有序与失序的城邦范例,奥德修斯看到的有序与失序的城邦范例是什么呢?

奥德修斯是失序城邦的国王,他要寻求有序城邦的最佳范例,完全可以理解。墨涅拉奥斯是欲望的城邦的国王,他心目中的有序城邦的最佳范例是利比亚。因此我们可以问:费埃克斯会是奥德修斯所看到的有序城邦的最佳范例吗?

我们已经能够意识到诗人荷马摆在奥德修斯面前的问题:他即将踏足的费埃克斯城真的会是他心目中的有序城邦吗?为什么宙斯要安排他在见识过各种城邦之后,最后才让他见识这个以生存技艺见长的城邦?

不难设想,宙斯神族最喜爱的天下城邦是虔敬的城邦,以生存技艺见长的城邦若不虔敬,肯定为神族所不容。对宙斯来说,所谓有序首先指虔敬,既非凭靠自然丰饶居高自傲,也非凭靠技艺优长得意忘形。

由此看来,奥德修斯出场之时,他将面临最后的考核:选择虔敬还是选择欲望。显然,虔敬之人不会在乎生活得是否富足或有技艺能力,欲望之人才会如此。

在奥德修斯眼中,与费埃克斯城对比的是圆目巨人族,这个族群远比特勒马科斯看到的斯巴达险恶,对邻邦的威胁更大。[①] 由此可以理解,《奥德赛》第一幕中所展示的费埃克斯人族与圆目巨人族,成了后来的西方政治哲人思考人类政治生活的起点:古典哲

---

① 《奥德赛》第四卷(4.175—180)中,斯巴达王墨涅拉奥斯甚至霸道地对特勒马科斯宣称,为了安置他的战友奥德修斯,他可以在斯巴达城近旁腾出一座空城来安置奥德修斯一家及其子民。至于城中原有的居民生活是不是陷于破碎,整族人是否要被迫背井离乡,这些都不在斯巴达王的考虑范围之内。

人如柏拉图、亚里士多德、卢克莱修，现代哲人如莫尔、培根、孟德斯鸠、卢梭，在思考政体问题时无不返回到这一起点。

《奥德赛》中的思想母题让后世的思想者受用无穷，理想政体的母题就是例证之一。

四

从第五卷开始的奥德修斯故事在第十四卷进入第二幕：奥德修斯踏上故土，重整城邦秩序。

奥德修斯刚踏上故土，雅典娜就安排他的儿子特勒马科斯紧跟着在次日清晨也返回故土（第十五卷）[①]：奥德修斯仅仅比特勒马科斯提前一晚回到伊塔卡，似乎特勒马科斯的离城寻父之旅与奥德修斯的返乡之旅平行，各自经历了属己的德性历练。接下来我们看到，父子在城外重逢，共同商讨如何联手剪灭城邦中的动乱制造者——众求婚人。

从第十四卷至第二十四卷明显是《奥德赛》戏剧的第二幕，可以题为"王者奥德修斯重整城邦秩序"。第一幕与第二幕的关系很清晰：经过德性上的历练，奥德修斯和他的儿子都已经懂得，对政治体来说，何谓"最最美好的东西"。在重整城邦秩序的过程中，奥德修斯充分展示了自己的政治德性。

现在我们值得问：诗人荷马如此谋篇的意图何在？为什么荷马以特勒马科斯亲身经历三种现实中的城邦作为整部戏剧的序幕，又让两位现实中的王者讲述自己所看到的最佳城邦？尤其是，奥德修斯所经历的费埃克斯人的海岛城邦对于特勒马科斯作为未

---

① 关于《奥德赛》的叙事结构分析可参见：Irene J，F，De Jong，*A Narrato Logical Commentary on the Odyssey*，Cambridge：Cambridge University Press，2011，Appendices A，p588。

来的王者教育来说,意味着什么?

我们不妨这样设想:诗人荷马自觉地担当特勒马科斯的傅保甚或未来所有希腊王子的傅保,肩负起教育王子的永恒使命。前四卷是为受教育的王子铺设的政治处境:每一个未来的王者都应该寻找理想的父亲——德性高妙的君王。接下来的第一幕即奥德修斯返乡的故事是诗人荷马为教育王子而导演的一部戏剧,通过观看这部戏剧,王子将会懂得好君王应该是什么样,以及他要经过怎样的磨炼才能成德。

柏拉图的《王制》(又译《理想国》)的结构与《奥德赛》在这一点上十分相似:第一卷展现了一个教育场景,随后的九卷上演了一部大戏(同样可以分为两幕:上行和下行),让这个场景中的人通过观看这出大戏认识何谓真正的王者。两者的差异在于:诗人荷马要教育的是王子,柏拉图要教育的是有政治热情的城邦青年。

时代变了,民主政体取代了王政。尽管如此,何谓最佳城邦的问题不会因此而消失。对于政治共同体来说,何谓“最最美好的东西”是一个永恒的问题。

17 世纪后期,法兰西王国在路易十四国王的带领下强劲崛起,积极赶超西班牙和英格兰。正是在这样的历史时刻,费奈隆作为路易十四的皇孙的傅保写下了《特勒马科斯历险记》。这部《奥德赛》前四卷的仿作没有续写应该让王储观看的大戏,这并非不可思议,因为,他置身于新的启蒙时代,还没有把握如何编写教育未来王者的大戏的情节和内容。

仅仅半个世纪之后,卢梭的《爱弥儿》完成了费奈隆没有完成的大戏。换言之,卢梭的《爱弥儿》相当于《奥德赛》的仿作,当然也是柏拉图《王制》的仿作。

荷马的传世之作《奥德赛》所蕴含的核心教诲究竟是什么,两千多年来众说纷纭,迄今仍然难有共识。本书认为,从中国文明传统的视角来看,《奥德赛》蕴含的核心教诲是:希腊人得到神的眷顾，让他们的王者懂得，什么是真正的政治德性。

五

要说《奥德赛》称得上西方政治哲学的首部经典之作，绝不为过。问题在于，我们应该从何入手去理解《奥德赛》所蕴含的核心教诲。

笔者认为，奥德修斯与费埃克斯人的故事是关键。

笔者仿用古希腊的肃剧形式结构全书，以奥德修斯之子离开伊塔卡的寻父历程（前四卷）开启绎读《奥德赛》的序幕，但对第一幕的识读仅聚焦于奥德修斯与作为最佳城邦的费埃克斯岛国的关系。本书的第二场考察柏拉图笔下的荷马引诗，以《普罗塔戈拉》、《会饮》、《斐多》、《吕西斯》这四部对话作品中的荷马引诗，串联起苏格拉底的"奥德修斯式"言辞行动，由此替代《奥德赛》的余下部分，即奥德修斯在返回伊塔卡前后所展现的政治德性。

"突转"部分将研究目光转向西方现代思想史，但与第一场所关注的费埃克斯城问题相关，仅聚焦两个问题：第一，荷马在古今之争中的处境；第二，现代欧洲哲人的最佳城邦与《奥德赛》的关系。

最后以施米特的《大地的法》收尾。这部现代政治哲学的经典之作看似与《奥德赛》没什么关系，其实不然。因为，如施米特所言，荷马毕竟是西方文明第一位探究"大地的法"的伟大思想者。

本书在"突转"之后止步，因为接下来的第三场将转向圆目巨人族在西方政治思想史上的行程，这个主题只能留待下一个专题研究。

本书尝试从政治思想史的视角而非从人类学或实证史学的古典学视角释读《奥德赛》，因为笔者相信，跟随政治思想史上的大智慧者阅读经典，才会享受到爱智慧和爱学识的快乐。

本书中的一些章节曾以单篇论文形式刊发于《中国人民大学学报》、《学术月刊》、《古典学研究》等学刊(统入本书时均有增订),谨致谢忱。

2018 年 12 月
于中国社科院外国文学研究所

文献说明

本书涉及的经典作品主要有荷马的《奥德赛》、柏拉图的六部对话、维柯的《新科学》和卢梭《致达朗贝尔的信》，这里对所用文献略作说明，其余参考文献，详见书后所列。

荷　马

凡引《奥德赛》，采用王焕生先生译本（上海：上海译文出版社／上海人民出版社，2017），仅随文注明卷数和诗行。个别语词有所改动，不一一出注。

凡有改动，主要依据 Homer，*Homeri Opera in five volumes*，D. B. Munro，T. W. Allen 编，Oxford University Press，1920；参考 *L'Odyssée*. trad. par Médéric Dufour et Jeanne Raison，Paris：Libraris Garnier Frères，1947；*The Odyssey of Homer*，trans. and with an introduction by Richmond Lattimore，New York：Harper Collins，1967；Homer，*The Odyssey*，trans. by Peter Green，California：University of California Press，2018。

文本笺释主要依据：Heubeck Alfered／West Stephanie／J. B. Hainsworth 编，*A Commentary on Homer's Odyssey*，New York：

Oxford University Press，1988/1989/1992（凡引本书简称"Heubeck 笺释"）；A. F. Garvie 编，Homer，*Odyssey*，New York：Cambridge University Press，1992/1994/2010/2013（凡引本书简称"Garvie 笺释"）。

柏 拉 图

凡引柏拉图对话作品,采用以下译本：

《王制》,王扬译,北京：华夏出版社,2018；

《柏拉图四书》,刘小枫译,北京：生活·读书·新知三联书店,2015；

《苏格拉底的申辩》,吴飞译,北京：华夏出版社,2017；

《吕西斯》由笔者试译,依据 Burnet 校勘本（*Platonis Opera*，Oxford：Clarendon Press，1909）,参考 David Bolotin 英译注疏本（*Plato's Dialogue on Friendship*，Cornell University Press，1979）；Terry Penner/ Christopher Rowe 英译注疏本（*Plato's Lysis*，Cambridge University Press，2005）；Louis-André Dorion 法译本（*Charmide*，*Lysis*，Paris：GF-Flammarion，2004）；戴子钦中译本（《柏拉图〈对话〉七篇》,沈阳：辽宁教育出版社,1996）。

亚里士多德

凡引亚里士多德作品,采用以下译本：

亚里士多德,《政治学》,颜一、秦典华译,《亚里士多德全集》第九卷,苗力田主编,北京：中国人民大学出版社,1994。引文凡有改动,根据 *The Complete Works of Aristotle*，ed. by Jonathan Barnes，Princeton University Press，Princeton，N. J. 1991。亚里士多德,《尼可马各伦理学》,廖申白译,北京：商务印书馆,2003。

维　　柯

凡引维柯《新科学》,采用朱光潜译本(北京:商务印书馆,1989)。该译本主要依据 Bergin 和 Fisch 于 1968 年出版的英译本 *The New Science of Giambattista Vico*(Cornell University Press,1968),其底本为尼柯里尼(Fausto Nicolini)在 1928 年编订出版的意大利文通行本《新科学》(1744 版)。尼柯里尼和克罗齐参照《新科学》第二版校改维柯曾经付印过的第三版,并以数字和字母给全书段落编序,Bergin 和 Fisch 沿用这一标注方式,朱光潜中译本同样如此,维柯研究引用文本时均采用这种编码,而非标示页码。

本书引《新科学》缩写为 NS,译文凡有改动依据意大利文本:*La Scienza Nuova*,*introduzione e note di Paolo Rossi*,Milan:Biblioteca Universale Rizzoli,1977,参照 Bergin 和 Fisch 的英译本和 Leon Pompa 的英译本(*Vico:The New Science*;北京:中国政法大学出版社,2003)。除非特别需要,不再一一出注。

卢　　梭

本书凡引卢梭《致达朗贝尔的信》均由笔者试译,采用的版本是卢梭于 1762 年亲自修订、由卢梭好友、阿姆斯特丹出版商雷伊(Marc Michel Rey)出版的第三版,卢梭的改动都保留在注释中。这是西方卢梭研究学界公认的定本,英语和法语学界的注释本皆采用此底本,包括王子野先生从俄文转译的中译本《论戏剧》。李平沤翻译的《致达朗贝尔的信》(北京:商务印书馆,2011)采用 1967 年 Michel Launay 编注的 Flammarion 版。

本书参考的法文笺注本主要有:1. Brunel 编本(Hachette,

Paris，1916）；2. Jean Varloot 编本（Folio-Gallimard，1987）；
3. Marc Buffat 编本（GF-Flammrio，2003）。

英译本参考布鲁姆（Allan Bloom）的编译本（*Politics and the Arts*：*J.* -*J*. *Rousseau Letter to M. d'Alembert on the Theatre*，Ithaca，Cornell University，1968）。

序　幕
奥德修斯之子特勒马科斯的游历

　　立法者应该接受一种特殊的教育,王室子弟们不是在骑术和战争术上显得训练有素吗? 正如欧里庇得斯说:"我不要那些奇技淫巧,只求治国良方。"

——亚里士多德《政治学》1277a18—19

引　言

　　1689 年,38 岁的法国天主教神父费奈隆(François Fénelon,
1651−1715)被擢升为太子保傅,受命教育法王路易十四(1638 −
1715)的皇孙,即年仅 7 岁的勃艮第公爵(Duke of Burgundy,1682 −
1712),这位淘气的小公爵是法兰西王位的法定继承人。为了引导
他的心智,费奈隆精心写作了一部教育小说《特勒马科斯历险记》
(成于 1693−1694)。①

　　在费奈隆的传世之作中,这部作品对后世影响最大,与波舒哀
(Jacques-Bénigne Bossuet,1627−1704)的《普遍历史》齐名,法国
文史家称此书是“一把打开 18 世纪想象博物馆的金钥匙”。② 在
费奈隆的这部小说的引导下,任性顽劣的公爵变得举止有度,谨慎
自制,《特勒马科斯历险记》一书也因此而声名大噪。据说,这部小
说在 18 世纪所拥有的读者仅次于圣经,后世也出现了不少模仿
之作。③

---

① Fénelon, *Les leçons de la fable. Les Aventures de Télémaque*, éd. par Delphine
　 Reguig-Naya, Paris, 2009, Chapitre 3; Fénelon, *Telemachus, Son of Ulysses*, trans
　 and notes by Patrick Riley, Cambridge University Press, 1994, xiv; Fénelon, *The
　 Adventures of Telemachus, the Son of Ulysses*, ed. by Brack Jr. , trans. by Tobi-
　 as Smollett, University of Georgia Press, 2014; 比较 Paul Janet, *Fénelon, His Life
　 and Works*, trans. and ed. by Victor Leuliette, Kennikat Press, 1970, pp. 155−
　 171。

② Jean-Claude Bonnet, *La Naissance du Pantheon: Essai sur le culte des grands hom-*
　 mes, Paris: Fayard, 1998.

③ 关于《特勒马科斯历险记》的影响,参见 Fénelon, *Telemachus, Son of Uly*sses, Pat-
　 rick Riley 英译本导言,前揭,页 xvi−xvii。

《奥德赛》的前四卷讲述了奥德修斯的儿子特勒马科斯出海探寻父亲音讯的故事,费奈隆化用这个故事,让他笔下的特勒马科斯在密涅瓦女神(智慧女神)化身的门特斯(Mentes)陪伴下出海寻父,以此为线索,在智慧的引导下见识沿途所见各国的政体与习俗,历尽艰险。最终,特勒马科斯带着王者的眼光与见识返回伊塔卡。

费奈隆一方面以故事教育王储,培养他的政治眼光,另一方面又借此表达了他本人对法国政体改革的政治主张:书中虚构的城邦"贝提克"(Bétique)成了费奈隆暗中鼓动法国君主推行政体改革的楷模。费奈隆的政治主张是,改革绝对君主制,施行有限君主制。费奈隆的政治主张和写作方式对启蒙时期思想家的影响,可见于达朗贝尔(1717—1783)的《费奈隆颂》(*Eulogy of Fénelon*),孟德斯鸠(1689—1755)的《波斯人的信札》据说都是在模仿费奈隆,即采用游记形式表达政治观点。卢梭(1717—1778)的《爱弥儿》把《特勒马科斯历险记》奉为圭臬:在《爱弥儿》第五卷,我们看到,在导师的精心安排下,爱弥儿外出游历时随身携带着费奈隆的《特勒马科斯历险记》。

费奈隆的《特勒马科斯历险记》是写给法兰西未来君王的书,卢梭的《爱弥儿》显然不是教育王子,它要教育谁呢?无论是谁,都绝不可能如作者在书中所言,是要教育所有公民。我们也许可以说,卢梭想要教育未来民主时代的潜在王者,让他们懂得如何面对各种政治难题,在智慧的陪伴下重新返回"伊塔卡"。

一 《奥德赛》前四卷的结构与意图

凭靠费奈隆和卢梭等先哲的眼光重读《奥德赛》前四卷,笔者解决了一个长期以来的困惑:这四卷对于整部《奥德赛》而言意味着什么？为什么荷马以奥德修斯的儿子特勒马科斯出海探寻父亲音讯的故事开篇？

　　这并非仅仅是笔者才有的困惑，历来不少研究者对于这四卷的结构及其在整部《奥德赛》中的作用也不得其解：以奥德修斯返乡之旅为叙事主线的《奥德赛》，居然以四卷篇幅记述一些与奥德修斯返乡经历无关的事情。直到第五卷，主人公奥德修斯才出场，而他在前四卷完全缺席。[1]

　　就整部《奥德赛》而言，头四卷完全可以独立成篇，是一个完整的"特勒马科斯离乡之旅"的故事。由于这四卷显得完全游离于整部史诗之外，有论者认为，这表明史诗作者的手法不成熟，很可能是口传时期的歌手现场演唱的临时之作。[2]

　　然而，从特勒马科斯作为潜在王者的身份入手来看前四卷，正如费奈隆和卢梭的慧眼所见，开篇四卷所记述的潜在王者的成长和教育历程，为整部《奥德赛》奠定了基调：特勒马科斯难道不像是离乡之前的奥德修斯吗？诗人似乎暗示：两代伊塔卡的王者都必须离开故土，才能在返回后认识故土的本相，而这种返回必然带来城邦的更新，甚至带来一场革命。

　　当然，奥德修斯与特勒马科斯的返回具有不同的意味。因此，我们值得问：王者的离乡对于王者的成长意味着什么？特勒马科斯在《奥德赛》前四卷的离乡故事的政治喻义是什么，这个故事与奥德修斯的离乡故事有何内在关系？探究这些问题，对笔者来说，极具挑战也让人愉悦。

　　首先，《奥德赛》前四卷让我们看到三个城邦，即伊塔卡、皮洛斯和斯巴达。它们显得品质各异，分别代表现实中的三种城邦样

---

①　Heubeck：1988 笺释，p. 67。

②　Milman Parry，*The Making Homeric Verse*，ed. by Adam Parry，NewYork：Oxford University Press，1987，pp. 267—269。

式：失序的城邦、虔敬的城邦、欲望的城邦。王子特勒马科斯属于伊塔卡，他理解自己所属的甚至将要统治的这个城邦吗？诗人似乎暗示，特勒马科斯只有在认识另外两个城邦的前提下，才能认识自己所属的城邦。

城邦伊塔卡和特勒马科斯的出场，都有智慧女神雅典娜的显身，似乎唯有在智慧的帮助下，特勒马科斯才能看清所属城邦的内在品质。

这三个首先出场的现实城邦与第六卷后出场的斯克里埃岛，圆目巨人库克洛普斯部落形成对照，似乎共同构成反思最好的城邦政体的现实基础。用今天的话说，现实的城邦就是政治状态，即处于自然状态与理想状态之间的状态。倘若如此，我们就可以说，《奥德赛》隐含着这样一个主题：在一种现实与理想的张力之中探讨什么是人类最好的生活方式。不仅如此，诗人还设计了一种城邦之外的视角，即神的视角，似乎诸神也在俯视察看特勒马科斯面对的三个城邦，或者说，特勒马科斯还需要置身于城邦之外来审视政治共同体的优劣。

失序的伊塔卡

《奥德赛》前四卷出现的三个城邦中，唯独伊塔卡处于内在冲突之中。通过雅典娜之口，荷马一开始就描述了年迈的先王拉埃尔特斯（Laertes）的危难处境（1. 189—193），暗示奥德修斯与父亲拉埃尔特斯之间的权力交接可能存在不义。[1] 在奥德修斯远征特洛伊的 20 年中，伊塔卡一直处于王权空位状态：先王拉埃尔特斯避居乡下，王后佩涅罗佩被排除在实际统治之外。特勒马科斯曾这样面斥母亲佩涅罗佩：

> 现在你还是回房去操持自己的事情，看守机杼和纺

---

[1] Heubeck：1988 笺释，p. 101。

锤,吩咐那些女奴们认真干活,谈话是所有男人们的事情,尤其是我,因为这个家的权力属于我。(1.356—359)

事实上,不仅伊塔卡的王权不属于特勒马科斯,即便在自己家里,他也没有管治权力。由于王者长期缺席,克法勒涅斯(Cephallenians)①的贵族子弟结成的 114 名求婚人团伙实际操控着城邦。② 失去君主的城邦处于随时分裂和发生内乱的危急状态:一群游手好闲的贵族子弟以求婚为名长期霸占王室,王后佩涅罗佩为保护幼子特勒马科斯,忍辱负重与这些无赖周旋。城邦如此混乱、失序,让我们看到,一个已经进入文明状态的政治体仍然可能退回到实质上的自然状态。借用当今一位政治学家的说法:

在自然状态中,一个人可能缺少力量来强行他的权利,他也可能没有能力惩罚一个侵犯其权利的强大对手和索取赔偿。③

《奥德赛》把陷入自然状态中的城邦作为叙事的开端,就此而言,诗人讲述了一个城邦从混乱失序走向秩序重建的过程。在这幅气势恢宏的史诗画卷中,特勒马科斯站在这一宏大叙事的起点,或者说他的成长过程就是伊塔卡城逐步堕落,一步步陷入最坏状态的过程。

因此,特勒马科斯的成长与伊塔卡城的堕落,刚好形成互为反

---

① 在《伊利亚特》和《奥德赛》中,荷马用这个集合名词来指称奥德修斯的臣属们。Heubeck:1988 笺释,p. 118;Garvie:2013 笺释,p. 222。

② 在《奥德赛》第十六卷牧猪奴向奥德修斯汇报了求婚人团伙的人员构成,见16.246—254。

③ 诺齐克,《无政府、国家和乌托邦》,姚大志译,北京:中国社会科学出版社,2008,页13。

向的运动。通过展现城邦的最坏状态,诗人提出了这样的问题:王者缺席的城邦是否有必要重新迎回自己的君王? 返回属己城邦的王者又该如何为已经降至自然状态的城邦重建政治秩序?

王者为什么要出城?

由此来看,整部《奥德赛》的结构发人深省:第五卷至第十二卷描述海外漂泊的奥德修斯在返城之前的种种奇遇与所见所闻,尤其是他见识过城邦的两极:最好的政治共同体(费埃克斯国)和最坏的前政治状态(圆目巨人族部落)。从第十三卷起,诗人用全诗一半篇幅集中展现回城的王者如何重建伊塔卡王国政治秩序。

倘若以城邦为界,《奥德赛》前半部分主要讲述离开共同体的王者的域外之行,后半部分讲述王者返回共同体后的行动,两部分共同构成了王者的完整行动链。头四卷所讲述的特勒马科斯离乡寻父的故事,则是这个链条上不可或缺的关键环节,与奥德修斯的返城之旅共同构成王者在城邦之外的政治行动。特勒马科斯所见识的三个现实城邦,与奥德修斯所经历的最好和最坏的"言辞中的城邦",则共同构成了城邦的整全面相。因为,费埃克斯人的斯克里埃岛与圆目巨人洞穴都是奥德修斯个人经历过的地方,严格来说,这两个地方仅仅存在于他的讲述与回忆之中,是王者在回忆中构建的言辞城邦。

我们还应该注意到,对奥德修斯初到费埃克斯人居住的斯克里埃岛和返回伊塔卡时的描写,诗人采用了相同的叙事模式:昏睡-苏醒。甚至奥德修斯苏醒后的第一句话的自我询问句式也相同:

> 天哪,我如今到了什么样的国土? 这里的居民是强横野蛮,不正义,还是好客,敬神?(6.119—121)

　　这显然不是信笔所至,因为,奥德修斯的船队初到圆目巨人们居住地时,诗人也采用了相同的句式来探询此地的情况。尤其是奥德修斯对伊塔卡的描述,与他对斯克里埃岛地理位置的描述极其相似(对观 9.21－28,6.204－205)。换言之,斯克里埃岛与伊塔卡的自然环境相同,政治品质则相异。伊塔卡、斯克里埃岛、圆目巨人们生活的山区,显得分别具有如下三种特征:不正义、好客与野蛮(6.119－121,13.200－201,9.175－176)。似乎斯克里埃岛是伊塔卡理应达到的状态,而圆目巨人的自然状态则是伊塔卡的现状。求婚者的生活方式与第六卷中我们所看到的费埃克斯人悠闲、享受的宴饮理想生活方式,处于一种平行叙事关系之中。这也许意味着,诗人提醒我们思考,政治共同体中的幸福是否一定依赖于王者的统治。[①]

　　与此相应,奥德修斯在圆目巨人波吕斐摩斯的洞中和他重返伊塔卡时都隐匿了本名,采用化名。失去名字意味着失去了王者身份,除非他重新获得王权,否则,奥德修斯将永远失去他的真实身份。与此相反,留在伊塔卡的特勒马科斯虽以本名居王子之位,却由于城邦的失序而不能获得应有的权柄,他的王储身份形同虚设。对他来说,最要紧的是想方设法夺回王位继承权,成为伊塔卡城名实相符的王者。换言之,诗人以城邦危机为起点,借机将两代王者的故事巧妙地联结在一起。

　　如果诗人的上述笔法都确有寓意,那么,我们就值得紧贴诗人的叙事来体会他的意图。

二　特勒马科斯被迫离开城邦

　　《奥德赛》开篇不久,雅典娜就化身为外乡人门特斯来到伊塔

---

① 　Heubeck:1988 笺释,pp.289,341。

卡。借这个藏在异乡人面具下的女神视角,诗人引领我们以一个异乡人的目光审视这个失去王者的城邦。当雅典娜站在奥德修斯的宅院前:

> 她看见那些傲慢的求婚人,这时他们正在门厅前一心一意地玩骰子取乐,坐在被他们宰杀的那些肥牛的革皮上。随从和敏捷的友伴们在为他们忙碌,有些人正用双耳调缸把酒与水掺和,有些人正在用多孔的海绵擦抹餐桌,摆放整齐,有些人正把一堆堆肉分割。(1.106—112)

雅典娜注意到,奥德修斯的独子特勒马科斯坐在这群求婚人中间,表面平静却内心焦急。这些由"统治各个海岛的一个个贵族首领"(1.245)和"伊塔卡的众多首领"(1.248)构成的求婚人团伙侵占了国王的家业(1.245—247)。① 随后的情节表明,这群"当地贵族心爱的子弟们"已然构成了一个利益同盟,他们联手操纵奥德修斯的家奴,霸占他的财产(1.144—151),还左右着伊塔卡的平民大会(2.84—259)。

显然,求婚人内部已然达成某种政治共识:以求婚为名骗取奥德修斯的家产,僭夺奥德修斯王族对伊塔卡的统治权(22.49—52)。审慎的佩涅罗佩用自己的智谋拖延求婚人图穷匕现的最后时刻,以确保王子长大成人。随着特勒马科斯成人,王位继承者的身份愈加突出,王子的王权和家主意识也日益增强,佩涅罗佩和求婚人都意识到,眼下彼此之间的均衡态势迟早要打破。

可是,求婚人这个利益团伙群龙无首,缺乏一个能掌控全局的

---

① 亚里士多德在《政治学》中认为,多数人瓜分少数富人的财产是"最大的不公正",这些不公正显然是要毁了城邦(1281b16—20)。

灵魂人物,彼此之间勾心斗角。大多数求婚人觉得,维持现状最好,但少数有野心者则志在夺取王权:比如老谋深算的欧律马科斯(Eurymachus,1.399—411),野心勃勃的安提诺奥斯(Antinous,2.85—129),粗暴的勒奥克里托斯(Leocritus,2.242—259)。尽管特勒马科斯是伊塔卡王位的唯一继承人,却因自幼受到这股政治势力压制(1.312—315),[①]没有机会培植自己的军事力量,毫无反制能力。

王子特勒马科斯的危急时刻

随着特勒马科斯长大成人,由于特殊的王储身份,他的个人处境越发凶险。特勒马科斯已经预感到,自己非但无法守护王室家财,他本人也很可能被除掉(1.250—251)。因此,当雅典娜首次看到特勒马科斯的时候,他表面上安然端坐在求婚人中间,与他们同吃同喝,似乎融为一体,实际上是为了隐藏自己内心的愤怒。

求婚人群体未敢轻举妄动,最重要的原因是:国王奥德修斯的行踪是个谜。这意味着,王者虽然不在场,仍然有一种震慑力。反过来说,即便王者在场,但没有权威,恶势力同样会觊觎王权。有人说,奥德修斯以个人威权而非立法施行统治,因此,他一旦外出,王者个人威权就消失,其财产就自然成了众人作恶的诱饵。其实,法律得靠王权支撑,否则形同虚设。

雅典娜目睹的宴饮场景,是伊塔卡城邦失序的隐喻:一场没有主人的宴饮,客人们自由狂欢,人人做主,上下失位。潜在的主人特勒马科斯和王后佩涅罗佩被排除在外。伊塔卡王室内庭的失序状态,导致城邦内部也陷入不义。诗人让我们看到,在政治恶势力

---

① 按照古老的王位继承原则,"继承权只在男子之间传递"。参库朗热《古代城邦:古希腊罗马祭祀、权利和政制研究》,谭立铸译,上海:华东师范大学出版社,2006,页65。

当道的这些年间,奥德修斯家中丑闻不断。伊塔卡城民对王室丑闻表现冷漠,各自以其心为心,似乎求婚人的恶劣行径与自己的生活毫不相干。

城邦需要重新迎回王者吗?

笔者不禁想到卢梭的说法:人民是否会在乎政治共同体的德性和安危,殊为可疑。倘若如此,伊塔卡城邦政体的重大缺陷究竟何在,就颇费思量:政治秩序难道基于王者依靠个人威权建立起的统治,随着君主本人缺席,其统治秩序也随之分崩离析?或者奥德修斯还并非成熟的王者,尽管他颇有智慧和谋略,却没有考虑到,自己一旦离开城邦,城邦必然内乱?

倘若如此,成熟的王者意味着深谙人性幽暗的深渊,否则就会太过信任世人?无论如何,奥德修斯的确是在自己下行到冥府,洞悉过人性的幽暗,尤其是见识过圆目巨人的自然状态和费埃克斯人的最佳城邦后,才成为懂得省惟、恩流群生的成熟王者。

雅典娜目睹的宴饮场景展示了王权不在场的城邦状态的三种基本要素:求婚人的恶势力集团、作为王室的佩涅罗佩母子和伊塔卡城民。显然,政治紧张仅仅发生在前两者之间,城民仅仅显得是政治冲突的场所。佩涅罗佩母子所代表的王权势力与城邦中的政治恶势力处于相持状态,这种局面随时会因恶势力的主动出击而被打破,一旦城邦陷入内乱状态,人民必然遭受悲惨的际遇。因此,相对于奥德修斯是否还会归来的疑惑隐含着的问题是,失去王者的城邦是否还需要重新迎回王者?除了佩涅罗佩母子,城邦是否期待或应该期待奥德修斯归来?

这样的问题绝非无中生有,如沃格林所言,这是世界历史对政治哲学提出的重大问题:

《奥德赛》中政体无序的征候,其范围之广,比《伊利亚特》有过之而无不及。为了军事上的目标,军队在战场上众志成城,不料制度已经病入膏肓,将胜利葬送。因此,理解晚期亚该亚政治文化,两部史诗可谓珠联璧合。如果只知道《伊利亚特》中的制度,那么就难以断定它们是否反映了亚该亚王国的政治秩序,或者只是一支战时联合部队的特殊组织。

　　但是,《奥德赛》证明,兵临特洛伊城下的军事政体,大体上与王国的政体相呼应。如果单凭《奥德赛》知道群龙无首的伊塔卡王国死气沉沉,那我们就无法判断,它还没那么坏时秩序是如何运作的;但是,《伊利亚特》表明了这一种政体运作起来是有效率的,至少能够保证打胜仗。[①]

然而,希腊人的战绩越辉煌,城邦内部的败坏越令人担忧。或者说,荷马诗作记录了古希腊政体从王制转向贵族制的历史时期。[②] 城邦会铭记第一代建城者的名字和建城时间,把建城者与天上的神意联系起来,从而,王权世袭具有了神圣的合法性。但是,这种权杖的神性并不能保障王权政体的永不旁落,随着贵族势力的成长,新生的政治人自然会重新分配权力。随后的问题是:要么推翻王制施行少数人统治的寡头制,要么实行王制与贵族制的混合。

　　无论哪种情形,选择都取决于如何回答这样一个问题:王者对一个政治共同体来说是必不可少的吗? 由此来看,《奥德赛》所讲述的王者的自我认知和自我锻造故事,的确是一个切实的政治哲学问题。我们看到,诗人荷马讲述的这个故事,同时也是一个王者

---

① 沃格林,《城邦的世界》,陈周旺译,南京:译林出版社,2012,页147。
② 晏绍祥,《荷马社会研究》,上海:三联书店,2006 年,页 73—74。

与城邦相互寻找，相互认识的故事。失去王者的伊塔卡看似生活得自由自在、各自为心，实际上，这个城邦却因失去王者的引领而陷入不义与恶斗，内乱一触即发。

在奥德修斯离开的20年间，起初因王者的余威还在，城邦尚能维持正常秩序。从第17年开始，特勒马科斯即将长大成人时，随着城邦对君主威权的记忆消退，求婚人团伙开始觊觎城邦的支配权，肆意霸占奥德修斯的王宫（2.89-90）。从王族到长老会的贵族，以及构成求婚人主体的一百多名贵族领主，无不日渐败坏。

逐渐成人的王储特勒马科斯能凭靠城民整治腐败吗？他让传令官召集平民大会，对城民的代表们哭诉。一些百姓对王室的困境深表同情，但绝大多数人表现冷漠。面对求婚人中的骨干欧律诺摩斯（Eurynome）、安提诺奥斯的公然挑衅，特勒马科斯指望获得伊塔卡民众的支持，然而，他的首次公开演说尽管获得绝大多数民众的同情，但是，他们十分怯懦。一方面，城民们对这位未来王者表现出敬畏与臣服：

> （特勒马科斯）这样激动地说完，把权杖扔到地上，忍不住泪水纵流，人们深深同情他。整个会场寂然无声息，没有人胆敢用粗暴无力的言辞反驳特勒马科斯。（2.80-84）

另一方面，当求婚人安提诺奥斯当众斥责、侮辱特勒马科斯时，伊塔卡人同样沉默不语。只有当伊塔卡城的上空盘旋着象征城邦死亡凶兆的苍鹰时，城邦民大会的代表们才"个个震惊、心中疑虑，将会发生不测的事情"（2∶158-159）。荷马的诗行印证了卢梭对民众心性的看法：人民天然不会有关切共同利益的德性，他们对于城邦的现状和未来漠不关心，仅对个人利益得失斤斤计较。悲愤的门托尔忍不住痛斥善忘的伊塔卡城民：

伊塔卡人啊，现在请你们听我说话，但愿再不会有哪
位执掌权杖的王者仁慈、亲切、和蔼，让正义常驻自己的
心灵，但愿他永远暴虐无度，行为不正义。若是人们都已
把神样的奥德修斯忘记，他曾经统治他们，待他们亲爱如
慈父。我不想指责那些厚颜无耻的求婚人。做事强横又
暴戾，心地狡诈不纯良，他们拿自己的生命冒险，强行消
耗奥德修斯的家产，以为他们不会回返。现在我谴责其
他参加会议的人们，你们全都静默地安坐，一言不发，人
数虽多，却不想劝阻少数求婚人。(2.229—241)

门托尔的话音刚落，求婚人团伙中的勒奥克里托斯就起身反
驳他，实际上是在威胁广场上的民众："为果腹同众人作对不是件
容易的事情"(2.245)。随即他就"遣散了广场的集会"，好像主持
大会的不是王子，而是他。刚刚还可能被门托尔的话激起反抗求
婚人的民众们，此刻如同驯服的羔羊般被驱赶回圈，"纷纷回家，各
人做各自的事情"(2.258)。政治共同体的大多数人"性如湍水"，
并不会自动成为王者抵制恶势力的力量。

诗人荷马向我们展现了大多数灵魂的天性：柔弱易折。因此，
无奈的门托尔才会如此痛斥。沃格林认为，这意味着伊塔卡的无
序已经波及到城民，他们"患得患失，令人作呕"：

腐烂已经到了人民，如果将来王权一朝沦为暴政，那
他们也是罪有应得。①

沃格林说，"《奥德赛》证明，兵临特洛伊城下的军事政体，大
体上与王国的政体相呼应"，沿着这一思路，人们难免感到诧异：

---

① 沃格林，《城邦的世界》，前揭，页170。

离开城邦远征之前,奥德修斯为何没有为城邦留下忠诚而又得力的城邦卫士?好的君主政体从来离不开贤者阶层的支撑。我们看到,在特勒马科斯召集的城民大会上,现身支持他的门托尔是贵族,奥德修斯出发前曾将城邦交托给他。然而,伊塔卡政治态势恶化的现实反衬出门托尔的失职,这表明奥德修斯识人不明。他似乎对自己的统治和城邦都非常自信,没有考虑到,城邦会遗忘他,甚至背叛他。门托尔是个贵族阶层中的贤者,但他缺乏能力。

在《奥德赛》头两卷,诗人荷马就让我们看到,失序城邦状态首先体现为城邦的贵族阶层(担纲者阶层)的灵魂丧失了正义德性。这样的问题并非荷马时代才会遇到,毋宁说,这是政治状态经常会遭遇的情形。如果要说古人伟大,那么,他们的伟大就在于,懂得政治状态的永恒问题是统治阶层的灵魂秩序问题——如沃格林所言:

> 荷马的卓越成就,在于他用我们已经研究过的朴素符号,为理解灵魂而奋斗。荷马敏锐地捕捉到,一个社会的无序,就是社会成员灵魂的无序,特别是统治阶级灵魂的无序。①

因此,诗人荷马在前两卷还让我们看到,伊塔卡这个失序的城邦除了王者不在,也看不到任何敬神的祭祀。换言之,伊塔卡失去了礼法秩序,这是统治阶层的灵魂秩序出问题后随之而来的政治表征。

城邦的失序和危机逼迫特勒马科斯离乡乞援,这与奥德修斯的离乡动机不同,王子的处境无疑更为紧迫和危险。特勒马科斯

---

① 沃格林,《城邦的世界》,前揭,页177。

在绝境中只好到外邦求援，这在今天的我们看起来颇有现代国际政治的味道。

三　涅斯托尔的虔敬与叹息

特勒马科斯首先向皮洛斯人求援。这个城邦与后来出场的斯巴达和斯克里埃岛最大的区别是，皮洛斯人显得十分虔敬。在《奥德赛》第三卷开篇，我们看到，特勒马科斯临近皮洛斯城海岸线时，他让船停泊在城邦边缘，因为，这时有数千皮洛斯人正在宽广的海滩上献祭震地神波塞冬，全城海祭的场面庄重肃穆——这场献祭堪称荷马笔下最为壮观的全城祭祀：

> 当地的居民们正在海滩上奉献祭礼，把全身纯黑①的牡牛献给黑发的震地神。献祭的人们分成九队，每队五百人，各队前摆着九条牛作为奉献的祭品。(3.4—9)

诗人为什么让这个初次踏出国门的王储见识一场如此庄严肃穆的祭祀？踏上异邦土地的特勒马科斯看来相当尊重当地的习俗，他一直等到皮洛斯人献祭结束，才让自己的船队驶入港湾，停船登岸。关于古代城邦的祭祀，库朗热写道：

> 每个氏族都有它的特殊的祭祀仪式。在希腊，证明某人同属一氏族的回答是："他自长久以来，就参与了这个共同的祭祀。"……氏族的神只保佑他的本族人，不接

---

① 献祭黑色的牺牲一般用于祭祀冥府（或神秘）的力量，不过，波塞冬与冥府的哈得斯一样，属地下的神灵，见 Heubeck：1988 笺释，p. 160，note. 6。

> 受外族人的祷告,外人不准参与祭祀,古人以为,若外人
> 参与祭礼,甚至只列席了祭祀,就会得罪氏族的神,族人
> 都因此获得个大不敬的罪名,……没有比同氏族人之间
> 的关系再密切的了。由于共同祭祀的关系,他们在生活
> 中互相帮助。①

踏上皮洛斯岛的土地后,诗人让我们看到,少年特勒马科斯相
当尊礼,哪怕是异邦的礼法。此外,从整个第三卷来看,诗人都在
突出皮洛斯人敬神的品质。继开场浩大的海祭波塞冬仪式之后,
诗人让我们看到,皮洛斯王涅斯托尔(Nestor)的幼子佩西斯特拉
托斯(Pisistratus)在招待两位异乡客即化作门特斯的雅典娜与特
勒马科斯之前,先邀请他们向波塞冬献酒奠(3.44—45),宴请结束
后,皮洛斯人"行完祭奠,又尽情地喝过酒",才各自安歇(3.342)。
诗人告诉我们,皮洛斯人的虔敬来自他们的如下信念:"所有凡人
都需要神明的助佑"(3.48)。吊诡的是,在特洛伊之战结束后,希
腊盟军内部出现分裂,皮洛斯王涅斯托尔本人的虔敬却受到质疑。
当时,阿伽门农为首的"祭祀派"与墨涅拉奥斯为首的"速归派"在
何时返乡的问题上产生了分歧:

> 墨涅拉奥斯要求全体阿凯奥斯人立即沿着大海宽阔
> 的背脊回返,阿伽门农全然不同意,因为他想让人们留下
> 奉献神圣的百牲祭礼,消除雅典娜令人畏惧的强烈愤怒。
> (3.141—145)

在这场分裂中,涅斯托尔支持墨涅拉奥斯,极力主张全军迅
速返乡。阿伽门农主张,希腊人应该留下来,举行神圣的百牲

---

① 库朗热,《古代城邦:古希腊罗马祭祀、权利和政制研究》,前揭,页93。

祭,以平息雅典娜"令人畏惧的强烈愤怒"（3.145）。涅斯托尔则
叹息说：

> 愚蠢啊,殊不知女神不会听取祈祷,永生的神明们不
> 会很快改变意愿。（3.146—147）

雅典娜的在场,使得英雄涅斯托尔对雅典娜等诸神的抱怨
显得既有谐剧意味,又深含严肃的问题。古典学家阿尔菲瑞德
（Alfered）认为,涅斯托尔的"速归派"实际上选择了一条更为艰
险的返回路线,他在诸神的帮助下,才能迅速平安抵家。[1] 但
是,阿尔菲瑞德忽略了文本中的一个关键细节:涅斯托尔固然
承认,受神明指示自己才能平安返回（3.172）,但他在前面已经
认定,宙斯压根儿不想让希腊人平安返乡。正是由于自认为看
穿了宙斯的意图,涅斯托尔才抱怨父神"残忍无情"（σχέτλιος,
3.160）。

由此来看,涅斯托尔的叹息使得他下令全城向波塞冬祭祀的
动机就显得可疑:既然涅斯托尔认为神并不看重凡人的祭祀,他为
何又要号令全城大张旗鼓地祭祀呢?

第三卷的叙事显得颇为吊诡:皮洛斯国王本人都不相信神圣
祭祀的意义,开场时呈现的如此壮观的全城祭礼又有何意义呢?
按照古史学家库朗热的看法:

> 古人城邦祭祀的主要礼仪是这样一类（人神共餐共
> 饮的）公餐,在这种公餐中,全体城邦民都集中起来,一齐
> 向城邦的保护神敬礼。公餐的习俗,在希腊各处都有,古
> 人相信城邦的命运与公餐的兴废有关。《奥德赛》中有对

---

[1] Heubeck:1992笺释,页170。

皮洛斯人公餐的描述,古人又称这种公餐为神餐,餐前与
餐后都必须祷告和祭奠一番。①

　　这种人类学式的史学知识并不能解除我们的疑惑,但提醒我
们注意到一个意味深长的细节:涅斯托尔的小儿子佩西斯特拉托
斯没有认出伪装的雅典娜,误将女神当作普通异乡客款待,在邀请
女神分享祭礼公餐之前,先祭奠皮洛斯城邦的守护神波塞冬。藏
在凡人面相背后的智慧女神雅典娜没有揭穿真相,而是顺应佩西
斯特拉托斯的邀请,以凡人身份向波塞冬行祭礼。

　　但是,诗人知道雅典娜的真实身份,而且让作为读者的我们知
道她的真相。因此,诗人在描述完这一颇具谐剧色彩的场面后,随
即点破雅典娜祭祀的虚假:"女神这样祷告完,她自己正实现一切"
(3.62)。由于敬拜者自己是神,雅典娜能自主地实现自己的祈告,
但她所祈告的对象并非自己,而是另一个自己无需依赖和仰靠
的神。

　　换言之,雅典娜的这个假祈告细节很有可能暗示,皮洛斯的王
者涅斯托尔自身就有能力和智慧实现自己向神祈告的平安归家的
愿望。说到底,这位王者的虔敬其实是一种表演,其目的是要同伴
和子民安心跟从他的指挥,军心和民心都有所凭靠。涅斯托尔像
雅典娜一样,心知肚明地装得很虔敬。

　　涅斯托尔不无得意地告诉特勒马科斯,他与善谋的奥德修斯
想法一致,在盟军的大小事务上,两人都有相同的判断和意见。唯
独在返乡这件事上,两人再怎么也谈不拢。涅斯托尔向特勒马科
斯提到他父亲,其实是在暗中批评奥德修斯的智慧不如自己。涅
斯托尔要让特勒马科斯懂得的智慧是什么呢?

　　《奥德赛》第三卷是整部史诗中唯一一处描述全城祭祀的场

---

① 　库朗热,《古代城邦:古希腊罗马祭祀、权利和政制研究》,前揭,页93。

面,我们还应该注意到,自从特勒马科斯一行踏足皮洛斯城邦以来,各种敬神仪礼和场景不断出现。尽管诗人在第三卷向特勒马科斯呈现了一个虔敬的城邦,但诗人的内在叙述却呈现出与文本表面的明显矛盾:率领全城公祭的国王内心其实并不相信神对凡人的允诺。

　　表面上遵守城邦习俗,向城邦守护神施行祭礼的异邦人(女神雅典娜),其实内心并不相信她当下的祭祀行为,反之,雅典娜女神则暗指那些并不信仰外邦守护神的异邦人。倘若如此,荷马笔下的天神与人君之间的关系,就显得相当含糊。在古代城邦中,国王掌管城邦祭祀,承载着政治首领与宗教首领的双重身份,城邦王位属于"第一个建立城邦祭坛的人",这意味着国王的权力与诸神密不可分:

> 在古代,城邦的首领或君主并非由武力而获得,若说第一位君主是一位幸运的战士,那就错了,君主的权威出自圣火宗教,一如亚里士多德所说。宗教在城邦中立君主,就像它在家庭中立家长一样。①

　　皮洛斯王的虔敬在诗人叙事手法的铺陈之下显得可疑,看似敬神实则不然,皮洛斯城民的虔敬也可疑吗? 未必如此。第三卷开头的祭祀场景是人民在祭祀,王者不在城邦。这意味着,皮洛斯城邦的君主利用宗教对城邦施行教化颇为成功,使得王权有稳固的基础,民众顺从王权如同敬重神权,即便王者不在城邦,也没有出现伊塔卡那样的混乱。

　　从这个角度来看伊塔卡失序的根源,我们至少可以得到一个暂时的答案:伊塔卡的王权不如皮洛斯稳固,是因为城邦的基础缺

---

① 　库朗热,《古代城邦:古希腊罗马祭祀、权利和政制研究》,前揭,页163—166。

乏宗教,仅仅依靠王者的个人权威。由于伊塔卡的政治秩序缺乏宗教基础,王权更迭就会出现权力争夺。事实上,奥德修斯在外的 20 年间,伊塔卡政治秩序的维系很可能仅仅基于民众对奥德修斯个人魅力的记忆,一旦这种记忆消失,各色有政治爱欲的人(求婚人)便成为王权最有力的觊觎者。

按涅斯托尔的回忆,善谋的奥德修斯在归程祭祀上显得立场摇摆,他先是追随"速归派"的涅斯托尔,在归程途中却又与这派产生激烈纷争,造成希腊盟军第二次分裂。这次分裂导致奥德修斯率部离开涅斯托尔和斯巴达王墨涅拉奥斯的队伍,返回特洛伊追随阿伽门农的"祭祀派"。

诗人设计的这一情节突转让读者从侧面认识到了虔敬的另一面:人对神的虔敬并不意味着,神一定会应答凡人的祈告。[①] 不同意献百牲祭的"速归派"虽历经周折,最终平安返乡,专程留下献祭的阿伽门农和奥德修斯,并没有得到祈告所希望的东西。尽管如此,特勒马科斯在这个虔敬的城邦首先学到的是让人民敬神,这是城邦政治秩序的基础。诗人让我们看到,无论是佩涅罗佩,还是奥德修斯当年留下的城邦护卫门托尔,都没有为城邦举行过祭祀典礼,更不用说避世于乡下的先王。

如今的实证式古典学家会说,皮洛斯全城海祭的动机是什么呢? 城邦是否曾陷入一场内在的血腥动乱,亟需祭祀来净化城邦? 即便考古发掘证明有这么回事,但诗人并没有提到全城海祭的动机。如果我们宁愿从荷马那里学到智慧,而非从如今的实证科学

---

① 格里芬认为《奥德赛》中的神明正义虽方式不同,但无处不在,意义重大,正如宙斯在《奥德赛》第一卷所昭示的,"人类的苦难是他们无视神明指令的结果。故而他认为《奥德赛》的意义并非在于讲述一个英雄冒险的故事,史诗始于众神对于史诗英雄命运的干预,人物的命运轨迹无一不是神意的安排,换言之,荷马的英雄世界是一个没有偶然性的世界"。格里芬,《荷马史诗中的生与死》,刘淳译,北京:北京大学出版社,2015,页165。

那里学到知识,那么,我们就应该认为,第三卷开场的海祭的浩大场面要揭示的是礼法与城邦王政有某种隐秘关系。

王者涅斯托尔表面虔敬、内心精明,面对特勒马科斯的哭诉,显得无动于衷,尽管印证了传闻中伊塔卡被无赖求婚人霸占的现状,权衡利弊后的涅斯托尔对特勒马科斯溢于言表的期待始终不表态,反而劝特勒马科斯要信奉神明的眷顾,相信伊塔卡会在女神的帮助下恢复安宁。对于涅斯托尔的精明势利,年轻气盛的王子特勒马科斯忍不住反驳说:

> 尊敬的老前辈,我看你的这些话难实现,你的话太夸张,实令我惊讶。我诚然期望,但不会实现,即使神明们希望也难成。(3.225—228)

见到特勒马科斯公然说出渎神的话,化身门特斯的雅典娜忍不住出言批评,并反驳说神会按自己的意愿成就一切。不过,涅斯托尔虽然对神的说法不置一词,但是他仍然维持着表面的虔敬。随后,他向特勒马科斯讲述了阿伽门农离开特洛伊回城之后死于一场阴谋的经过。

涅斯托尔追忆中的阿伽门农是一个敬神且尊崇习俗的英雄,他虽着急返程,却仍能为风暴中死去的同伴举行葬礼。然而,这样一个虔敬的王者却落得被妻子与情夫合谋杀死在自己的王宫里的悲惨下场,史诗的情节突转无疑消解了城邦虔敬与幸福之间的必然性。明知敬神未必能如愿,王者仍然尊重与护佑民众脆弱的心智,这是特勒马科斯在皮洛斯应该学到的知识。

四 王者应如何看待自己的自然欲望

特勒马科斯离开皮洛斯时,很可能不免失望。因为,离开伊塔卡时,为回击无耻的求婚人安提诺奥斯的挑衅,他曾自信地扬言,会从皮洛斯或斯巴达搬来救兵,灭杀求婚人,让他们"领受可悲的死亡"(2.315—320)。逞一时口舌之勇后,特勒马科斯来到皮洛斯,没料到涅斯托尔会如此精明势利。

起初,他只是试探性地向涅斯托尔提到,伊塔卡和母亲如今深陷惨境,期待涅斯托尔主动出手相助。精明老练的涅斯托尔避重就轻,不接话题。特勒马科斯只好转而打探父亲音讯,绝口不提希望涅斯托尔出兵相救。特勒马科斯没有得到任何实质性承诺离开了皮洛斯,在雅典娜指引下,由涅斯托尔之子佩西斯特拉托斯陪伴,向往斯巴达向国王墨涅拉奥斯乞援。

第四卷开篇第一句就提到斯巴达的地势:"群山间平旷的拉刻岱蒙"(4.1)。斯巴达城置身大陆,自然地理条件相当优越,与四面环海的岛国伊塔卡相比,斯巴达明显更利于农耕业。按现代政治地理思想家如孟德斯鸠的观点,不同的自然环境,似乎会给城邦和民性带来不同的影响。

两位少年到达墨涅拉奥斯的居所时,王室恰好在举办盛大婚宴:墨涅拉奥斯正既嫁女又娶媳妇。他遵守自己先前与阿喀琉斯的约定,要把女儿嫁给阿喀琉斯的独子,前往婿郎当王的城邦,又为儿子娶到斯巴达贵族之女为新妇。这一爱欲隐然在场的情节意味着,身为斯巴达的王,墨涅拉奥斯正处于十年来最为欢畅和得意的时刻。我们知道,他是为数不多的几个能从特洛伊战争中平安归来的英雄之一,而且实现了希腊人参与特洛伊战争的全部目的:夺得财富和女人。他的妻子海伦被诱拐,则是这场漫长战争的起因。

诗人为什么如此设计情节?为什么让潜在的王者特勒马科斯和佩西斯特拉托斯恰好出现在斯巴达国王感觉自己人生最为圆满的时刻?或者说,诗人希望王子学到何种政治智慧?

首先应该注意墨涅拉奥斯在《奥德赛》中如何出场。当故友之子特勒马科斯刚来到"声名显赫的"墨涅拉奥斯居所时,他正与王族亲友们饮酒作乐,欣赏歌人与优伶的歌唱和舞蹈。墨涅拉奥斯机敏的侍伴埃特奥纽斯(Eteoneus)见到两位异乡少年后,没有立刻把他们带到宴饮席前,而是急忙向国王禀报,试探性地询问如何应付外面两位"仪容有如伟大的宙斯"的异乡人:热情款待还是请客人离开? 由此可见,即使在墨涅拉奥斯最为放松和高兴的时候,他的侍从依然严阵以待守护王者的权威,丝毫不敢懈怠。特勒马科斯初到皮洛斯拜见国王涅斯托尔的情景,与此完全不同:

> 涅斯托尔和儿子们坐在那里,同伴们在他们近旁准备饮宴,又烤牛肉。他们看见来客,全都一个个走上前,伸手欢迎客人,请客人一起入座。涅斯托尔之子佩西特拉托斯首先走近,紧紧抓住两人的手,邀请他们饮宴。(3.32—37)

与殷勤好客的涅斯托尔相比,斯巴达王显得严厉且谨慎,处处小心。在高朋满座的宴席上,他训斥侍从愚蠢,似乎对他没有友善接待异乡来客十分生气(4.30—36)。按荷马时代的宾客权(the law of hospitality),如何接待外乡人既体现教养,也是一种礼法规定:

> 希腊人非常注重宾客权,主客任一方若违反都会招来众怒甚至"神的报复"(宙斯是宾客之神),帕里斯受到墨涅拉奥斯贵宾般的款待,却拐走后者的妻子,因而是违反了宾客权。①

---

① 德罗伊森,《希腊化史:亚历山大大帝》,陈早译,上海:华东师范大学出版社,2017,页8,注1。ξενία特指古希腊人习俗中的待客之谊。

可见,侍从的迟疑多少让墨涅拉奥斯在众多宾客面前失了面子。为了挽回这一局面,墨涅拉奥斯下令快去迎接来客。尽管如此,深谙墨涅拉奥斯脾性的侍从仍然没有马上把特勒马科斯和佩西斯特拉托斯带到宴席,而是待两人沐浴更衣后,才带到墨涅拉奥斯身旁落座。

斯巴达国王对两位王子的到来为什么显得很兴奋?难道真的是他有教养和遵守礼法?其实,婚宴场合正好是国王展示显赫财富的机会,墨涅拉奥斯似乎很喜欢向众人显示自己的财富和奢华。事实上,他听到了特勒马科斯向佩西斯特拉托斯倾诉,自己非常羡慕墨涅拉奥斯的财富。接下来,诗人就让墨涅拉奥斯谈起了最佳城邦。

特勒马科斯一直对自己的家财被求婚人霸占耿耿于怀,换言之,他首先关切的不是城邦安危,而是如何保住自己即将继承的家财。特勒马科斯对皮洛斯城邦规模宏大的全城祭祀无动于衷,毫不诧异,如今他却对墨涅拉奥斯的王宫之富丽堂皇惊讶不已:

> 二人一见,惊诧神裔王者的宫殿美,似有太阳和皓月
> 发出的璀璨光辉,闪烁于显赫的墨涅拉奥斯高大的宫殿
> 里。(4.43—45)

诗人让我们看到,未来的伊塔卡王特勒马科斯并不在意异邦的德性品质,对主人的怠慢也毫不在意,酒足饭饱之后,他与佩西斯特拉托斯窃窃私语,话题仍然是财富和奢华。

> 涅斯托尔之子,我的知心好朋友,你看这些回音萦绕
> 的宫室里到处是闪光的青铜、黄金、琥珀、白银和象牙。
> 奥林波斯的宙斯的宫殿大概也是这样,它们多么丰富啊,
> 看了真令我羡慕。(4.71—75)

这一细节表明,这位年轻的王子并不知道,什么是真正的王权。王子并非生下来就有王者品质,真正的王者需要教育。① 换言之,奥德修斯外出征战的 20 年间,在对王子特勒马科斯的教育上,佩涅罗佩与老王拉埃尔特斯都没有担负起教育王储的职责。

诗人没有说特勒马科斯有"孩子气",也没有说他肤浅幼稚,缺乏政治嗅觉。这让我们想起,随后在第六卷,诗人以相同笔法描述了奥德修斯初次到达陌生的费埃克斯城邦时的第一反应,这似乎在暗示,返乡的奥德修斯才是特勒马科斯值得效仿的榜样,因为奥德修斯才是成熟的王者。

奥德修斯首先关心这个陌生城邦是否正义和虔敬,而非富饶抑或贫穷。对于费埃克斯人"受到神明赏赐的"天然环境和丰饶物产,奥德修斯只是带着"歆羡""伫立观赏",并不感到惊异。诗人以相同笔法描述了奥德修斯在国王阿尔基诺奥斯"似有太阳和皓月发出的璀璨光芒"的宫殿前表现:他在"青铜宫门前,站住反复思虑"(7.83)。

诗人没有交代奥德修斯内心在思虑什么,但他显然对宫殿的华美毫无兴趣,而是在意异乡城邦的德性品质。诗人让我们看到,在相同的场景,奥德修斯父子的表现如此不同。这种差异既突显了特勒马科斯在德性上的欠缺,也昭示了奥德修斯离乡-返乡的意义:伊塔卡城的政治失序表明,奥德修斯在离乡前与现在的特勒马科斯相似,还欠缺治邦的政治德性。

可以说,《奥德赛》前三卷以特勒马科斯的视角既展示奥德修斯离乡后的伊塔卡城的政治失序,又揭示离乡前的奥德修斯是怎样的王者,从而展示了王者德性对于城邦的极端重要性。从特勒马科斯成长为奥德修斯,这之间的距离就是奥德修斯 20 年异乡漂

---

① 比较色诺芬在《居鲁士劝学录》中描述的外公阿斯提亚格如何教育年少的波斯王子居鲁士。色诺芬,《居鲁士的教育》,沈默译笺,北京:华夏出版社,2007,第一卷。

泊的历练。由此可以理解，为何在随后的 20 卷中，诗人着力记述奥德修斯作为王者的历练和成长。

诗人并没有停留于奥德修斯父子两代王之间的对比，在头四卷出场的两个王者即皮洛斯王和斯巴达王，同样经历了九死一生的离乡才重返城邦，他们与尚未出场的伊塔卡王奥德修斯形成了内在的比照。与奥德修斯不同，斯巴达王更为看重城邦的丰饶。似乎是为打消异乡人对自己财富的觊觎，他向两位"陌生"的异乡王子描述了自己心目中的最佳城邦——利比亚，那里有得天独厚的地理环境，能远离战事纷争，且土地出产极为丰富。独特的自然优势确保了利比亚的财富能"永存不朽"，正如"宙斯的宫殿和财富永存不朽"。

《奥德赛》第三卷对涅斯托尔之子佩西斯特拉托斯的描述语是：士兵的首领。从史诗描述佩西斯特拉托斯与特勒马科斯两人相处的细节来看(3.36—37,3.400—401,4.69—75)，涅斯托尔让最小的女儿波吕卡斯特(Polycast)为特勒马科斯沐浴和打扮(3.464—465)，很可能有与伊塔卡政治联姻的意图。他派儿子佩西斯拉托斯陪特勒马科斯前往斯巴达求援，很可能是要他暗中观察墨涅拉奥斯的实力和政治意图。

作为斯巴达之王，墨涅拉奥斯心中的理想国的首要特征是：永久持存的财富。他羡慕利比亚，仅凭宙斯神赐予便能拥有不朽丰饶，而非如他一般要"忍受了无数艰辛和漂泊"，出生入死近 20 年才能把令世人艳羡的财富运回斯巴达。政治家的眼界决定了城邦的整体品质，而特勒马科斯还是少年，难免目光短浅，尚未具备真正的王者眼光，容易受到自然欲望的诱惑。相比之下，外出征战多年的返城王者则因经历丰富而老练和精明，信奉如今所谓的政治现实主义。

表面上看，特勒马科斯与斯巴达王对理想国度的愿想差异颇大：一个羡慕眼前的财富，一个渴望永久的富饶，但就其本质而言，两人都受自然欲望驱使，崇拜财富，不关注城邦的德性品质。因而,特勒马科斯与墨涅拉奥斯的差异仅仅是:前者欠缺治邦经验和人世经验。

墨涅拉奥斯相当势利,他对特勒马科斯以及伊塔卡的艰难处境十分冷漠,并没有向老战友之子施以援手,赠送特勒马科斯的礼物也由三匹马和一辆马车转为一口调缸。

王者品质代表着城邦品质,墨涅拉奥斯识别特勒马科斯身份时,表现得精明、虚伪和冷酷。在回忆往事时,墨涅拉奥斯虽然流露出悔意与伤感(4.95—100),却在特勒马科斯表明自己是奥德修斯之子后,一再怀疑他的来意和动机(4.116—120)。

特勒马科斯哭诉,母邦伊塔卡在求婚人的逼迫下处境危殆,墨涅拉奥斯仍冷漠地计算得失。事实上,老谋深算的墨涅拉奥斯早就从特勒马科斯与奥德修斯酷肖的相貌中猜到什么。经过几次试探,他故意提到奥德修斯,眼见对方的反应激动难抑时,才肯最终确认异乡少年的真实身份。

墨涅拉奥斯太世故、太精明,他故意不点破真相,心里反复盘算:究竟是等特勒马科斯主动讲述来历,还是亲自挑明。这种盘算背后隐藏着墨涅拉奥斯对于个人财富得失的计较。其实,之前的涅斯托尔与后来出场的海伦都明确说到,特勒马科斯与奥德修斯有着极其相似的容貌。

直待特勒马科斯自己说出身份后,墨涅拉奥斯才承认父子两人相貌极其相似,唯有天真的海伦在与特勒马科斯初次见面时,就明确指出了这一点。诗人在第一卷就有这样的笔法:让雅典娜向特勒马科斯说出他与父亲奥德修斯有"惊人的相似"(1.209)。但是,外形酷肖并不意味着灵魂类型一致,特勒马科斯得等到奥德修斯对其施行王者教育后,他才可能成长为合格的王者。

面对曾生死与共的战友奥德修斯遗孤的困境和城邦的危机,墨涅拉奥斯毫无恻隐之心,遑论出兵相助。最后只想通过礼赠四轮马车,赶快打发特勒马科斯离开斯巴达。通过勾画王者墨涅拉奥斯的势利和虚伪,诗人让我们看到受制于如此王者的城邦是欲望的城邦。用柏拉图在《王制》中描述的城邦的说法,差不多可对应于猪的城邦:仅满足于生存需要,追求物质丰裕,毫不关心城邦的正义和邦民的德性。

可以看到,诗人为王子特勒马科斯的灵魂历险展示了两类王者的灵魂样式:或表面虔敬,或精于算计。学会辨识灵魂的不同样式,是特勒马科斯的灵魂成长必不可少的历练。只有见识了不同的灵魂样式,才会认识到城邦品质与王者品质息息相关的重要性,才会理解其父奥德修斯的灵魂经过历练后的品质对于一个德性的城邦何其重要。

在《奥德赛》头4卷,诗人荷马隐身于诗句中,他没有借笔下人物之口说,何种城邦值得追慕。通过平行描述失去王者的伊塔卡(第一卷),涅斯托尔治下的皮洛斯(第三卷),墨涅拉奥斯治下的斯巴达(第四卷),以及随后我们将看到的费埃克斯人国度(第六卷),诗人悄然呈现了自己对城邦品质的评断:城邦的品质取决于王者拥有何种品质。

余论 王者古今有别?

在卢梭的《爱弥儿》第五卷的"游历"一章中我们读到,爱弥儿的老师比较了西班牙人、法国人、英国人和德国人外出游历时的不同特点。他认为,相对于法国人关注艺术、英国人好访古迹、德国人追慕名人,只有西班牙人外出游历能给自己的国家带回有益的东西,因为他们首先关心"该国的政治制度、风俗和治安状况"。①

---

① 卢梭,《爱弥儿》,李平沤译,北京:商务印书馆,1978,页697。中译本失误较多,比较 J. J. Rousseau, *Œuvres Completes*, ed. par B. Gagnebinet/M. Raymond Paris: Pléiade, 1959—1995;参考 J. J. Rousseau, *Emile, or Education*, trans. and notes by Allan Bloom, New York: Basic Books, 1979。

　　卢梭紧接着就引入古今对比：古人虽极少外出游历，彼此之间却知根知底，而今人呢，虽相处同一个时代，相互往来密切却彼此陌生。卢梭列举了荷马和希罗多德、塔西佗笔下的例子，并告诉我们，这些伟大的古代诗人和史家具有穿透时空的眼光，乃因他们拥有深邃的凭靠政治经历得来的政治见识。古人看重叙述而非论述，原因亦在于此：只有通过展示政治经历，我们才能懂得，古人对于人世的透彻认识远非今人所能比拟。

第一场
奥德修斯与费埃克斯城邦

最好的政体必然是这样一种形式,在其中生活的每一个人,无论是谁,都能有良善的行为和快乐的生活。

——亚里士多德《政治学》(1324a24—25)

引　言

奥德修斯在第五卷中出场时,诗人荷马让雅典娜作为戏剧角色告诉我们,奥德修斯不得不滞留女神卡吕普索的仙岛已久(5.13—15)。用著名古典学家西格尔(Charles Segal)的说法,奥德修斯重返现实之前的 7 年,他的生命处于"悬空"状态或"休眠"状态,尽管他生活得安然无忧,锦衣玉食,女神对他温柔缱绻。①

其实,我们更应该说,就奥德修斯的命运而言,这 7 年是危险的时刻。因为,奥德修斯的城国伊塔卡眼下正处于政治失序状态:无耻的求婚人盘踞在奥德修斯的王府,不断纠缠奥德修斯的妻子佩涅罗佩,最后甚至出海追杀求援未归的特勒马科斯(4.842—847)。远在仙岛的奥德修斯对此虽然毫不知情,他躺在卡吕普索的温柔怀抱却毫无半点儿心思享受美体和佳肴,而是日夜思乡得满脸潸然(5.81—84)。毕竟,奥德修斯是王者,而且不是墨涅拉奥斯那类受"欲望"支配的王者。

可以说,《奥德赛》前四卷结束在一个紧要关头:奥德修斯应该何去何从? 一个真正的的王者应该何去何从? 奥德修斯的故事就就从这个危险的紧要关头开始。

宙斯的刻意安排

《奥德赛》第五卷开篇的第一个场景是奥林波斯诸神议事会,

---

① Charles Segal, *Singers*, *Heroes*, *and Gods in the Odyssey*, Cornell University Press, 1994. 关于奥德修斯与卡吕普索的关系,亦参黄薇薇,《奥德修斯与卡吕普索》,刊于《跨文化研究》,2018 年第 1 辑(总第 4 辑)。

由宙斯主持：神们聚在一起讨论奥德修斯的处境。诸神们刚落座，雅典娜就再次为奥德修斯滞留异乡的困境忧心忡忡，甚至愤愤不平。

这是《奥德赛》中第二次出现诸神会议场景。第一次诸神议事会出现在第一卷：诗人荷马的开篇吟诵刚完，紧接着的第一个场景就是诸神齐聚宙斯大殿议事，唯独憎恨奥德修斯的海神波塞冬在"遥远的埃塞俄比亚"享受百牲祭（1.27 以下）。

在这场诸神议事会上，雅典娜率先提出，神们现在应该关切奥德修斯的返乡（1.80—95）。然而，奥林波斯诸神在是否应该关注奥德修斯的返乡问题上出现了严重分歧。

在眼下的第二场诸神议事会上，雅典娜显得十分焦急，她催促宙斯和诸神尽快解决奥德修斯的困境，因为，倘若伊塔卡人遗忘了慈父般的王者奥德修斯仍滞留异乡，城邦将再也不会有待民如父的正义王者。这意味着，奥德修斯能否返乡事关诸神的正义（5.10）。

宙斯目光如炬，他一眼看透女儿雅典娜的心思。他告诉诸神，伊塔卡人的内乱其实是雅典娜一手挑起的，她制造伊塔卡的城邦危机，目的是为奥德修斯返乡重建政治秩序提供理据（5.21—24）。换言之，伊塔卡的乱象表面看来是因为城邦久失王者，其实，真正的原因是雅典娜的精心安排。由于奥林波斯诸神在奥德修斯返城一事上分歧严重，雅典娜想要借城邦出现乱象促使诸神尽快达成共识：唯有奥德修斯尽快返回城邦，伊塔卡城邦的失序状态才会结束。

尽管说破了雅典娜的心思，宙斯却非常爱自己的这个聪慧的女儿，毕竟，雅典娜是从他的头脑中生出来的。①

---

① 晏立农、马淑珍编，《古希腊罗马神话鉴赏辞典》，长春：吉林人民出版社，2006，页495。

雅典娜是奥林波斯十二主神之一，她是父神宙斯与原配妻子墨提斯(Metis)所生。宙斯是众神最有威望的神王，而墨提斯又是神中最聪慧的，因此雅典娜天生就继承了父母双方优长。当年宙斯害怕妻子墨提斯生出一个比他更强大的神，就吞食了怀有身孕的妻子，结果宙斯头疼难忍，只得让工匠神赫斐斯托斯用神斧劈开了自己的头颅，神奇的雅典娜手执长矛，全身披挂从宙斯的头里跳了出来。如此匪夷所思的出生方式，意味着雅典娜来自神王思考最精深的地方，因此她被称为智慧女神，深得宙斯宠爱，也是希腊人最崇敬的主神。

宙斯没有责怪雅典娜的无礼，而是接下来就告诉女儿，应如何帮助寻父的特勒马科斯，并预言奥德修斯不仅会在"神灵的近族"费埃克斯人的城邦结束磨难，重返故园，还会在那里获赠与特洛伊战利品价值相当的礼物。

按宙斯的说法，这些礼物是奥德修斯"应得的那部分"($\lambda\alpha\chi\grave{\omega}\nu\,\alpha\pi\grave{o}\,\lambda\eta\acute{\iota}\delta o\varsigma\,\alpha\mathring{\iota}\sigma\alpha\nu$ 5.40)。我们应该感到奇怪，奥德修斯在特洛伊战争结束后曾冒犯诸神，因此而被迫滞留异乡，并承受种种艰辛和磨砺，为何宙斯要让他得到补偿？

其实，奥德修斯在战后冒犯诸神并因此而被迫滞留异乡经历重重危险，都是宙斯的刻意安排，目的是让他在异乡漂泊中见识诸个域外城邦，由此成为宙斯心目中的好王者。对今天的我们来说，这样的神性意图很难理解，甚至在柏拉图的时代就已经很难理解。尽管如此，这件事情涉及王者的政治德性教育，却并不难理解。倘若如此，我们就应该问：为何宙斯要让伊塔卡的王者必须历经艰难后才能返回城邦？

兴许是为了安抚海神波塞冬的愤怒，又或是奥德修斯的磨砺还没有完成最重要的一环，宙斯虽然应允雅典娜提出的释放奥德修斯返乡的请求，却仍旧执意要让奥德修斯为返乡付出代价：在返回伊塔卡的前 20 天里，他必须"经历许多艰难"

(5.33)。

在接下来的八卷(第五卷至第十三卷)中,荷马叙述了奥德修斯遭遇的种种艰难。我们应该始终记住,奥德修斯经历的所有这些磨难,无不是宙斯的安排。与雅典娜制造伊塔卡城的失序对比,宙斯安排奥德修斯要经历种种磨难看似抵牾,其实具有内在一致性。可以设想,没有经历种种磨难,王者何以能应对随时可能出现的政治失序呢?

奥德修斯的言辞与戏剧情节

接下来我们看到,奥德修斯返乡前的历险经历以自述的形式呈现在我们面前:他在费埃克斯人的岛上向王者阿尔基诺奥斯(Alcinous)回忆了自己的经历(第九卷至第十三卷)。换言之,诗人让奥德修斯的这段经历呈现为一种出自对自己的灵魂的自我认识的知识,这种知识表明重返城邦时的王者与离开城邦时的王者在德性上有了品质上的差异。

诗人荷马为何要让奥德修斯对费埃克斯的现任国王阿尔基诺奥斯讲述自己的经历?这个问题绝非无关紧要,却不容易回答。毕竟,奥德修斯的历险经历是他自己讲述的,而讲述的语境又与费埃克斯人的历史经历交织在一起。换言之,在整个第二部分(第五卷至第十三卷),奥德修斯的经历与费埃克斯人的经历处于平行对应关系。

因此,要理解费埃克斯岛国的经历在《奥德赛》中的结构性意义,我们必须注意三个不同的叙述者之间的关系:诗人荷马、奥德修斯和费埃克斯王阿尔基诺奥斯。如亚里士多德在《诗术》中所说,荷马诗作其实也带有戏剧模仿的成分(1448b35)。换言之,诗人荷马虽然是叙述者,但他也善于让笔下的人物成为戏剧舞台上的演员。

奥德修斯真的会演戏?

一　奥德修斯从卡吕普索的仙岛再次起航

诗人荷马叙述说,神使赫耳墨斯千里迢迢来到女神卡吕普索的仙岛奥古吉埃(Ogygia),向女神传达了宙斯的命令:卡吕普索必须立即释放奥德修斯,让其返乡。

对奥德修斯而言,离开奥古吉埃岛,摆脱这位女神的殷勤纠缠,意味着拒绝了个人永生不朽的可能性,主动返回人间去经受命定的不幸和苦难,由此开始了返乡前的最后磨砺。因为,卡吕普索已经允诺过奥德修斯,她会永生永世长伴他左右,让他获得凡人渴望的"不朽"。这段情节出自荷马之口,我们可以理解为诗人要告诉未来的王者:真正的王者不会寻求自己的长生不死——像我们的秦始皇梦寐以求的那样,而是寻求实现"最最美好的"城邦,否则他就算不上是王者。

西格尔有理由认为,在奥德修斯的故事中,卡吕普索的仙岛奥古吉埃占据相当重要的位置,这里既是荷马讲述的奥德修斯故事的起点,也是奥德修斯自述生平经历的终点。[①]　不过,按古典学家诺特威克(Thomas Van Nortwick)的识读,由于卡吕普索(*Καλυψώ/*Calyphsō)这个名字的本意是"隐藏",似乎宙斯有意把奥德修斯藏在卡吕普索的仙岛,迫使他沉潜于此,为的是让他消化和反省此前经历过的种种磨难。因为,在那些常人难以抵达的幽冥之地,奥德修斯在精神和肉体上都经受了种种致命的诱惑和凶险:

> 在其冒险期间,奥德修斯不断受到各种死亡的威胁,食人族、圆目巨人、斯库拉(Scylla)、卡律布迪斯(Cha-rybdis)都给他带来身体毁灭的危险;精神上又面临着被

---

① Charles Segal:1994,p. 14.

食莲族（Lotus Eaters）、基尔克（Circe）、塞壬摧毁的危险。①

事实上，女神卡吕普索的奥古吉埃岛让奥德修斯与自己所经历过的身体与精神的双重历险隔离开来，上岛之后的奥德修斯有如进入了仙境。与先前风暴般跌宕起伏的经历相比，眼前的仙境对奥德修斯来说无疑是巨大的诱惑。他的确感觉自己犹如回归母体，成了重新孕育的胎儿。据说，卡吕普索居住的巨大洞穴的外形犹如一个孕育生命的子宫(5.57—72)。

> 如早期希腊人所知的性属差别那样，这是一个阴性的环境：一个封闭、形似胎宫的洞穴，置于一个与自然环境浑然天成的空间内。②

卡吕普索这一名字的原文除了有"隐藏""覆盖""迷惑、欺骗"的意思，还有"诡诈"的含义。因为，诗人荷马说过，卡吕普索是"诡诈的阿特拉斯（Atlas）"的女儿，她父亲"知道整个大海的深渊，亲自支撑着分开大地和苍穹的巨柱"(1.52—54)。

由此看来，奥德修斯在卡吕普索洞穴滞留的 7 年，未必是毫无意义的生命悬空的七年，毋宁说，这也是精神孕育的 7 年。这是奥德修斯的王者生涯的分界，此前和此后判然有别。从奥古吉埃岛到费埃克斯岛的独自航行，成为奥德修斯生命中的第二次起航。

宙斯曾让赫耳墨斯传达过一则难解的神喻：在奥德修斯这段独自的旅程中，任何神和凡人都不得插手相助：

---

① 诺特威克，《不为人知的奥德修斯》，北京：华夏出版社，2018，页 16。
② 同上，页 15。

让饱受苦难的奥德修斯返回故乡,既无天神,也无有
死的凡人陪伴,乘坐坚固的筏舟,经历许多艰难,历时二
十天,到达肥沃的斯克里埃,费埃克斯人的国土,与神明
们是近族。(5.31—35)

宙斯指明了奥德修斯重返人世的过程,由于他是王者,这个过
程因此是宙斯锻造王者德性的刻意安排。奥德修斯的再生为人是
诸神的共识,即便对他恨之入骨的波塞冬也只能想方设法让他多
吃些苦头、多受些折磨,却没可能实现他的儿子圆目巨人波吕斐摩
斯的吁求:绝不能让奥德修斯返回家园。

这样看来,奥德修斯进入费埃克斯城是他第二次起航后的第
一站,抵达故土伊塔卡是第二站。我们将会看到,在奥德修斯回到
伊塔卡重整秩序之前,他首先改变了费埃克斯城的命运。引人兴
味的问题是:如果费埃克斯城是奥德修斯所见到的"最最美好的"
城邦——最佳城邦,为何他会舍弃这个城邦?

费埃克斯人的地缘政治处境

第六卷开篇时,我们看到,离开仙岛踏上归程的奥德修斯已经
独自航行了 18 天。得知宙斯神谕后的海神波塞冬仍心怀愤怨,他
不时在海上掀起黑色的风暴。奥德修斯在风暴中失去了卡吕普索
所赠送的一切,在海面上绝望地漂浮,命悬一线。幸好女神伊诺
(Ino)及时援手赠予头巾,又得雅典娜暗中相助,"灰暗的大海"
(*ἁλὸς πολιοῖο*)才把奥德修斯抛掷到了费埃克斯人的城国所在
地——斯克里埃岛(5:323—375)。在这里,他将结束已经在海上
漂泊 13 年的悲惨命运,由此踏上返回故乡伊塔卡之旅,尽管奥德
修斯这时对自己即将面临的转折还一无所知。

诗人荷马让奥德修斯对我们讲述说:

> 前面礁石嶙峋，四周狂暴的波澜奔腾咆哮，平滑的峭
> 壁矗立横亘，岸边海水幽深，无处立足。(5. 410—413)

奥德修斯的言辞让我们感觉得到，斯克里埃岛四面环海，有如孤悬海上的一颗珍珠，地势险要陡峭。他似乎在告诉我们，费埃克斯王选择斯克里埃岛作为费埃克斯人的新城之地，是出于如今所谓地缘政治的考虑：以大海作为费埃克斯城邦的天然屏障。凭海建城既能阻隔陆上强邻的侵扰，又能发挥费埃克斯人善于航海的特长。虽然，岛上自然物产不甚丰富，但是费埃克斯人可以凭靠神奇的耕作术，以及四通八达的海洋通道从各地运回城邦所需要的物资。

特洛伊战后，奥德修斯与同伴们一直在海上漂泊，他们遇到过各式神怪，却从未遇见过凡人。不过，诗人曾借波塞冬之口告诉过我们，费埃克斯人是"受诸神眷顾的人族"($\dot{\alpha}\nu\vartheta\varrho\dot{\omega}\pi o\iota\sigma\iota$ $\delta\iota o\tau\varrho\varepsilon\varphi\acute{\varepsilon}\varepsilon\sigma\sigma\iota$)。所谓"受诸神眷顾"($\delta\iota o\tau\varrho\varepsilon\varphi\acute{\varepsilon}\varepsilon\sigma\sigma\iota$)的字面意思是"宙斯珍爱的"、"由神所抚育的"，换言之，费埃克斯人不是一般的凡人，而是与神族"近邻"的特殊凡人。奥德修斯此前还遇到过圆目巨人族(Clyclopes，音译库克洛普斯)和巨灵族(laistrygonians，音译莱斯特律戈涅斯)，他们无论在体量和外形上都算不上凡人。无论如何，费埃克斯人是奥德修斯首次遇到的特殊凡人[①]。

按费埃克斯人的现任国王阿尔基诺奥斯的说法，费埃克斯人曾与圆目巨人族是近邻，两族皆与诸神"亲近"($\dot{\varepsilon}\gamma\gamma\acute{\upsilon}\vartheta\varepsilon\nu$; 7. 205)。但从荷马描述的情节来看，圆目巨人族的样貌更近怪物：仅在额头上长了一只圆形巨眼。我们知道，荷马笔下的人名和神名往往含有寓意，阿尔基诺奥斯这个名字也不例外，这留待后文详说，现在我们需要关注他关于费埃克斯人族与圆目巨人族的关系。

---

① Heubeck：1988 笺释，p. 289。

费埃克斯人族本来居住在陆上,与圆目巨人族是近邻,虽然拥有生存技艺,但费埃克斯族仍然敌不过野蛮又强大的圆目巨人族,一直饱受这一强邻的侵扰和劫掠。无奈之下,费埃克斯人才在"仪容如神明的"先王瑙西托奥斯(Naucithoos)带领下,迁离与巨人族毗邻的祖居之地,历经艰险来到这座海上孤岛——斯克里埃岛。

此岛处处悬崖峭壁,登岛之路艰险异常,若无神灵助佑,凡人断无可能登上这座海岛。然而,对费埃克斯人如何成功登岛,诗人荷马略过不提,仅用短短数行勾勒费埃克斯人的迁徙。但我们看得出来,荷马强调:是费埃克斯人的伟大王者把子民们带离被圆目巨人吞食的生存险境(6.3—7)。这提醒我们应该始终记住,《奥德赛》的主题是王者的教育。

由此看来,费埃克斯人建立新城邦是出于自我保存的需要,而选择海岛建立新的城邦,是出于王者瑙西托奥斯的深谋远虑,他看到,大海是陆上巨人族的克星。在与陆上强邻的冲突中,自身体力不及敌人,就得凭靠地理的自然力量。即便平原地带难以生存的弱势部族迁往高山,也未必能躲过强势部族的追击。

自然体力对比悬殊的族类毗邻而居的情形并不少见,弱势族体往往会遭遇要么被兼并要么覆亡的命运。但我们会想到一种例外:如果弱势族体有很高的智性,那么,他们反倒可能征服强势族体。费埃克斯人的情形表明,问题远不是那么简单,还要看有什么样的智性。圆目巨人"狂妄傲慢",费埃克斯人仅仅有生存技艺:男人精于造船,女人则精于织布,他们只能一走了之。[1]

圆目巨人和费埃克斯人似乎代表着两种世人的心性类型:肉体的自然禀赋占优势与心智的自然禀赋占优势。[2] 若套用近代政

---

[1]　Heubeck:1988笺释:p. 289。

[2]　John Ferguson, *Utopia in the Classics World*, New York: Cornell University Press, 1975. p. 13.

治哲学奠基人霍布斯(1588—1679)的观点，我们似乎可以说，费埃克斯族有智性的优长，毕竟凭靠技艺能力摆脱了凭肉体的自然禀赋逞强的圆目巨人族。换言之，费埃克斯人的岛国城邦表征着世人走出了自然状态的束缚，迈向了文明状态。从自然状态论的观点来看，这两种状态分别代表人类完善自身的起点和终点。按由此形成的历史哲学观点来看，这两种状态分属人类世界的不同历史阶段。然而，在荷马那里，这两种状态不过是不同的世人类型，在人类世界同时存在，并非人性发展的历史阶段性差异。换言之，在荷马笔下，不存在一种历史的视界。

人们会说，技术的智性可以让人获得强力，从而获得生存的必要条件。荷马让我们看到，情形未必如此：生存的技术能力未必能与自然蛮力对抗。毕竟，费埃克斯人并非凭靠自己的技术能力增强自己的体力成功克制巨人族的侵扰，而是凭靠技术能力迁移到海岛，凭靠海洋这一自然屏障获得防御能力。

在今天的历史知识看来，科学技术能够让某个政治体获得克制蛮力的能力，近代欧洲的崛起就是历史的证明。但我们若凭此说荷马讲的故事对今天已经没有什么意义，仅仅表明我们的政治哲学视野十分狭窄。我们倒是应该感到惊讶：费埃克斯人的建城动机出于自我保存，表明人世政体的起源是自我保存这一政治哲学的基本论题在荷马笔下已经出现了。

在柏拉图记述的智术师普罗塔戈拉所讲述的"普罗米修斯神话"中我们看到，普罗塔戈拉讲的故事首次明确表达了这个论点，而生存技艺对于人类的自我保存具有决定性的作用。尽管如此，普罗塔戈拉强调，生存技艺并不等于政治技艺，拥有了生存技艺能力不等于有了生存能力。[①] 普罗塔戈拉的这一观点与荷马笔下的

---

① 　参见刘小枫，《普罗米修斯神话与民主政制的难题》，刊于《学术月刊》，2016，第5期。

费埃克斯人的处境何其相似:他们虽然拥有生存技艺能力,却不得不逃离到孤悬大海的荒岛来建立城邦。这意味着,费埃克斯人凭靠自然地缘摆脱了人世间的自然状态。由此我们值得问:这是真正的最佳城邦吗?

奥德修斯与费埃克斯公主

雅典娜在斯克里埃岛陡峭险峻的海岸将命悬一线的奥德修斯救上岸时,很可能是夜半时分,因为她随即来到费埃克斯公主瑙西卡娅的床榻前,潜入公主的梦中,告诉这位已到适婚年龄的费埃克斯少女,务必在次日清晨与侍女们去河岸边洗衣,并准备好"闪亮的婚衫"。

显然,雅典娜要刻意安排公主第二天在海岸的小河边遇上奥德修斯,好让公主援助这位漂落至此的异乡人,将他引到国王的宫殿,以实现宙斯的神谕:奥德修斯将在费埃克斯人那里接受丰厚的馈赠,并从这里平安返回伊塔卡。

奥德修斯会把自己在海岸巧遇公主视为幸运的机遇,现在我们看到,凡人眼中的机遇其实不过是神的设计。

为奥德修斯设计好这一机遇后,雅典娜随即返回神的居所——奥林波斯山。这时,荷马停下叙述,赞美神的城邦何其美好:

> 奥林波斯,传说那里是神明们的居地,永存不朽,从
> 不刮狂风,从不下暴雨,也不见雪花飘零,一片太空延展,
> 无任何云丝拂动,笼罩在明亮的白光里,常乐的神明们在
> 那里居住,终日乐融融。(6.42—46)[1]

---

[1]　这段描述开启了后世文人对于诸神居所的想象,见卢克莱修《物性论》,vii18—22,卢坎(Lucan)Ⅱ271—273,塞涅卡《论愤怒》(de Ira),iii.6。

　　这是诗人荷马首次在《奥德赛》中正面描写神的城邦。诗人的描述让我们看到，诸神的城邦沐浴着不朽的祥和与明媚，绝不会受任何偶然的影响。在描绘神的城邦之前，荷马已经让我们看到斯巴达王墨涅拉奥斯津津乐道自己所看到的最佳城邦利比亚（第四卷）。现在，奥德修斯即将进入费埃克斯城，荷马突然插入对神的城邦描绘有什么用意吗？难道荷马要让读者对比人间的最佳城邦？倘若如此，我们就得想到一个问题：人世间的最佳城邦能够摆脱偶然的际遇？

　　次日清晨，历尽艰辛抵达斯克里埃岛的奥德修斯已经精疲力竭，正衣不蔽体地藏身于海滩的小河岸边的枯叶丛中酣睡。[①] 古典学家诺特维克提醒我们，第五卷最后一个词是 $\dot{\alpha}\mu\varphi\iota\kappa\alpha\lambda\dot{\upsilon}\psi\alpha\varsigma$，有"包裹、被……覆盖、睡眠、死亡"等多个义项，这个词似乎寓意着奥德修斯已经结束了他的"逃离旅程"，在雅典娜母亲般的照拂下，犹如"一个新生的婴儿一样被包裹的严严实实，以度长夜"。诺特维克的解释，再一次印证了前文所分析的，奥德修斯离开了卡吕普索的子宫后，独自航行，犹如重新降生的婴儿来到费埃克斯人的城国。

　　瑙西卡娅公主前一晚在梦中经雅典娜指点后，一大早就辞别父王和母后，带领一群费埃克斯少女也来到这个远离城市的河岸边洗衣（6.10）。

　　少女们犹如林中仙女在水边嬉戏，互相比赛洗衣技艺。午后的阳光和煦明媚，吃过午餐后，少女们在水池畔的青草地歇息，玩抛球游戏，姿容卓然的瑙西卡娅最惹人注目。

　　少女们的嬉闹声吵醒了正在枯叶丛中酣睡的奥德修斯。他经过一番思虑后，决定站得"远远地"向最为夺目的那位少女——瑙西卡娅公主乞援，而非莽撞地上前抱膝乞怜。奥德修斯的节制举

―――――――――

① 　见诺特维克，《不为人知的奥德修斯》，前揭，页29。

动对于理解接下来的情节线索至关重要。因为，"神样的"奥德修斯此刻正赤身裸体，仅腰间围系着"绿叶茂盛的茁壮树叶"挡羞，有如闯入文明国度的自然人，林中少女们惶乱失措，四散躲藏。

心思缜密的奥德修斯聪明地与公主保持适当距离，他"用温和的语言，真切地恳告，请求指点城市且赠衣穿"（6.143－144）。奥德修斯并不知道宙斯的神谕，即他将在这里获得丰厚赠礼。他在海上漂浮时，美足的伊诺曾向他吐露过，他将在费埃克斯人的城国获救，脱离苦海（6.345）。奥德修斯对此半信半疑，对即将面临怎样的际遇仍然没有把握。因此，他仅仅请求眼前的这位陌生少女告诉自己，他身在何地，是否能获赠一件衣裳。

与侍女们的惊慌不同，高贵的瑙西卡娅镇定自若，她站立在奥德修斯的面前静静地看着这位野人般的异乡人。诗人告诉我们，这是由于雅典娜事先给瑙西卡娅的内心注入过勇气。当然，我们不可忘记，眼前这位野蛮人言辞恳切得体，举止有度，让聪明的公主没有害怕的理由。

奥德修斯的言辞

言辞得体是奥德修斯首先让我们看到的政治能力。诗人荷马特别告诉我们，奥德修斯对公主说话时"温和而又狡狯"（μειλίχιον καὶ κερδαλέον，6.148）。这两个语词的搭配显得有些奇怪，但我们应该想象得到，此时的奥德修斯正处于肉体与精神的双重疲惫之中，普通人早就精神崩溃，完全不可能有自制和审慎。因此，诗人荷马说，奥德修斯用美好的言辞为自己裸露的身体编织了一件言辞的华衣。

奥德修斯先是对公主奉承一番，称赞她的容貌之美世所罕见，唯有女神能够媲美，是自己在人间所见过的最美的女子。奥德修斯还用了一个奇特的比喻：有一次他率军出征，路上遇到一棵高大美丽的棕榈树，公主瑙西卡娅美得犹如这棵棕榈树上新发的嫩枝。

这段赞美公主的言辞巧妙地向公主传递了一个重要信息:他出生尊贵,是一位王者。奥德修斯的言辞表明,他能够迅速精准地判断自己的处境,并机智地应对,非常讲究策略。[①]

奥德修斯得体优雅的谈吐打动了瑙西卡娅,也让公主领会了他的言外之意。不过,公主喝止住惶惶如小鹿的侍女们,要她们别惊慌,自己显得非常镇定,也因为她有充分理由对费埃克斯城的安全感到自信和骄傲:

> 侍女们,你们站住,为何见人就逃窜?你们或许认为
> 这里有邪恶之徒?现在没有,将来也不会有这样的人前
> 来费埃克斯人的土地,给我们带来灾殃和祸害,因为我们
> 受众神明眷顾。我们避世僻居,在喧嚣不息的大海中,距
> 离遥远,不会有其他凡人来这里。(6.199—205)

我们应该注意到,公主的这段话是诗人的叙述。换言之,诗人借瑙西卡娅的话再一次强调了费埃克斯人的来历和他们的海岛城邦的安全。费埃克斯人的先王凭其政治智慧和远见卓识选中海岛斯克里埃为新的国土,在费埃克斯人自己看来,是得到神明的眷顾。因为,若无神明的帮助,陆上的人族绝无可能越海登岛。事实如此,即便勇敢善谋如奥德修斯,若非女神雅典娜帮助,恐怕也早已葬身大海。

瑙西托奥斯如何创建城邦

在第六卷开篇,诗人荷马曾简厄讲述费埃克斯人抵达斯克里埃岛时的建城过程:

---

① Herbeck:1988 笺释, p. 303。

> 他们原先居住在辽阔的许佩里亚，与狂妄傲慢的圆
> 目巨人族相距不远。圆目巨人比他们强大，常劫掠他们。
> （6.4—6）

幸好他们有一位英明的国王瑙西托奥斯，他"仪容如神明"。正是在他的带领下，费埃克斯人族

> 来到斯克里埃，远离艰辛劳作的人们，给城市筑起围
> 垣，盖起一座座房屋，给神明建造庙宇，划分田地。
> （6.8—10）

诗人并没有具体描述费埃克斯人如何凭借勇气和智慧建造新城，仅仅说他们在这里围垣筑城，人人有居所，家家有田耕，似乎这一切都来得轻而易举。不过，"远离艰辛劳作的人们"（ἑκὰς ἀνδρῶν ἀλφηστάων，6.8）这一说法值得注意，因为"劳作"（ἀλφηστής）的希腊文原文的字面含义是"以土地出产物为食"。这意味着，费埃克斯人的先王的政治抱负不仅是远离强横的圆目巨人族，还要让子孙后代远离耕作土地的艰辛劳作。

因此我们看到，瑙西托奥斯建城的顺序是：先筑围垣。可见，城邦仍然要与大海有所隔离，人毕竟不可能生活在海上。围垣有如在海上开垦出陆地，然后建造人的居所，让费埃克斯人定居下来。接下来是建神庙，看来费埃克斯人的先王不乏虔敬。划分土地是一种政治安排，或者说建立一种政治秩序。由此可以看到，费埃克斯人并没有实质性地改变靠土地为生的凡人属性。因此，从陆上迁移到海岛，仅仅是为了摆脱与其他族群的争纷。

如前所述，先王瑙西托奥斯逐渐让自己的子民学会以海为生，摆脱艰辛的劳作（6.268—272）。这意味着，远离陆地的海岛城邦不得不改变祖传的生活方式。离开陆地上的争纷，同时也脱离了

陆地上的交往和生活物资的交换。城邦生活的所需转而得要航海贸易来填补。所以，费埃克斯人又发明了媲美神技的航船。

据今天的人类学史学推测，费埃克斯人很像是米诺斯人（Minos），这族人从美索不达米亚地区迁徙而来，那里长期处于弱肉强食的厮杀状态，想必不断出现类似圆目巨人族这样的强势族群。

根据考古发掘，大约公元前 2200 年，爱琴海中最大的岛屿克里特岛上出现了农业生活方式和大型王宫式建筑群。克里特岛的国王名叫"米诺斯"，岛民也被称为"米诺斯人"。公元前 1628 年，克里特岛曾遭遇火山喷发之灾，王宫被掩埋。米诺斯人在灾后重建了王宫，并一度成为如今所谓的"海上帝国"。

但两百多年后（大约公元前 1370 年左右），本来居住在欧洲东北部的希腊人迁移到希腊半岛，入侵并摧毁了米诺斯人的王国，建立起自己的王国，即史称希腊文明的真正开端的迈锡尼（Mycenaean）王国。[1]

卢梭在《社会契约论》中曾论证说，人类最早的土地划分是基于强力的压迫。因此，荷马笔下出现的"划分土地"（ἐδάσσατ' ἀρούρας）这个语词在笔者看来特别醒目。如果说费埃克斯人的王者有智慧，那也不过是逃离的智慧。由于这种智慧让整族人免于亡族的境地，王者才获得了信赖和爱戴。重要的是，费埃克斯人让我们看到，他们逃离了与强邻之间的土地争夺，斯克里埃的土地还需要划分，现在是王者的权威决定如何给人民划分土地。

荷马没有具体说瑙西托奥斯如何划分土地，但王者的权威在土地划分中无疑起着至关重要的作用。否则，城邦内部同样会因为土地而起争纷。

公主瑙西卡娅后来在交谈时提到，宙斯神按好人或坏人的区

---

[1] 安德列耶夫，《米诺斯时期的克里特文明》，库济辛主编，《古希腊史》，甄修钰、张克勤译，包头：内蒙古大学出版社，2013，页 39—52。

分凭靠自己的心意给世人分配幸福,这意味着凭人的德性分配,而非平均分配。瑙西卡娅说,既然是宙斯的心意,那么凡人不管领受什么"都得甘心忍受"。在某种程度上讲,这或可视为费埃克斯人对于先王瑙西托奥斯划分土地时的态度。换言之,国王在这个城邦施行有如宙斯的王权。

荷马没有进一步描述费埃克斯人获取财富的具体方式,而是通过描述费埃克斯人高超的造船术和航海术暗示,凭靠海上贸易甚至掠夺陆上部族的财富,费埃克斯人的城邦建立了海上强权,足以抗衡陆地上形形色色的各式城邦。不过,从后文费埃克斯国王阿尔基诺奥斯与奥德修斯的对话来看,费埃克斯人与圆目巨人这对世仇并未再交战。

费埃克斯人缔造的海上城邦会让今天的政治思想家想到某种复杂的现代状况,因为所谓的"海上强国"(Sea Power)指拥有出入沿海诸城邦的能力。施米特在《大地的法》中写道:

> 公海自由,无非指海洋即自由战利品的自由区域,在这里,海上的强盗——海盗们凭良心干他们"邪恶"的营生。要是走运的话,他们就能在丰厚的战利品中找到勇敢冒险、驰骋海上的奖赏。……没有哪个荷马的英雄会愧为这样勇猛而敢于试验自己命运的海盗之子。因为在坦荡的海洋上,没有围篱,没有界线,没有圈定的区域,没有神圣的场域,也就不存在法权和财产权。很多民族栖身于山区,远离海岸线,对海洋却仍然保有一种古老和虔诚的敬畏。[1]

费埃克斯人建成海上城邦之后是否就成了"海上的强盗",没

---

[1]　施米特,《大地的法》,刘毅等译,上海:上海人民出版社,2017,页 8。

法在荷马诗作中找到证据。但今天若有人拿 19 世纪后期的英格兰王国与费埃克斯城相比,那么,人们会觉得未必不恰当。因为,盎格鲁-撒克逊人属于日耳曼人的一支,原本生活在欧洲大陆北部,因躲避圆目巨人般的西北亚游牧民族的攻击而迁移到不列颠岛。

如果今天有人进一步拿费埃克斯岛国与美国对比,初看起来未必恰当,因为北美洲毕竟是大陆,而非孤悬大海中的小岛。但北美洲的殖民者多是为了逃避欧洲大陆上圆目巨人般的宗教政治体的压迫,并凭靠远离大陆的政治纷争而在北美洲发家。何况,这些西欧来的殖民者擅长技术发明,就此而言,美国也未尝不可以说是费埃克斯城国的写照。

无论如何,这类联想有一个坚实的思想史依据:寻求自我保存是英国-美国立国的首要政治原则。费埃克斯人建立海上城邦的人性动机是逃避强力和寻求自我保存,而一旦变得强势之后,费埃克斯人又成了凭靠技术实力与大陆上的巨人族一争高下的海上巨人族。

然而,荷马并没有让这样的想象成为文本现实,在他笔下,这个凭靠技术打造出来的最佳城邦有一个出人意料的结局。

二　奥德修斯登上费埃克斯人的技术岛国

费埃克斯城外的海滩上,奥德修斯正向公主瑙西卡娅乞援。雅典娜又一次从旁协助奥德修斯。她用神的技艺重新改造了奥德修斯的外貌,"把风采撒向他的头和肩"(6.235)。荷马用巧匠给银器镶黄金来比喻女神给奥德修斯打造外型。

这里首次提到了工匠神赫斐斯托斯,这位工匠神是技艺的化身。工匠神的显现不仅喻示技艺是费埃克斯人立邦的首要特征,也意味着奥德修斯要想进入这个技术之邦获得援助和馈赠,首先需要在技艺上获得神的帮助,以技艺制服崇尚技艺的费埃克斯人。

果然,在雅典娜的装扮下,神样的奥德修斯猎取了公主的爱慕,使得这位矜持的少女忍不住向随身侍女吐露心声,渴望奥德修斯长留本邦,当自己的夫君。公主的爱慕之心是奥德修斯进出这个最佳城邦的第一道牵绊,后来,国王阿基诺奥斯同样为奥德修斯的神采所倾倒,提出了与女儿同样的期盼。

劫后余生的奥德修斯在海上失去了女神卡吕普索的全部馈赠,没能从自己被迫滞留 7 年的奥古吉埃岛捎回任何东西。他赤身裸体地踏上费埃克斯人的土地时,与其说犹如一个重新降世的初生人,不如说更像是一个自然人,从而显得是自然人面见拥有技艺的文明人。

但这仅仅是奥德修斯的外观,他的内心仍然是王者。只不过常年的漂泊使得他已经淡忘了自己的这一身份,他需要重新找回"前世"的记忆和王者的身份(名字)。奥德修斯得在回忆中学习并找回自己,这种回忆意味着自我寻找和自我反省。所以,荷马笔下的奥德修斯故事主线以他的回忆作为起点,由此展开全诗的主要篇章。

费埃克斯人的伦理德性

眼下,奥德修斯听从了公主瑙西卡娅的建议,进城向国王阿尔基诺奥斯和王后阿瑞塔(Arete)乞援。荷马让笔下的奥德修斯充当了领路人的角色,让读者随着奥德修斯的行动和目光进城,借一个异邦王者的陌生化眼光来观看这个最佳城邦的外部形态和内在肌理。

在进城前,公主向奥德修斯大致介绍了费埃克斯城的全貌:

> 城市有高垣环绕,两侧是美好的港湾,入口狭窄,通道有无数翘尾船守卫,所有的船只都有自己的停泊埠位。

(6. 263—265)

作为费埃克斯人的公主,瑙西卡娅当然熟稔本邦的一切,她的介绍突出了费埃克斯城的外在特征:拥有优良港口,数量惊人的船只秩序井然地停泊在港。显然,费埃克斯人的航海优势令公主深感自豪。从所有的船只都能各有其位来看,城邦的治理很可能亦是如此井然有序。

真实情形是否如此呢? 城邦的外在形态与城邦的内在秩序是否一致? 带着这样的疑问,奥德修斯开始进城。这时我们值得回想奥德修斯被海浪抛到斯克里埃岛岸边苏醒时说的第一句话:

> 天哪,我如今到了什么样的人的国土? 这里的居民
> 是强横野蛮,不明正义,还是热情好客,心中虔敬神明?
> (6. 118—120)

对于这个陌生的城邦,奥德修斯首先想知道,在这片土地之上居住着什么样的人,这里的人有何种伦理德性。相较于城邦的外在形态,奥德修斯更看重城邦的内在品质:野蛮还是正义? 好客与否? 虔敬与否?

可是,进城后的奥德修斯并没有遇到费埃克斯城的居民,他首先遇到的是一位汲水的托罐少女,其实这少女是智慧女神雅典娜的幻化,这一戏剧性的细节增加了费埃克斯城的幻境特征(7.20)。事实上,诗人用了整整六卷篇幅(第七至十三卷)来讲述奥德修斯在费埃克斯城的经历,由始至终,奥德修斯都没有接触过普通民人。奥德修斯交流过的盲歌手得摩多科斯(Demodocus)不能算普通民人(8.486—499),因为,国王阿尔基诺奥斯在听完奥德修斯讲述自己的生平遭遇之后,曾把奥德修斯比作歌手,夸赞他讲的故事引人入胜,如歌手的诵诗般动听(11.368)。

　　奥德修斯在费埃克斯城仅仅与王公大臣和贵族子弟交流，这并非不可理解。作为王者，奥德修斯自然会主要关注一个政治体的贵族阶层，这个阶层的德性决定了民人的德性。

　　在斯克里埃岛上，奥德修斯遇到的普通人，除了由雅典娜幻化的捧罐少女外，还有奥德修斯与费埃克斯贵族青年比赛时的边界裁判员，可即便他也是雅典娜的幻化。这两个普通人在奥德修斯的故事中仅仅起推进情节的作用：捧罐少女指引他进城之路，边界裁判员则是在奥德修斯与费埃克斯城贵族青年比赛投掷铁球时监督他们不可作弊。不过，奥德修斯自己对此毫不知情，还以为是在费埃克斯人中遇到了"知音"。

　　为什么雅典娜刻意不让奥德修斯接触到普通的费埃克斯人呢？乔装捧罐少女的雅典娜随后亲自揭开了谜底：费埃克斯人对外来人十分冷漠：

> 　　这里的居民一向难容外来人，从不热情接待由他乡前来的游客。他们依赖迅疾的快船，驾驶着它们在幽深的大海上航行，震地神赐给他们，他们的船只迅疾得有如羽翼或思绪。(7.32—36)

　　费埃克斯人待人内外有别，对外乡人十分警惕、冷淡，宁可信赖高度发达的航海术，也不会信赖异乡人。他们制作的航船速度惊人，其他城邦的人制作的船绝无可能追赶上如此"迅疾如羽翼或思绪"的航船(7.36)。

　　甚至骄傲的瑙西卡娅公主也承认，费埃克斯人"心性傲慢无礼"(希腊语原文，6.274)。看来，在诸种技艺上皆处于绝对优势的费埃克斯人如神一般自足完满，毫无欠缺，他们对外乡人一无所求，自然无视宙斯颁布的待客之道。自恃技术高明，费埃克斯人忘记了建立城邦之前的生存状态，或者说有了技术之后，新一代费埃克斯人"远离艰辛劳作",丧失了在陆地上生活时所拥有的德性。

可见,费埃克斯人拥有技术后,伦理品质变坏了。威风凛凛的女神雅典娜也如此谨慎,可见费埃克斯人的城邦德性败坏到何种地步。国王阿尔基诺奥斯说费埃克斯人"与神亲密无间",其实是不实之词,费埃克斯人的虔敬是假象。

雅典娜布下迷雾庇护奥德修斯

为了奥德修斯在进城的路上不至于遇到麻烦,担心当地人会"出言不逊侮辱,盘问他是何许人"(7.17),细心的雅典娜刻意布下迷雾,一路护送奥德修斯。

自始至终,雅典娜在奥德修斯的费埃克斯城之旅中都起着护卫者的角色,这意味着奥德修斯得到神的看护。问题在于,宙斯为何要看护奥德修斯。在笔者看来,原因在于奥德修斯来到费埃克斯城之前的经历,而他随后将要对费埃克斯国王阿尔基诺奥斯讲述自己的经历,这是奥德修斯的费埃克斯城之旅的重头戏。

换言之,奥德修斯在这里实际成了现实中的王者的教育者。但是,在他成为这种教育者之前,他曾是费埃克斯城的仰慕者,以为这是他所看到的人世间的最佳城邦(9.11)。由此可以说,奥德修斯在费埃克斯城的经历隐藏着他心目中的最佳城邦观念的一场转变。

奥德修斯面对费埃克斯城的富裕若有所思

进城后,奥德修斯首先注目的仍然是城邦的外部基建设施:

> 奥德修斯无比惊异,看见那港口,平稳的船舶、英雄
> 们的会场,蜿蜒不断的巍峨城墙,林立的栅栏,种种奇观。
> (7.43—45)

让奥德修斯感到惊异的是什么？城邦的秩序、繁荣和富强。显然，这三者是任何一个政治共同体都期望获得并长久保有的最佳状态。不过，荷马让我们看到，奥德修斯对费埃克斯人拥有的"神明赏赐"的令人称奇的园艺栽培术(7.112－131)仅仅"伫立观赏"，尽管"歆羡"甚至惊奇，却若有所思。诗人写道：他面对"似有太阳和皓月发出的璀璨光辉"的宫殿，在"青铜宫门前，站住反复思索(*κῆρ ὥραιν ἱσταμένῳ*)"(7.83)。

我们回想在卷四看到的情形：斯巴达王墨涅拉奥斯面对利比亚的富饶，除了"歆羡"，并没有"站住反复思索"；甚至奥德修斯的儿子特勒马科斯站在墨涅拉奥斯"似有太阳和皓月发出的璀璨光辉"宫殿前也"歆羡"不已，恋恋不去。可见，王者也有个体德性上的差异。奥德修斯关切的首要问题是城邦的政治德性，而非物质财富的多寡。

奥德修斯作为王者并非不歆羡斯克里埃岛的丰饶：此地林木繁盛，"常年果实累累，从不凋零"(7.117)。但他"反复思索"的可能是这样的问题：斯克里埃的土地丰饶得益于费埃克斯人高超的农耕术，而非得天独厚的自然环境。毕竟，斯克里埃岛仍有四季之别、寒暑之分，仅仅是"西风常拂动"有助于岛内的果木生长。事实上，与陆地上的生存条件相比，斯克里埃岛更多受限于自然因素，要面对更多的因气候带来的偶然状况。在这种自然条件下，费埃克斯人在斯克里埃岛上建立的城邦还如此丰饶，不能不说是一个奇迹。显然，凭靠高超的技艺最大限度地克服自然因素，费埃克斯人的确摆脱了"艰辛的劳作"。荷马在诗中解释说，"这一切得益于神明对阿尔基诺奥斯的惠赐"(7.132)。换言之，国王阿尔基诺奥斯善发明创造的才智为国人创造发明了眼前的丰饶，而他的才智得益于神的惠赐。

但是，让奥德修斯反复思量的更有可能是，眼前丰饶的费埃克斯城的地理位置和自然环境与自己的母邦伊塔卡极其相似

(13.240—248),它是否值得自己效仿呢？或者说,最佳城邦的标志是富裕和摆脱艰辛劳作吗？技术让人不劳而获,这会给世人的生活伦理带来怎样的影响呢？

三　阿尔基诺奥斯王与费埃克斯城邦的德性

在阿尔基诺奥斯王宫的青铜宫门前驻足并"反复思索"之后,谨慎的奥德修斯仍不急于进宫,而是站在门槛前朝里张望。此时,奥德修斯的眼光注意到宫门两侧贴墙摆放着许多座椅,由门槛处一直延伸至主殿(7.95—6)。

诗人荷马以插入叙事的方式告诉我们,这是费埃克斯首领经常落座的地方,因为这些富足的王公大臣们常在宫里置办欢宴。殿内摆着很多黄金铸成的儿童手持火炬造型的烛台,诗人说,它们"为宫中饮宴的人们照亮夜间的昏暗"(7.102)。但这些烛台照亮的并不仅仅是"夜间的昏暗",还照亮了奥德修斯天性中的德性。

奥德修斯的德性目光

奥德修斯看到,沿宫殿两侧的墙壁摆放着连绵不断的座椅、随处可见的烛台,宫里有 50 个女奴正忙于织布、磨面,服侍正在饮宴的王公贵族们。奥德修斯此刻并不知道,但诗人告诉我们,这一场景与奥德修斯自己不在场的伊塔卡的王宫场景极其相似:那些求婚人正在他的宫中聚众饮宴,与侍女们寻欢作乐。奥德修斯后来返回伊塔卡后才看到:

> 那些人纵情享受歌咏和舞蹈,冥冥的黄昏不觉降临。

(17.605—606)

> 众求婚人又开始娱乐,旋转舞蹈,聆听动人的歌声,
> 进入黄昏暮色。冥冥夜色终于降临至这群娱乐人。

(18.304—306)[①]

伊塔卡的求婚人的奢靡生活表征着这帮人品德败坏,但眼下奥德修斯在费埃克斯城看到这一场景时,他能看出这是贵族阶层品德败坏的表征吗?

奥德修斯反复思忖与观望后,"迅速地跨过门槛,进入王宫"(7.135)。此前,奥德修斯的行动一再延宕、迟缓,然而,当他对王宫的细节了然于胸后,就立即行动,显示出奥德修斯灵魂的特质:审慎又勇敢。我们看到,奥德修斯仍在雅典娜的迷雾保护下进入王宫,所以他能顺利地穿过大厅欢宴的人群,直接走到王后阿瑞塔的面前,伸手抱住王后的双膝。当这一连串的乞援行动完成后,智慧的迷雾"立即散去"(7.143)。换言之,神性的智慧在奥德修斯身上还不稳定。

费埃克斯国王为何会对奥德修斯的到来感到震惊

奥德修斯作为乞援人的突然出现令王宫欢宴中的欢声笑语戛然而止,尤其是当奥德修斯开口向王后以及所有在座的王公贵族们求助时,全场愕然,大殿之上"众人不言语,一片静默"(7.154)。所有人都因这个外乡人的突然到来怔住了,连号称拥有"神圣智慧的"国王阿尔基诺奥斯也不知如何应对。这群摆脱了艰辛劳作的费埃克斯人已经被高度发达的技术带入了一个似乎非政治的生活状态。古典学者克拉克曾犀利地指出:

> [费埃克斯人]活得没有恩典,没有未来,没有活力;与他们为伍就会耗尽奥德修斯的英雄气概,因为他失去了任何行动的机会或必要性。这是一种活着的死亡。[②]

---

① 两个王宫在摆设上的相似性,亦见 16.408,17.32,17.179。

② H. W. Clark, *The Art of the Odyssey*, Bristol Classical Press, 1967/1982, p. 54.

王宫欢宴是费埃克斯城邦状态的写照，莺歌燕舞让这个城邦显得无忧无虑，似乎进入了仙境，这是凭靠技术能力获得的生活状态，实际上，这种莺歌燕舞状态中潜隐着城邦覆亡的危机。只不过，信赖技术能力的费埃克斯人不会意识到这一点。奥德修斯作为外邦人突然出现在王宫，意味着有人能够越过大海这一自然屏障进入费埃克斯城，对出于逃避强邻侵扰而迁移海岛的费埃克斯人来说，不啻于吃了一记当头闷棍。

可以说，奥德修斯的出现挑战了国王阿尔基诺奥斯的"神样智慧"。我们记得，瑙西卡娅说过，除非获得神的帮助，凡人绝无可能踏入此地。然而，拥有"神样智慧"的阿尔基诺奥斯万万没有想到，居然真有凡人在神明的帮助下进城，还能径直走到妻子阿瑞塔的面前，抱膝乞援。

应该注意到，诗人一再强调，阿尔基诺奥斯有"神赐的智慧"（ϑεῶν ἄπο μήδεα εἰδώς）。在第六卷开篇简单介绍费埃克斯人族时，诗人就提到，费埃克斯的第二代王者阿尔基诺奥斯拥有"神明惠赐的智慧"（6.12）；在第七卷开篇，诗人再次提到，这个岛国物产富足"均是神明对阿尔基诺奥斯的惠赐"（7.132）。显然，这特指技艺的智慧。雅典娜用"迷雾"罩住奥德修斯的智慧是另一种智慧——政治智慧。在柏拉图笔下的普罗塔戈拉所讲的"普罗米修斯神话"中可以看到，普罗米修斯能够给世人偷窃的仅仅是属于生存技艺的智慧：赫斐斯托斯的用火技艺和雅典娜的纺织术。人们缺的是由宙斯亲自保管的治邦术。

其实，雅典娜兼有两类智慧：纺织术和治邦术。在柏拉图的《治邦者》中可以看到，治邦术被比作纺织术：纺织需要谨小慎微，城邦秩序需要精心编织。因此，若用柏拉图笔下人物的说法来理解，眼下的场景无异于奥德修斯的政治智慧与阿尔基诺奥斯的"神样的"技术智慧迎面相遇。

换言之，奥德修斯的出现挑战国王阿尔基诺奥斯的"神样智慧"的含义是：技术智慧是否能代替政治智慧。如果我们记得施米特在 20 世纪 20 年代对西方现代文明迷信"技术进步的宗教"（eine Religion des technischen Forschritts）提出的著名警告，那么，我们就应该能够理解荷马笔下的场景：

> 时值 19 世纪，技术的进步业已令人叹为观止，甚至波及社会经济状况，乃至一切道德、政治和社会、经济问题均受其影响。各种前所未有、令人吃惊的发明和成就不断涌现，让人无法抗拒，在这种情况下，一种技术进步的宗教应运而生，它承诺所有问题都能通过技术进步得到解决。[①]

若用这段话来描述费埃克斯的海岛城邦，至少西方人自己不会觉得不恰当。

面对突然出现的陌生男性，少女瑙西卡娅的反应不是很镇定吗？没错。但我们不能忘记，瑙西卡娅之所以有如此反应，完全是因为前一晚雅典娜曾潜入她的梦中。

雅典娜没有进入过阿尔基诺奥斯的梦中，因为这位"神样智慧的"国王自以为有技术性的智慧。眼下我们看到，他明显不够机智，一副束手无策的样子，没有王者应有的气度和风范。可见，他拥有技术智慧，不等于有政治智慧。

于此可以解释这样一个细节：为何奥德修斯进入王宫宴饮场合之后，直奔王后阿瑞塔跟前抱膝乞援。公主瑙西卡娅先前曾告诉奥德修斯：费埃克斯国很可能是女人理政，王后阿瑞塔实际掌控着国家的权力。因此我们看到，奥德修斯后来讲述的故事，其用心

---

① 施米特，《中立化与非政治化的时代》，施米特，《政治的概念》，刘小枫编，刘宗坤、朱雁冰等译，上海：上海人民出版社，2015，页 126。

在于要打动王后阿瑞塔。

费埃克斯国王的肆心

此时，王宫所有人皆陷入难堪的静默，奥德修斯也不再说话，默然坐在王后近旁的炉火边，一时间场面显得难以收拾。幸好众人中有一位老王公，他虽然年迈，却"最善言辞"，而且"博古通今"（παλαιά τε πολλά τε εἰδώς，7. 157）。换言之，这位老王公恐怕是费埃克斯城仅存的老一辈有政治智慧的元老，他善意地提醒阿尔基诺奥斯，应赶紧让异乡人就坐，带领众人祭奠异乡人的保护神宙斯。

老王公的建议表明，他的政治智慧首先体现为虔敬，这与特勒马科斯所看到的皮洛斯与斯巴达的城邦德性差异若合符节。阿尔基诺奥斯与斯巴达王墨涅拉奥斯、皮洛斯王涅斯托尔之间的待客差异，体现为王者是否虔敬。与后两位王者相比，阿尔基诺奥斯确实没有把宙斯神优待客人的神律放在心上。

阿尔基诺奥斯倒是很机敏，他立即听从老王公的建议，遵行如仪（7. 167—181）。

尽管如此，以技术智慧自傲的阿尔基诺奥斯仍然不能相信，一个凡人能如此突然闯入他的领地，还能顺利进入王宫。倘若这一切真的发生了，那么他无法向子民交代，至少动摇了费埃克斯人对他的"神样智慧"的崇信。

阿尔基诺奥斯带领众人向宙斯神祭奠过酒后，立即询问奥德修斯，他是否"是位神明从上天降临到人间"（7. 198）。只有把奥德修斯理解成为神，阿尔基诺奥斯的技术神话才能继续维持。

奥德修斯遇上公主瑙西卡娅时，公主曾骄傲地说，费埃克斯人"受神明眷顾，避世僻居，在喧嚣不息的大海中"（6. 204）。这话至少让奥德修斯觉得，这是费埃克斯人一贯敬神的结果。但是，国王阿尔基诺奥斯对奥德修斯的说法就不同了：

> 往日神明总是以原形显现于我们，每当我们向他们
> 奉献丰盛的百牲祭，神们和我们同坐共饮与我们无区分。
> 即使我们单独与他们相遇于途中，他们也不把身形隐去，
> 因我辈与他们很亲近，如同圆目巨人族类和野蛮的众巨
> 人。（7.201—206）

阿尔基诺奥斯这番话相当狂妄，自以为有了技术智慧就与不朽的神没有了差异。按照诗人的说法，即便费埃克斯人拥有技术智慧，也是"神明眷顾"的结果。国王阿尔基诺奥斯却因此得意忘形，将神赐给费埃克斯人的智慧当成了自己的智慧："我辈与他们很亲近"的"我辈"是单数。似乎在诗人看来，王者的德性败坏（僭妄），会带来整族人的德性败坏。

拥有技艺是诸神的特长，一旦费埃克斯人的技术达到神妙的程度，他们就觉得可以与诸神平起平坐了。倘若如此，费埃克斯人对宙斯神族依然保持虔敬是真的吗？

女神雅典娜对费埃克斯人迁徙海岛后变得"高傲"早就看得分明，所以，她担心他们"出言不逊侮辱"奥德修斯（7.16—17），于是化身为托罐少女，假装在路边"偶遇"奥德修斯，提醒他进城后得小心翼翼。由此看来，国王阿尔基诺奥斯说费埃克斯人"与神亲密无间"，意思其实是说，费埃克斯人并不把神放在眼里。

阿尔基诺奥斯显得是这个技术之邦的"神"，他发明创造了那些先进的技术，费埃克斯人才"奉他如神明"（7.11）。若对比培根笔下的科技城邦，阿尔基诺奥斯就显得是科学家成了城邦的王者。[1] 差异在于，荷马不是培根，荷马并不认为技术之王能超凡成神。技术毕竟不能让即便有半神品质的费埃克斯人躲过哈得斯的

---

[1] 比较派西克，《欲望、科学和政治》，见培根，《论古人的智慧》（增订本），刘小枫编，李春长译，北京：华夏出版社，2017，页148—178。

召唤:终有一死是凡胎即便凭靠技术也无法抹去的本性。因此,诗人让奥德修斯随后在这里回忆起自己的冥府之行,显得意味深长。

从今天的基因工程和人工智能科技的发展来看,生物科学家和人工智能科学家似乎正在迈向最后的一步:抹去凡胎终有一死的本性。即便后现代的科学家真的实现了这一目的,仍然不等于解决了何谓最佳城邦的问题。毕竟,世人的政治问题不是关切如何不死,而是关切如何生活得"最最美好"。

奥德修斯应对阿尔基诺奥斯时的言辞

对于阿尔基诺奥斯的询问与猜测,奥德修斯回复得很巧妙:他向阿尔基诺奥斯乞援。

我们已经看到,自踏足费埃克斯人的土地以来,奥德修斯非常讲究说话技巧:现在他是第三次乞援。前两次分别向公主瑙西卡娅、王后阿瑞塔乞援,现在是向国王阿尔基诺奥斯乞援,三次各有侧重。第一次乞援的用词最为恳切,请公主指点自己流落何处,赐求衣物蔽体的同时,巧妙地暗示自己有王者身份(6.164)。第二次乞援则单刀直入,上前抱住王后双膝,直接吁求她帮助自己返乡,但刻意回避了自己的身份。

这次向阿尔基诺奥斯乞援时的说辞最有看头。奥德修斯没有正面回答自己是不是神祇,而是说自己无论在身材还是容貌上都无法与"拥有广天的神明们"比拟,这无异于提醒在场的费埃克斯王宫人士不要忘记自己是个"有死的凡人"(7.210)。换言之,奥德修斯表面上是说自己,其实话锋指向费埃克斯王族。

从过往的经历来看,奥德修斯至少亲眼见过数位神明,还与女神基尔克、卡吕普索共同生活过,与卡吕普索朝夕相处甚至长达7年,更别说雅典娜时常向他显身,赫耳墨斯还曾赠他神奇的摩吕草。换言之,奥德修斯领受过神性的诸多恩泽,对神和人的认识都远远超过其他王者。

奥德修斯的话点出凡人的终有一死性——神与人的关键性区分，直击了费埃克斯人最佳城邦生活的要害。自恃技术超凡入圣的费埃克斯国王宣称，在本邦神与人无区分。但他恰恰忘了，人终有一死使得人与神的不朽永远不能相提并论。

四　奥德修斯如何成功乞援

奥德修斯在乞援言辞最后才向在场的费埃克斯王公们透露了自己的王族身份：有家产、奴隶和高大的宅邸。

奥德修斯的言辞赢得了众王公的"一致称赞"，大家一致同意，理应送这异乡人返乡（7.225）。但我们应该注意到，唯有王后阿瑞塔一直沉默，似乎她对送这异乡人返乡一事有所保留。

王后阿瑞塔的隐秘忧虑

听完奥德修斯的乞援之词后，阿尔基诺奥斯打发王公大臣们回家，宣布次日再议是否帮助这位异乡人返乡。阿尔基诺奥斯显然看出王后对这件事情有所保留，但他不想在这样的公开场合进一步询问奥德修斯，而是打算自己夫妻二人单独细细询问这位异乡人的来历和目的（7.181—231）。

众王公大臣离席后，一直沉默的王后阿瑞塔果然首先开口。我们已经看到，奥德修斯一进王宫就直奔王后跟前，抱住双膝乞援，王后却不动声色，可见王后与国王不同，她未必与夫君一样迷信技术智慧。随后，她一直在暗中观察这位乞援的异乡人的一举一动，并且敏锐地认出，奥德修斯所穿的衣服出于自己与女仆之手。她虽然感到惊奇和困惑，却不动声色，耐心等待机会。现在只剩下三人在场，她才开口询问奥德修斯：既然你"自称海中飘零人"，那么，你身上的衣服从何而来？

其实，当王后看到奥德修斯身穿她亲手缝制的衣裳时，她就想起了女儿今早的异常之举:瑙西卡娅突然宣称自己已到婚龄,要去海边洗衣准备嫁妆。这突然出现的异乡人就穿着她今早带走的衣裳,让王后在心里自问:眼前这异乡人与自己的女儿有何关系? 难道是女儿授意此人来向自己求援?

尽管王后起了疑窦,她并没有立刻揭穿异乡人与女儿之间可能存在的联系。她的问话非常含蓄,仅仅问奥德修斯身上的衣服是哪来的。奥德修斯一下子就明白了王后话里的真正意思,只有阿尔基诺奥斯还蒙在鼓里。

诗人在这里说到了奥德修斯"足智多谋"(7.240),这也意味着,奥德修斯明白王后其实是在问:瑙西卡娅是否参与了他的乞援行动。由于瑙西卡娅先前叮嘱,不要向当地人泄露自己指点奥德修斯乞援一事(6.273-290),奥德修斯巧妙地回避了衣裳的来历问题。他将话题引向了回述自己的身世,奥德修斯从特洛伊战场返乡之旅的故事由此展开。

不过,狡黠的奥德修斯此刻还不愿意全盘托出自己的经历,他仍然隐匿着自己的真实身份。他首先仅仅回忆了7年前滞留女神卡吕普索的仙岛以来的遭遇,并没有提到从特洛伊战争结束到遇上卡吕普索之前的这段遭际,而这部分经历才是奥德修斯故事的主体。从而,奥德修斯在眼下这个场合仅仅讲述了自己的整个故事的前奏。

由此我们看到,所谓奥德修斯的返乡经历是出自他的自述,而这一自述的直接起因是为了回答王后的问题。我们值得推想,既然是自述,奥德修斯定然会仅仅讲述他认为应该讲述的事情,隐去那些他认为不宜讲述的事情。就好像后来的希腊人写纪事[史书]那样,仅仅记叙值得记住的事情。这意味着,讲述过去的经历——所谓史述,是为了当下的政治教育。

奥德修斯自述的这个前奏曲已经足以解除王后的焦虑和好奇:他向国王夫妇交代自己如何因一场海难失去了全部同伴,独自一人被迫在女神卡吕普索的仙岛滞留 7 年,直至第八个年头,女神突然放他回乡,归航中如何受到海神波塞冬打击,随后又如何意外地被"海浪推拥"(7.277)到斯克里埃岛的岸边,有幸偶遇公主并得赠衣衫和食物。

奥德修斯貌似坦承,实则隐瞒了最重要的信息。首先,他隐瞒了海神的女儿伊诺的预告:自己命中注定会在斯克里埃岛获救,并将获赠丰厚的礼物,由此处返乡。其次,他隐匿了自己的真实身份和名字,即他是远征特洛伊的希腊盟军将领,伊塔卡之王——英雄奥德修斯。第三,他隐瞒了公主瑙西卡娅指点他径直向王后阿瑞塔抱膝乞援。

奥德修斯的激将法

奥德修斯编织的回忆前奏曲刚刚讲完,王后尚未回应,国王阿尔基诺奥斯就争先抢着回答。他急不可待地指责女儿"考虑欠周全"(7.299),遇到落难至此的奥德修斯没直接将他接到王宫。奥德修斯按当初公主的吩咐隐瞒了真相,一口咬定是自己不愿意随公主到王宫,因为他害怕阿尔基诺奥斯恼怒他的鲁莽和不敬。

奥德修斯的言辞暗含一个激将法,他说自己这样做是因为他知道,"我们世间的凡人生性心中好恼怒"(7.307)。显然,奥德修斯见识过各种城邦和各种人的心思,他早就看穿了阿尔基诺奥斯灵魂的本相:好大喜功,自视甚高。

果然,被奥德修斯的话刺激后,阿尔基诺奥斯忙不迭为自己辩解,以显示自己并非凡俗之辈。他骄傲地告诉这位异乡人:

> 尊敬的客人,我胸中的心灵并不喜好随意恼怨,让一
> 切保持分寸更适宜。(7.309—310)

为了证实自己所言不虚,阿尔基诺奥斯对眼前这位陌生的客

人说,他要请诸神作证,自己自愿把女儿嫁给眼前这位与自己"性情相投"(7.313)的异乡人,并赠予奥德修斯"家宅和产业"(7.314)。

这个突如其来的表态让王后措手不及,但她仍旧保持沉默,一言不发。王后为何如此,显得是个谜。

阿尔基诺奥斯未等奥德修斯回应他的慷慨,马上又话锋一转,表示自己绝不强人所难,眼下他就决定,明日送奥德修斯返乡。

对于国王的许诺,王后和奥德修斯都一直保持沉默。毕竟事情发展得太快,也过于顺利,奥德修斯甚至都没有机会表达自己的意见或谢意。国王继续兴致勃勃地对奥德修斯介绍最令自己骄傲和自豪的航船和航海术(7.320—328)。

国王阿尔基诺奥斯得意忘形

阿尔基诺奥斯对费埃克斯人的航船和航海术的夸耀虽然简短,却提到了最为重要的要点:费埃克斯人无论航行到多远的地方都能轻易折返。阿尔基诺奥斯举了一个例子为证:费埃克斯人甚至曾陪同拉达曼提斯(Rhadamanthys)前往冥府探访"地生子"提梯奥斯(Tityus):

> 他们去到那里,丝毫不费辛苦地完成任务,并于当天折返回来,你自己会知道我们的船只多么快速,我们的年轻人多么善于在海上航行。(7.325—328)

拉达曼提斯是宙斯与女神欧罗巴所生之子,向来以公正严明闻名。相传他曾为克里特岛制订了严明的法典,处事公正严明,极具政治才智,生前受万民敬仰,死后被宙斯立为冥府三判官之一,审断亡魂的生前善恶。在阿尔基诺奥斯看来,费埃克斯人能够陪同这样一位古代圣王远去冥土拜访提梯奥斯,实在是一件值得夸耀的事迹。

阿尔基诺奥斯没有想到，当他在夸耀费埃克斯人神妙的航海技艺时提到拉达曼提斯，无意中透露了神意的安排：他凭技术治理斯克里埃岛将受到拉达曼提斯的公正审判。缺乏自知之明的阿尔基诺奥斯却以为，他举的这个例子足以表明，他发明神奇的航海术使得他拥有无上的权威。尽管女儿瑙西卡娅也曾向这个异乡人介绍，说自己的父亲是"费埃克斯人勇武（χάϱτος）和强力（βίη）的源头"（6.197），却闭口不提身为王者的阿尔基诺奥斯是否智慧和公正。然而，进城之前，雅典娜化身的汲水少女却极力称赞过王后的高贵德性：

> 　　阿瑞塔往日备受尊重，现在也这样。受到他们子女、
> 阿尔基诺奥斯本人和人民的真心实意的尊敬、视她如神
> 明，每当她在城中出现，人们敬重地问候她。只因她富有
> 智慧、心地高尚纯正，为人善良，甚至调解男人间的纠纷。
> （7.69—75）

如此看来，虽然身为女人，阿瑞塔不仅拥有一个理想王者的品质和德性，还有治国理政之才，其民众威望也远胜夫君阿尔基诺奥斯，是费埃克斯城真正的王者。不过，王后显然很聪明，她并没有把自己的过人才智显露人前，尤其是没有让丈夫阿尔基诺奥斯发现。她似乎善意又节制地把自己的聪明包裹起来。

所以，一向得意忘形的国王阿尔基诺奥斯甚至没有动脑筋想想，为何奥德修斯进宫后径直奔向王后阿瑞塔。由此可见，他因拥有技术智慧而得意忘形到何种地步。

奥德修斯对阿尔基诺奥斯的得意忘形当然欢喜不已，他马上高声吁请宙斯神出面监督实现这一允诺：

天父宙斯,请让阿尔基诺奥斯实现所说的一切,愿他
的声名在生长五谷的大地上永不泯灭,愿我能顺利地返
家园。(7.331—333)

就这样,阿尔基诺奥斯安排好奥德修斯归乡的一切,似乎奥德
修斯明天就可以启程告别费埃克斯人,顺利返乡。这场王宫夜谈
由阿瑞塔的发问开启,以奥德修斯欢喜祝祷收场。而在这场谈话
过程中,王后阿瑞塔都一言不发,似乎在一旁若有所思。当阿尔基
诺奥斯开始对异乡客夸夸其谈时,她干脆悄然起身,去安排侍女们
为奥德修斯的安寝做准备。

谈话直至深夜,王后派人预备好一切,只待奥德修斯酣睡一晚
后启程返乡。费埃克斯人的故事似乎到此为止了。

不可忘记神意的安排

我们值得再次回忆起宙斯在奥林波斯山上发出的神谕,他告
诉自己钟爱的女儿雅典娜,奥德修斯独自航行历时 20 天后将到达
费埃克斯人的国土,然后他将会有如下经历:

他们会如同尊敬神明那样尊敬他,用船舶送他返回
自己的故土和家园,馈赠他青铜、黄金、无数衣服和礼物,
多得有如奥德修斯从特洛伊的掠获,要是他能带着应得
的那部分回故土。须知命运注定他能见到自己的亲人,
返回他那高大的宫宅和故土家园。(5.36—42)

到目前为止,宙斯的神谕只实现了三分之一:费埃克斯人将会
用神奇的航船送奥德修斯返乡。但是,奥德修斯尚未收获赠礼,以
及此方人对他"如同尊敬神明"般的敬意。

对奥德修斯而言,赠礼是他返乡后重登王位的保证。对此,奥

德修斯有着足够清醒的实际考虑。正如他后来坦承的那样，只要能获得赠礼，他宁可在费埃克斯城再待上一年。

> 因为我可以带着更多的财宝返故乡。那时所有的人
> 会对我更加敬重，更加热爱，当他们看见我回到伊塔卡。
> （11.360—361）

可见，财富是奥德修斯返乡后重获政权的必要条件之一。若奥德修斯空手而返，即使顺利回到伊塔卡，也无法面对父老乡亲，因为这意味着他 20 年前决定参与特洛伊战争的决策，是对城邦犯下的低级错误：伊塔卡不但白白损耗了武器装备，也失去了最精锐的一代子弟，而城邦却因此一无所获。赠礼必不可少，否则，奥德修斯的母邦对他满腹怨愤（24.425—437）。

诗人在此留下一笔悬念：明早就要启航，奥德修斯如何能获得赠礼？宙斯神意将会如何实现？一直没有行动的王后阿瑞塔是否会在神意实现的过程中起到关键性作用呢？

五 费埃克斯城邦的政体要素一瞥

奥德修斯对于自己身上的神谕实际上只知道一半，那是他从大海深处的神女伊诺处听来的（5.345）。他并不知道，自己将会在费埃克斯岛国收获丰厚的赠礼，其数量与他在特洛伊战争中斩获的战利品相当。

可以说，随后五卷（第八卷至第十三卷）的情节推动力就是宙斯的神谕将如何实现。奥德修斯对神谕不知情，使得他的个人心志在神谕的实现过程中扮演了至关重要的角色。在接下来的五卷中，诗人巧妙地将宙斯的神谕与奥德修斯的个人心志结合在一起：如果宙斯的神谕是定量，是必然要实现的恒定因素，那么，奥德修

斯的个人心志就是变量,是最难把控的因素。

这隐含着一个属于政治智慧的道理:即便一个人或政治共同体有神的看护,也还得凭靠自己有优异的政治德性使得神的意志得以实现。换言之,神意并不廉价地白白赠予缺乏优异德性的个人和政治体。

宙斯即整全,他知晓一切,包括掌握奥德修斯的先天禀性(physis),因此他能预言未来必然实现的一切。可是,奥德修斯并不清楚宙斯加诸其身上的意志,更不知道自己接下来的行动其实是宙斯神谕实现的组成部分。所以,诗人设置的悬念就在于:奥德修斯如何在并不知晓的情形下实现宙斯的神谕,即为自己争取到费埃克斯人的赠礼。

吊诡的是,费埃克斯人同样背负着一个神谕,而且恰好与奥德修斯背负的神谕相悖:两个神谕中仅有一个能实现。两个悖反的神谕背后,其实是奥林波斯山上的两位主神即宙斯与波塞冬之间的角力,实力悬殊的波塞冬将会是失败的一方。

我们注意到,第八卷到第十三卷,是全诗中神谕出现最多的地方。与前述两个神谕相关,还有圆目巨人波吕斐摩斯身上的神谕:他将在奥德修斯手上失去自己唯一的眼睛(9.506—512)。

这三个神谕互相纠葛,成为《奥德赛》戏剧第一幕的基本情节推动力。换言之,奥德修斯的返乡之旅故事将始终在这三个神谕的张力之中展开,互相抵牾的三个神谕如何实现,成为接下来五卷诗篇最主要的戏剧动机。我们值得看看,诗人如何一步步引入这三个神谕。

费埃克斯城邦的王政要素

第八卷开篇时,已经是奥德修斯到达费埃克斯城的第二天清晨。当"有玫瑰色手指的黎明"刚刚降临斯克里埃岛,前一晚与奥德修斯谈至深夜的阿尔基诺奥斯几乎与奥德修斯同时起身。阿尔基诺奥斯显得比奥德修斯更急不可待，天刚亮，他就带领众王公前往召开全城城邦民大会的广场。看来，国王急于在全城邦民面前公开商讨奥德修斯这个突如其来的异乡人的返乡事宜。

从召开城邦民大会这一细节来看，费埃克斯人的政体似乎是兼有民主制、君主制和贵族制要素的混合政体。关于费埃克斯人的政体特征，诗人在第六卷已经有所暗示。当时，公主瑙西卡娅受雅典娜梦中警示，清晨前去向父母禀告梦境所示之事，恰好遇到父亲阿尔基诺奥斯受城中贵族们的"盛情邀请"，正要出门"前去与杰出的王公们(βασιλῆας)一起出席会议(ἐς βουλήν)"(6.54—55)。

羞怯的公主借口父亲与"贵族们一起开会商议要政(βουλάς βουλεύειν)，①也需衣冠整洁"，以便与父亲的"身份相称"(6.60—61)。公主的说法实际上曲折表达了自己已达婚龄，要外出准备得体的嫁衣。注疏家们特别关注这里出现的"王公们"(βασιλῆας)，即βασιλεύς[王/首领]的复数形式。在迈锡尼时期，这个语词指下属官员或地方长官，而在荷马笔下，"βασιλεύς兼有王者和部落首领的意思"。②换言之，这个语词在荷马那里指"王公"或后来所谓的元老。在普鲁塔克的《希腊罗马名人对比列传》中还可以看到类似用法，即βασιλῆες指称家族长老。只不过荷马笔下的βασιλεύς更多指称受头领们拥戴的人，即头领中的头领，或众头领的头领。在斯克里埃岛上，有13位出身高贵的王公或者部族首领(7.49，7.136，7.189，8.40—1，8.390)。

看来，瑙西卡娅的父亲不过是王公中的头领，13位首领的头人。倘若如此，费埃克斯的政体样式很难按后世的政体划分来界定。除了13位王公组成的权力核心外，王后阿瑞塔也处于权力的核心地位，她虽然没有任何实际职务，却更像费埃克斯人中

①　比较《伊利亚特》10.147，10.327，10.415。
②　Garvie：1994 笺释，p. 96。

的无冕之王。女神雅典娜对她评价颇高,说她"富有智慧、心地高尚纯正"(7.73),能"调解男人间的纠纷"(7.74)。阿瑞塔不仅受到丈夫和儿女们敬重,还备受民人"真心实意的尊敬,敬她如神明"(7.71)。

由此可以理解,奥德修斯能否顺利返乡,王后阿瑞塔是关键人物。因此,雅典娜在奥德修斯进城之前就告诫他,必须首先找到王后阿瑞塔:

> 只要你能令她对你产生喜悦和好感,那时你便有希
> 望见到自己的亲人,回到建造精美的家宅和故乡的土地。
> (7.75—77)

不少研究者还注意到,国王阿尔基诺奥斯虽然是众头领的头领,其他 13 位王公仍能对他直言劝谏。我们在前面已经看到,奥德修斯突然闯入王宫向王后乞援时,满场愕然,国王阿尔基诺奥斯也不知所措,而众王公中"年事最为高迈"的老英雄埃克涅奥斯毫不犹豫地指点国王,应该如何行事(7.154—166)。

费埃克斯城邦的民主外观

可见,费埃克斯政体的最高权力机构其实是王公议事会即君主制与贵族制要素的混合。① 此外,费埃克斯人还有全体城邦民共同参与的城邦民大会,荷马语汇中与"[王公]议事会"(βουλή)一

---

① 参见 T. B. L. Webster, *From Mycenae to Homer: A study in Early Greek Litera-ture and Art*, New York: Routledge, 1958/1964/2015, pp. 107—109;亚里士多德,《政治学》1285b。还值得提到,荷马笔下的术语即便与后来的语词同形,也未必有后世所理解的含义,见 *Language and Background of Homer*, ed. by G. S. Kirk, Cambridge, 1964. pp. 140—144; C. H. Whitman, *Homer and the Heroic Tradition.* Cambridge Mass. , 1958, pp. 288—290。

词相对的"集市广场、城邦民大会"(ἀγορή)，也有召集民人开会的含义。①

阿尔基诺奥斯一大清早要赶去"集市广场"(ἀγορή)，可见，即便他独自决断了奥德修斯返乡一事，他也得在"集市广场"上向全体费埃克斯人宣布这一决定。由此看来，费埃克斯的政体还带有民主制要素。

雅典娜格外重视这次大会，她幻化成国王的传令官，前去召唤每个费埃克斯人前往城邦民大会广场，并宣告了"神样的"奥德修斯的到来。女神幻化的传令官并没有告知民人具体是什么事情，民众也不知道，阿尔基诺奥斯即将在大会上宣布护送奥德修斯返乡的事。这意味着，城邦民对于城邦的大事并无参与决策的权力，但他们有别的"权力"。亚里士多德主张应该让城邦多数人参与政治，他的眼睛很尖：

> 公民中的自由人和大量群众应该享有什么样的权利？这些人既无财产也无值得一提的德性。让这样的人出任最高的职位很不保险，因为他们的不公正和愚昧必定导致罪行和错误。然而，把他们撇在一边也会出很大麻烦，一旦有过多的人被排斥在公职之外，城邦中就会遍地仇敌。唯一的解决办法就是，让他们参与议事和审判事务。(《政治学》1281a23—31)

不过，亚里士德多随即补充了梭伦改革雅典政制的例子。公元前594年梭伦建立以抽签的方式创建400人议事会，分走了原

---

① 《伊利亚特》和《奥德赛》中有不少涉及城邦民大会的场面，比较《奥德赛》2.1，3.137；《伊利亚特》1.53，2.48，3.489，9.9，18.243，19.243，22.3。由此可见，在荷马时代，城邦民大会在城邦生活中已经具有重要作用。

有贵族阶层的一部分权力,由普通民众成立的陪审员法庭成为"雅典民主政体的核心机构"。① 不过,亚里士多德一针见血地指出,梭伦的民主政制的改革基于他本人对民主本质的深刻认识,因为,梭伦尽管任用"民选官员和监督行政官",但是"不允许他们单独为官"(1281b30—33)。②

无论如何,费埃克斯民众的态度仍然很重要,否则雅典娜也不会那么重视。由于担心奥德修斯无法赢得全体民人的友爱(φίλος)和敬畏(δεινός),③雅典娜甚至特意在奥德修斯的肩头"撒下神奇的气韵"(8.19),好让奥德修斯的外表看上去更加魁梧和壮健。原来,费埃克斯人将会用各种竞争(ἀέθλους πολλούς)来考验奥德修斯(8.20—23)。

奥德修斯接下来面对的费埃克斯人设计的竞技考验,成了他能否从费埃克斯城得到赠礼的一大关键。当民人聚齐集市广场后,阿尔基诺奥斯开口发言:

> 你们听我说,费埃克斯的首领们(ἡγήτορες)和主事者(μέδοντες)们。(8.11)

雅典娜先前幻化成阿尔基诺奥斯的传令官在城中四处奔走时也用过这个句式,她对自己遇到的每一个人,一律称之为"首领们和主事者们"。尽管有这样尊贵的称呼,城邦民集会的功能与其说是参与决策城邦事务,不如说是国王通报王公议事会或者国王本

---

① 关于雅典的政制改革参见黄洋、晏绍祥著,《希腊史研究入门》,北京:北京大学出版社,2009 年,第一章。

② 亚里士多德承认斯巴达人从平民中选举监察官有不少弊端,对此他在《政治学》有不少批评,如 1270b6—15、1292a25—30。

③ 在埃斯库罗斯的肃剧《阿伽门农》中,海外归来的阿伽门农曾警告他的妻子克吕泰墨斯特拉:"人民的声音是强有力的"(行 938)。见《罗念生全集》,第二卷,上海:上海人民出版社,2007,页 229。

人的决定,似乎城邦民享有如今所谓的知情权,其实不然。我们看到,阿尔基诺奥斯宣布护送奥德修斯返乡的决定后,接下来就安排具体事宜:挑选一只首航的船,选出 52 个杰出的年轻人组成护航队的水手,以及航行中必备的食品。然后,大会就结束了。会场上没有任何讨论,对于国王的决议也没有任何异议。可见,所谓城邦民大会无异于国王派活儿的场合。在通讯不发达的荷马时代,政治体的动员只能采取这样的方式,并非不可理解。

这时我们值得想起,先前雅典娜曾警告奥德修斯不要接触本地人,因为这里的人对异乡人非常防范,甚至会冒犯外人。既然如此,城邦民对国王的宣布和安排的反应如此平静就显得有些诡异。因为,国王决定护送的是一个费埃克斯城人不知其来历的异乡人,这意味着全城的人都得冒触犯神谕的风险。这样的决定明显对城邦不利,费埃克斯人没有谁发出反对声音,这又该作何解释?

说来可能会让今天的我们感到诧异:事实上,费埃克斯的城邦民没有实际的权利或如今所谓的参政权,却在名头上有很大的权利。"执权杖的诸王公"能够进入王宫参与饮宴,知晓和讨论邦国大事,但他们没有被称为"首领们和主事者们"。换言之,普通民人虽然没有参政和决策的权力,但他们是名义上的"首领们和主事者们",这样的称呼在他们听来当然很舒心。由此看来,雅典娜懂得民人心性,而费埃克斯城"执权杖的诸王公"们也懂得如何统领民人。

所以,当阿尔基诺奥斯交代完返乡的具体安排后,他就邀请"执权杖的诸王公"(8.40)一齐到宫殿里招待异乡客人。王公们应声前往王宫,而 52 名水手则快步前去准备返航的具体事宜。

国王虽然仅指名邀请 12 名王公到宫殿,可城中民人连同 52 名水手也不请自来,"汇集的人群,有老有年轻,难以胜计"(8.58—9),挤满了王宫的"前厅、院廊和各个宫室"(8.57),慷慨的国王为这些"来宾"备办了丰盛的宴席。

这样的细节让今天的我们会觉得不可思议,其实,对于一个人口很少的城邦政治单位来说,并非不可思议。权力层与底层的民众交流畅通无碍,也不值得感到惊讶。接下来我们就会看到,费埃克斯城的邦民与贵族王公如何共同欣赏歌手的吟唱和贵族青年们的竞技等娱乐活动,共享城邦共同体的快乐时光。

城邦的竞技

让我们的视线跟随阿尔基诺奥斯进入王宫的殿堂。他在广场邀请 12 名王公到宫殿时说,他已经请来盲歌手得摩多科斯(De-modocus)为众王公们吟唱"心中的一切启示"(8.45)。因此,我们首先看到的是这位盲歌手的吟唱。

盲歌手的第一段吟唱主题是特洛伊战争中希腊人的英雄伟绩,其中提到奥德修斯与阿喀琉斯的争吵,希腊盟军的内部分裂以及特洛伊人命定的失败(8.74—82)。得摩多科斯说,这场战争对双方来说虽然都是不幸,但却是"按照伟大宙斯的意愿"。

真可谓说者无心,听者有意,盲歌手的吟唱马上勾起了奥德修斯的惨痛回忆。回忆带来了知识,奥德修斯因盲歌手的吟唱渐渐恢复了自我的认知,并开始回想自己的真实身份。我们应该记住,直到此刻,奥德修斯仍是个无名的乞援人。尽管国王和王后数次问起他的来历,他都避而不答。盲歌手的吟唱瓦解了奥德修斯的精神防线,他忍不住流下了眼泪,这是他恢复自我意识的标志。如果说奥德修斯赤裸身体来到斯克里埃岛的旅程犹如一次精神性的投胎过程,那么,此时的眼泪恰似初生儿的啼哭。

尽管奥德修斯竭力掩饰自己的泪水,仍然被阿尔基诺奥斯察觉到,而众人则完全没有注意到奥德修斯的眼泪。阿尔基诺奥斯没有直截了当地询问奥德修斯为何如此悲伤,他提议众人一起到广场去竞技取乐,似乎想让奥德修斯离开悲伤。国王提议:

现在让我们到外面去进行各种竞技,等到我们的客人回到他的家乡后,也好对他的亲人们说起,我们如何在拳击、角力、跳远和赛跑上超越他人。[①] (8.100—104)

看来,阿尔基诺奥斯已经感觉到奥德修斯的眼泪有来历,但他不动声色,建议去竞技场与费埃克斯城的贵族青年搞一场竞技赛。其实,国王的建议暗含试探,即通过奥德修斯与本地贵族竞技以探他的真实来历。

在荷马时代,体育竞技属于贵族活动,通过获得荣誉而显示自己的"优异品质",即所谓"美德"或"德性"(ἀρετή)。实证史学的古典学说:

> 在荷马和其他早期作家的作品中,英雄式的德性,即ἀρετή[德性],也许被定义为一个在本质上具有竞争性、等级性和自私性的民族理念。国家之间以及民众在政治舞台上的竞争是为了维持社会的安定,促进社会的繁荣。身体的美感被认为是高尚美德的外在表现。……在这些(个人)项目中,赢得个人荣誉是运动员的最高目标——甚至值得用生命去达成的目标。[②]

这样的说法对我们理解眼下的情节未必有帮助,因为我们应该意识到,奥德修斯现在遇到了一个两难。一方面,奥德修斯必须在这竞技中获胜,既是为了个人的荣誉,也是为了向费埃克斯人证明,他配得上国王的决议;另一方面,如果他在竞技中表现出色,又容易让他暴露自己一直在隐藏的真实来历——来自伊塔卡王国和

---

① 比较《伊利亚特》22.381。

② 斯坎伦,《爱欲与古希腊竞技》,肖洒译,上海:华东师范大学出版社,2016,页335。

特洛伊战场。

不仅如此,奥德修斯甚至已经感觉到,这场竞赛并不仅仅关涉个人,也涉及到城邦的荣誉。换言之,这场竞赛暗地里其实是两个城邦的德性品质的对决。我们应该注意到,王后阿瑞塔的名字的希腊文原文与"德性"(ἀρετή)是同一个语词,而她又是费埃克斯城的实际掌权者之一。

荷马的笔法寓意十足,妙不可言:奥德修斯想要顺利返乡,首先得向"美德"王后乞援,然后通过竞技获取个人的荣誉(美德)才能最终成行。

我们不能忘记在一开始就提到的基本主题:寻找最佳城邦的范例——费埃克斯城是这样的范例吗? 现在我们已经随着情节的推进进入政体与城邦德性的层面。

六 奥德修斯在费埃克斯城的德性较量

在雅典娜的帮助下,奥德修斯注定是最后的胜利者。在第八卷开篇,借女神雅典娜精心装扮奥德修斯"在他的头和肩撒下神奇的气韵,使他的仪表更魁梧,也更壮健"的这一细节(8.19—20),诗人已经预告了这场竞技的结果:奥德修斯将在体育竞技场上完胜费埃克斯人,夺得胜利者的荣誉。

只有让费埃克斯人钦佩这个无名乞援人的卓越,他们才会心甘情愿送他返乡,奥德修斯才能顺理成章地取回"英雄的奥德修斯"的名号。因此,这场比赛对双方来说,都必不可少。

德性比赛

在阿尔基诺奥斯的授意下,费埃克斯人再次聚集到召开城邦民大会的广场,观看接下来的体育竞技表演。以阿尔基诺奥斯为首的13位"执权杖的王公"既是场外的围观者,又是广场竞技的裁判。

既然这场竞技的裁判是费埃克斯城的 13 位"执权杖的王公"，其公正性难免大打折扣，对此，雅典娜女神看得很清楚。她自始至终不敢大意，从这天清晨起，她就把奥德修斯从头到脚装扮一番，目的是让奥德修斯首先在外形上就压倒自傲的费埃克斯人。

阿尔基诺奥斯安排的这场广场竞技吸引了全城人的目光，贵族子弟更是一马当先，倾巢而出。他们的出场方式犹如一个士兵方阵，似乎代表着费埃克斯人的精神之魂。这群出身高贵的青年人无疑是费埃克斯人中出类拔萃的精英，所以，诗人不惜篇幅一一罗列了这些贵族子弟的名字。

诗人同时也告诉我们，由于生活在高超的生存技术营造的温室中，这个城邦最优秀的头脑全都热衷于钻研航海术、农业术和纺织术等生存技术，唯独对一种技艺毫无兴趣：关于战争的技艺。在前文曾提到的普罗塔戈拉所讲的"普罗米修斯神话"中，战争术是最高的政治技艺，也是人世间首先需要的政治技艺。普罗塔戈拉被视为技术文明的第一位倡导者，即便他也没有用农业术和纺织术取代战争术。[1]

公主瑙西卡娅在海滩上刚刚见到奥德修斯时，他曾如此介绍费埃克斯人如今所谓的"民族性"：[2]

> 我们费埃克斯人不好弯弓和箭矢，却通晓桅杆、船桨
> 和船只的性能，欣悦地驾着它们航行于灰色的大海。
> （6.270—272）

---

[1] 柏拉图，《普罗塔戈拉》322a5—b6。

[2] 关于费埃克斯人的性格，参见 A. Shewan, "The Scheria of the *Odyssey*", in *Classical Quarterly* xiii(1919), pp. 4—11; F. R. Bliss, "Homer and Critics: The Structural Unity of Odyssey 8", in *Bucknell Review*, xvi, 1968, pp. 53—73。

　　"不好弯弓和箭矢"也算得上是一种类型的人的天性,要说有某个族群有这样的集体天性,也未必不可想象。问题在于,这种类型的人需要得到保护才能生存。费埃克斯人的先辈被强邻欺侮,被迫全族迁徙到海岛。如今,费埃克斯人凭借自然屏障(大海)和神奇的航海术,不再有战争之虞,也不会陷入陆上的纷争。换言之,在新一代费埃克斯人看来,技术能让自己远离战争。即便强敌入侵,他们发明的神奇的航船也能让自己轻易脱离危境。

　　然而,眼下这位异乡人奥德修斯给他们上了一课。

　　在阿尔基诺奥斯之子拉奥达马斯(Laodamas)的怂恿下,汲汲于竞技荣誉的费埃克斯贵族青年向本在一旁观看竞技的奥德修斯发出挑战,且语带挑衅。贵族青年欧律阿洛斯(Euryalus)甚至说奥德修斯有如一心获利的商贾,讥讽他"不像是精于竞赛之人"(8.159)。

　　出言不逊的贵族青年激怒了奥德修斯,他走到竞技场中参加掷铁饼比赛,为自己的荣誉而战。兴许是担心费埃克斯人在比赛中作弊,雅典娜幻化成一名普通的本地观众,亲自为奥德修斯标出铁饼的落点。奥德修斯毫无悬念地赢得了掷铁饼比赛的胜利,以超凡的勇力远超费埃克斯人。

　　奥德修斯得胜后趁机自我夸赞了一番,他列举了自己擅长的全部体育竞赛项目,声称自己敢和任何"在大地上吃谷物"的凡人竞技(8.222)。他还颇有用心地提到,阿凯奥斯人在特洛伊战场的表现不俗,暗示自己有过非凡的战争经历,自己的实力和英勇不容小觑。

　　果不其然,奥德修斯说过番话后,全场一片静默(8.234)。显然,国王阿尔基诺奥斯安排这次广场竞赛以费埃克斯贵族的失败告终。在比赛之前,国王曾自得地宣称,费埃克斯人在"拳击、角力、跳远和赛跑上超过他人",没有提到掷铁饼,似乎唯有在这方面不行。奥德修斯巧妙地选择了掷铁饼这个项目,即单挑费埃克斯贵族的弱项，从而一举击败对手。在这里，雅典娜的妙计可以理解为神性的政治智慧，与奥德修斯的勇气结合，联手击垮了骄傲的费埃克斯人。国王因先前的那番话如今成了笑柄，在赛场上显得非常尴尬。

为了替处在下风的费埃克斯贵族青年扳回一局，同时也为了给在场观看的费埃克斯城邦民打气，阿尔基诺奥斯只好靠言辞来挽回面子。他先是把奥德修斯刚才那番为自己立威的话说成是奥德修斯只想显示自己的实力，而非有意刺伤费埃克斯人，以此缓解城邦民的沮丧和不满。紧接着他话锋一转，以退为进：

> 我们在拳击和角力方面并不出色，但我们双腿奔跑
> 敏捷、航海超群，我们也一向喜好饮宴、竖琴和歌舞，还有
> 华丽的服装、温暖的沐浴和软床。(8.246—249)

国王先承认自己的人在拳击与角力上技逊一筹，但在奔跑和航海方面仍实力超凡。拥有技术智慧头脑的阿尔基诺奥斯显然清楚，眼下奥德修斯的身体状况并不好。奥德修斯上场前已经承认：自己从海上挣扎幸存下来，早已筋疲力尽，双腿滞重得不行。他在先前自述身世时还清楚表明，自己因欠缺航海技术才一直滞留海外不得返乡。

因此，阿尔基诺奥斯自夸航海技术虽然并非虚言，却也是在暗中提醒奥德修斯，不要轻视费埃克斯贵族青年的实力。国王随即不无得意地向奥德修斯展示了费埃克斯人令人艳羡的高品质生活：他们"好饮宴"，喜欢音乐和歌舞，爱穿华丽服装，会享受……

阿尔基诺奥斯让我们看到，作为王者，他让生存技术为享乐的生活方式服务。用柏拉图笔下的苏格拉底的话说，猪的城邦现在已经变成了"发烧的城邦"（《王制》373b 以下）。看来，费埃克斯人不仅缺乏勇敢德性，而且还贪图享乐。

盲歌手的"荤段子"与城邦德性

奥德修斯在竞技赛上获胜后,为了让他不致因此看不起费埃克斯人,阿尔基诺奥斯唤来年轻的舞者和盲歌手得摩多科斯,要他们在宴会上展示歌舞技艺:

> 这时传令官回来,给得摩多科斯取来音色优美的弦
> 琴。歌手走进场中央,周围站着刚成青年的年轻人,个个
> 善歌舞,用脚踩击那种神妙的舞场。奥德修斯看着他们
> 闪烁的舞步,不觉心惊异。(8.261—265)

没有战争之虞的费埃克斯人虽然不好弓箭,却个个能歌善舞,可见他们从小习练舞蹈技法。这种歌舞有如今天所谓的团体舞,不仅需要组织技巧,还得长期训练,从而体现了城邦的政治品质。集体舞蹈的走位,某种程度上与士兵列阵相似,都需要事先设计和调度,并训练个人在整体队形变换时的服从和按规则行事。

诗人用"闪烁"(μαρμαρυγὰς)一词来形容费埃克斯人舞步之精妙如同夜空中的群星,时隐时现,变化绝伦。奥德修斯即便久经沙场,也不禁心感惊异(θαυμάζω)。我们值得注意,这是奥德修斯踏足斯克里埃岛后第二次感到惊异。

奥德修斯刚进费埃克斯城时看到航船停泊得整齐有序,第一次感到"惊异"(7.43—45)。在第四卷中,王子特勒马科斯对斯巴达王墨涅拉奥斯华美的宫殿感到惊异,诗人在那里用了同一个词(θαυμάζω[惊异、好奇])。可见,奥德修斯作为王者感到惊异的不是浮华、闪亮的外在,而是那些能表征一个城邦的良好秩序的现象。与此形成对比的是,诗人曾用这个词来形容瑙西卡娅在海边见到沐浴更衣后的奥德修斯的心情(6.236—237),以及费埃克斯人在王宫初见奥德修斯"神样的外表"时的反应(7.145)。

费埃克斯人精妙的舞步让奥德修斯感到惊异,没有逃过阿尔基诺奥斯的眼睛。接下来盲歌手得摩多科斯开始咏唱,阿尔基诺奥斯似乎暗中在背后掌控场面:

> 这时歌手边弹琴,开始美妙地唱起阿瑞斯和发带美
> 丽的阿佛洛狄特的爱情。(8.266—267)

盲歌人得摩多科斯在整部《奥德赛》中仅露面 4 次,不少古典学家把他视为诗人荷马在叙事诗中的化身。情形是否如此,迄今没有定论。

在广场竞技之前,得摩多科斯已经吟诵过一段悲伤的英雄颂歌,颂扬特洛伊战场上的英雄。我们记得,这段咏唱曾引得奥德修斯潸然泪下。现在得摩多科斯再度返场,似乎是骄矜的阿尔基诺奥斯的刻意安排。但得摩多科斯接下来为在座的王公大臣诵唱了一段谐剧性的诗篇(8.267—366),讲的是诸神争风吃醋的故事,一个关于神灵的绯闻八卦,有如后来雅典民主时期所谓的“诗化谐剧”。① 必须提到,这里的所谓“诗中诗”引发了后来苏格拉底对荷马的指控,批评他描写诸神缺乏节制的纵欲(《伊利亚特》[18:368以下]和《奥德赛》[8:61 以下]),败坏城邦青年人。

为了更好地理解盲歌手编织的这个故事,我们先关注一个细节:在盲歌手咏唱这个故事之后,奥德修斯也讲了一个故事(第九卷),叙述他自己的人生经历。凡人中没有谁的人生故事比奥德修斯的经历更丰富,更惊险曲折,更动人心弦。奥德修斯的故事才讲到一半,阿尔基诺奥斯已经按捺不住内心激动,心服口服地称奥德修斯为歌手:

---

① Heubeck:1988 笺释,p. 363。

> 尊敬的奥德修斯,我们见到你以后,便认为你不是那
> 种骗子、狡猾之徒,虽然这类人黑色的大地哺育无数,那
> 些人编造他人难以经历的见闻,但你却有一副高尚的心
> 灵,言语感人。你简直有如一位歌手,巧妙地叙述阿凯奥
> 斯人和你自己的经历的可悲苦难。(11.363—369)

可见,国王阿尔基诺奥斯听得入了迷,将自己的好胜之心抛诸
脑后。他也忘记了,在这场由他设计的歌唱比赛中,奥德修斯以精
湛的编织故事的能力完胜费埃克斯人引以为傲的盲歌手得摩多科
斯。因此,得摩多科斯的第二次吟咏绝非闲笔,毋宁说,体育竞技
是政治德性的竞技,言辞技艺的竞赛同样如此。得摩多科斯的吟
咏技艺越高,越能衬托奥德修斯的言辞技艺的精妙。这意味着,编
织故事的诗术本质上属于政治技艺。

得摩多科斯眼下吟唱的这个故事在后世很有名,通常题为“大
力神赫斐斯托斯捉奸”。柏拉图《会饮》中的谐剧诗人阿里斯托芬
曾化用过这个段子。[1] 得摩多科斯的吟唱足有 101 行,从结构上
看可独立成篇,似乎与第八卷的情节主干没多大干系,以至于有人
类学路数的古典学者把这段诵诗视为游吟歌手对当时民间故事的
口头创作,属于临时发挥,不过是为延长诵诗时间的拼凑之作。[2]

若细看这段吟咏,我们反倒会觉得,人类学派的古典学家把诗
人荷马的笔法想象得过于肤浅。为了理解上的方便,我们不妨把
盲歌手吟诵的故事转换为散文样式,其基本情节如下:

> 战神阿瑞斯与铸造神赫斐斯托斯的妻子阿佛洛狄特
> 有私情,他们在赫斐斯托斯的家中幽会,被太阳神赫利奥

---

[1] 柏拉图《会饮》192d3—e6。
[2] Garvie:1992 笺释,p. 293。

斯瞧见，随即暗中报信给赫斐斯托斯。

得知妻子偷情的消息后，赫斐斯托斯痛苦不堪，愤怒的心智中冒出一个报复的法子（如今所谓"技术手段"）。他精心铸造了一张隐形罗网，悄悄安置在床榻之上，打算网住偷欢的阿佛洛狄特和战神阿瑞斯。

赫斐斯托斯的铸网技艺实在高妙，连"常乐的神明"也看不见这张神网。最终，他成功地网住了上床榻欢爱的爱神和战神。

愤怒的赫斐斯托斯随即唤来众神，齐聚床榻前围观他们的窘态。他万万没有想到，围观的众神不但没有指责两位偷情的神，反倒像瞧了一场好戏哄笑取乐。

赫耳墨斯神当众表示，自己羡慕战神阿瑞斯的艳福，宁愿被罗网困住也要躺在"黄金的"美神阿佛洛狄特近旁。老辈子神波塞冬不忍心见到阿佛洛狄特在众神面前出丑，连连求情。

赫斐斯托斯强压炉火，不得已放了阿佛洛狄特与阿瑞斯。（8.267—366）

得摩多科斯后来还吟唱了一首叙事诗，一共3首，第一首与最后一首叙事诗都与奥德修斯的身世相关，即吟唱的是阿凯奥斯人在特洛伊战场上的英雄故事，唯独处于中间的这首"大力神赫斐斯托斯捉奸"叙事歌，至少从表面上看与奥德修斯的身世没有任何关系。我们应该如何理解这三个叙事之间的关系呢？

按照一种理解，第一和第三个故事关涉奥德修斯的过去，第二个故事歌则指向奥德修斯的未来，从而，三个故事歌构成奥德修斯一生经历的重要事件（同上）。嘉威（A. F. Garvie）这样理解的理由是，不忠的阿佛洛狄特与忠贞的佩涅罗佩刚好形成德性上的对照：阿佛洛狄特收取了战神阿瑞斯的许多礼物，两神纠葛一起，而佩涅罗佩则拒绝了求婚人的礼物,并且拒绝再嫁。换言之,得摩多科斯以一种反向的象征叙事向奥德修斯预告了他的未来。尤其是在冥府听过阿伽门农被他的妻子与情夫联合谋杀的悲惨故事后,奥德修斯一直对自己的妻子忠贞与否耿耿于怀。

嘉威的理解带有现代式古典学家的通常特色,笔者觉得,与其跟随现代的古典学家,不如跟随古希腊的思想家。[①] 的确,后来我们看到,奥德修斯平安回到伊塔卡后,他不信任自己的妻子,匿名回到王宫,似乎要对妻子的忠贞与否看个究竟。嘉威有理由推想,奥德修斯对妻子的不信任是他在冥府受到的教育之一。冥府中阿伽门农的亡魂一直愤然不平,因为英雄之首的他不是英勇地死于特洛伊的战场,而是回乡后被自己的妻子与情夫谋杀于宫内,亡魂告诫奥德修斯,希腊人的悲惨命运是因为宙斯"利用女人计划"(11. 437),用海伦施行的美人计使得双方损失了众多英豪。可见凡人对降临在自己身上的厄运与神的看法差别甚大(1. 32—34)。冥府中自以为了解命运悲剧全部奥秘的阿伽门农如此告诫奥德修斯:

> 不要把知道的一切全都告诉女人,要只说一部分,隐
> 瞒另外一部分。(11. 442—3)

问题在于,奥德修斯仅仅对自己的儿子特勒马科斯没有隐瞒真实身份,除此之外,他不信任任何人,包括自己的妻子、乳母、仆人,甚至自己的老父。换言之,奥德修斯对妻子的不信任,未必是因为盲歌手所讲的故事。

---

① 关于诸神没有道德可言的故事,也见于《伊利亚特》:宙斯与赫拉在奥林波斯山的纵欲调情的语调(《伊》14. 313—328),与战神阿瑞斯急不可耐要与阿佛洛狄特交欢的语言非常相似。柏拉图《王制》中的苏格拉底严厉批评荷马史诗中关于诸神纵欲的描述,相关讨论见 Garvie: 1994 笺释,p. 293。

古典时期的思想家对这则故事的理解未必关注的是我们所理解的所谓伦理道德，而是如此编造诸神故事所反映的城邦德性。奥德修斯正是因为这个故事而质疑费埃克斯人的虔敬。为了讨众人高兴，盲歌手在费埃克斯王公们欢宴的场合编"荤段子"当众取笑神明，在场的人们习以为常，而且乐在其中，奥德修斯有理由怀疑费埃克斯人是否真的虔敬。

盲歌手所讲的诸神段子出现在"舞蹈和歌唱"（όρχηστυῖ καὶ ἀοιδῆι；8.260—265）的场合，这一表达式还出现在《奥德赛》第四卷（4.672）和第十四卷（14.246），这两处均是在描绘伊塔卡求婚人的日常生活。从而，我们有理由将斯克里埃岛上的费埃克斯人与伊塔卡城中那些终日游手好闲、耽于享乐的求婚人联系起来。[1]

换言之，国王阿尔基诺奥斯自矜的费埃克斯人的美好生活，不过是那群求婚人的日常。如此笔法让我们有理由认为，荷马很可能在暗示，生活在极乐之地的费埃克斯人，其精神品质与求婚人一样。在国王阿尔基诺奥斯凭借技术发明支撑的最佳城邦里，没有多少人认真对待如水的时光，如仰慕荷马的罗马诗人贺拉斯所说：carpe diem［摘下这时日吧］（*carm.* I 11，8）。

技术与爱欲

我们若仔细品味，还会感觉到盲歌手取笑神明的诵诗暗藏玄机。表面看来，盲歌手展示了技艺的力量：至勇的战神和摄人心魄的美神也难逃精通锻造术的火神赫斐斯托斯之手，从而既迎合了崇尚技艺的费埃克斯人，也替国王因费埃克斯贵族青年竞技败北挽回了面子。

然而，盲歌手的这出"捉奸"闹剧也让人看到，技艺的力量无法战胜爱欲和强力。在这出闹剧中，铁匠神赫斐斯托斯实际上最为

---

[1] Garvie：1994 笺释，p. 290.

悲催,尽管他掌握神技,却不能弥补自己的天生跛足,行动迟缓惹来嘲笑。他虽然娶了女神中最美的阿佛洛狄忒,盲歌手却以打趣口吻告诉在场的听众,跛足神明知自己与女神不般配,还执意用昂贵聘礼求宙斯同意他娶阿佛洛狄忒为妻。可怜的跛足神并没有赢得女神的爱意,因为阿佛洛狄忒出自本能地爱恋孔武有力的战神阿瑞斯。

赫斐斯托斯不懂,爱欲是生命本身,只爱恋属于生命的原生力量,而非无生命的技艺。相反,其他诸神却懂得这一点。所以,跛足神即便用技艺之网逮着了阿瑞斯和阿佛洛狄忒,换来的也仅是众神的嗤笑。正是这番嗤笑才让跛足神醒悟:

> 只因我跛足,宙斯的女儿阿佛洛狄特一贯轻视我,却看上毁灭神阿瑞斯,因为他漂亮又健壮,而我却天生孱弱。(8.308—310)

技艺神的这番话揭示了一个真相:技艺源于生命力的孱弱。正因为自身的生性缺陷,费埃克斯人才会发明各种技艺,以弥补自己的天生不足,让自己显得强大。事实上,盲歌手讲述的故事揭示了这样的真理:技术的力量永远无法取代自然的力量。正如跛足神的技艺再神妙,也无法弥补自己的身体欠缺。当今天的智识人在为人工智能忧心忡忡时,荷马笔下的盲歌手一定在某个地方暗自偷笑。

联系到费埃克斯人的最终命运,甚至可以说,盲歌手得摩多科斯的这个"荤段子"已经预示了费埃克斯这个技术之邦的最终结局。此刻志得意满的费埃克斯人正在欢宴作乐,没谁听得出盲歌手的弦外之音。从这个角度说,奥德修斯与阿尔基诺奥斯为首的费埃克斯人都凭靠各自的见识,从同一个故事中获得令自己满意的那部分知识。

奥德修斯后来在自述中说,他从赫耳墨斯那里曾获赠过摩吕草(10.277—306),凭此学会辨识人性的差异,还曾下到冥府接受盲先知忒瑞西阿斯的教谕。换言之,奥德修斯曾数度出生入死,深知人的限度,理解人生的欠缺永不可能弥补。所以,他能从这个故事中体悟到能引起自己共鸣的知识。

阿尔基诺奥斯对得摩多科斯的故事感到满意,是因为他欣赏神赫斐斯托斯发明神网的创意和制作技艺。跛足的神虽然在自然力量上远不如战神阿瑞斯,但他能凭借技术的力量战胜代表自然神力的阿瑞斯,这在推崇技术的费埃克斯人看来,简直太政治正确不过。他们期望有朝一日凭技术战胜自己在自然力量上无法抗衡的圆目巨人族,说不定还梦想取代海神波塞冬,成为真正的海洋之主。

阿尔基诺奥斯以及在场的 12 位王公都没有留意到诵诗中的一句双关语。当诸神被捉奸场面逗得哈哈大笑时,有位匿名的神说:

> 坏工作不会有好结果,敏捷者($\dot{\omega}\varkappa\acute{\upsilon}\nu$)被迟钝者($\beta\varrho\alpha\delta\grave{\upsilon}\varsigma$)捉住,如现在赫斐斯托斯虽然迟钝,却捉住了阿瑞斯,奥林波斯诸神中最敏捷的神明,他虽跛足,却机巧,阿瑞斯必须作偿付。(8.329—332)

体育竞技之前奥德修斯说过,由于在海上受到无数风暴的摧残,自己早已双腿瘫软无力,没法与费埃克斯人在赛跑上一竞高下。当时,阿尔基诺奥斯得意洋洋地夸耀费埃克斯贵族青年受宙斯神赐,"双腿奔跑敏捷"($\pi o\sigma\grave{\iota}\,\varkappa\varrho\alpha\iota\pi\nu\tilde{\omega}\varsigma\,\vartheta\acute{\epsilon}o\mu\epsilon\nu$;8.247)。如今,在盲歌手的诵诗中,"敏捷的"阿瑞斯反倒输给了"迟钝的"赫斐斯托斯,正如"双腿奔跑敏捷的"的费埃克斯人输给了"双腿瘫软的"奥德修斯。如果阿尔基诺奥斯能够回忆起体育竞技前的对话,又如果阿尔基诺奥斯有自我反省的习惯,那么,他未必不能听出盲歌手的弦外之音。

尽管阿尔基诺奥斯也以智慧著称,诗人荷马却让我们看到,人世间有两种迥异的智慧:最终旨在自我保存和追求享乐的技术智慧与知人谙世的政治智慧,前者能满足城邦的物质需求,却不能给城邦指明方向或者引向美好;后者则能在遍察世间灵魂的深浅高低后,为城邦奠立一个刻画德性高低的秩序,制作符合城邦自然天性的法律。

七　何谓真正的政治德性

对于后世的希腊智识人来说,荷马笔下的故事让他们最感兴趣的事情之一是区分不同品质的智慧。笔者已经多次提到柏拉图的《普罗塔戈拉》,著名的异邦智术师普罗塔戈拉给雅典爱智青年们讲述的那个著名神话同样涉及城邦的建立(321d−323a4)。为弥补世人的天生缺陷,"好心的"普罗米修斯从铸造神赫斐斯托斯和纺织神雅典娜那里偷窃了"带火的含技艺"的智慧,但他没法从宙斯那里偷窃治理城邦的技艺。

现在看来,柏拉图编织的这个神话[故事]很可能脱胎于得摩多科斯的诵歌。换言之,普罗塔戈拉读出了荷马对费埃克斯人的批评——对技术智慧的批评,那不是政治的智慧。绝妙的是,在柏拉图笔下的苏格拉底看来,智术师普罗塔戈拉自以为能分辨技艺性智慧与政治智慧,其实,他所理解的智慧仍然是一种技艺性智慧。由此可见,要懂得何谓真正的政治智慧难乎其难。

普罗塔戈拉宣称能教授人间的最高技艺——治邦术,其实他要教的不过是让城邦民能计算快乐与痛苦的"衡量术"。苏格拉底曾替普罗塔戈拉说出了衡量术的要诀:

　　就像一个善于衡量的世人把快乐的事情摆到一起，把痛苦的事情摆到一起，还有近和远，然后放到天平上，说[两边]哪个更多。要是你用快乐的事情称量快乐的事情，你肯定总是取[数量]更大和更多的。要是你用痛苦的事情称量痛苦的事情，[你肯定总是]取更小和更少的。要是用快乐的事情称量痛苦的事情，倘若快乐的事情重过苦恼的事情，无论远的重过近的还是近的重过远的，[你]采取的行动肯定是做那些其中有这些[更大快乐]的事情。但倘若苦恼的事情重过快乐的事情，就肯定不会做。(《普罗塔戈拉》356b—c1)

　　普罗塔戈拉承认苏格拉底说的没错。阿尔基诺奥斯是不是有些像普罗塔戈拉或他教出来的学生？换言之，技术智慧的本质在于为世人的趋乐避苦服务。但趋乐避苦的城邦算得上"最佳城邦"吗？

王者的德性与最佳城邦

　　奥德修斯感叹，费埃克斯城邦让他知道了什么是"最最美好的东西"(9.11)。这个感叹出现在第九卷开头，也就是盲歌手讲完"荤段子"之后，发人深省。换言之，奥德修斯并非是在赞叹费埃克斯的技术城邦，毋宁说，他意识到，这是虚假的最佳城邦。

　　我们看到，在技法精湛的双人球舞表演之后，奥德修斯由衷地却也话中有话地恭维道：

　　　　阿尔基诺奥斯王，人民的至尊至贵，你曾经宣称你们是最出色的舞蹈家，现已证实，见他们的舞蹈我赞叹不已。(8.382—84)

阿尔基诺奥斯与普罗塔戈拉一样爱听好话,渴望在异邦传颂美名,他听了自然大喜,马上让所有执权杖的王公各自回家准备给奥德修斯的赠礼。这位好大喜功得甚至有些"幼稚"的国王没有听出,奥德修斯只是赞叹了城邦中最微不足道的那部分,至于最让费埃克斯人自傲的航海术(等于治邦术),奥德修斯也未置一词,保持了意味深长的沉默。

奥德修斯是王者,他对费埃克斯城的观察不会忽略王者的统治方式——即便是关切王政的康有为,游欧时看的也是异邦的政治制度,而非机械制造成就或种类繁多的化妆品。费埃克斯人起先生活在陆上,这意味着他们的先王瑙西托奥斯可能曾拥有传自古代贤王的立法技艺和统治术,他亲率费埃克斯人迁至斯克里埃岛后的一系列秩序井然的建城行动,即是证明。

然而,第二代王阿尔基诺奥斯代替老王治国后,更改了城邦的古老传统,难怪先王会警示新王,波塞冬对费埃克斯族甚为恼怒,全族人背负着一个将被神灭族封城的可怕神谕(8.565—570)。可惜,志得意满的阿尔基诺奥斯记不住老王的警告,或者即便记住了又能怎样呢?何况费埃克斯人的神舟快如思绪,眼下国泰民安。国王当然有理由不相信神谕。

按沃格林的看法,

在费埃克斯,国王阿尔基诺奥斯拥有无上的权力,但当他在首领议会上时,我们可以看到,主持议会的并不是他,相反是议会给他这个王下命令。诗人曾描写了费埃克斯城邦的议会,这远不是一种多数人的会议,只有首领们被传令官召来开会,他们坐在石阶上,这位王说话时,称他眼前发言的听众是执杖王。①

---

① 沃格林,《城邦的世界》,前揭,页240。

沃格林的看法所依据的文本,是阿尔基诺奥斯提议在场的王公们每人赠送一件礼物给奥德修斯。这时,阿尔基诺奥斯刚刚得到奥德修斯恭维,正得意得不行:盲歌手得摩多科斯动人的诵诗,费埃克斯年轻人精妙绝伦的舞技,终于让奥德修斯这个流落斯克里埃岛的无名乞援人折服,让国王阿尔基诺奥斯脸上有光。他马上表示要赏赐奥德修斯的"好见识",要在场的王公们赶紧让传令官回家取赠礼。在这一语境下,阿尔基诺奥斯具体提到费埃克斯城邦的政体结构:

> 我们的人民共有十二位杰出的王公($\beta\alpha\sigma\iota\lambda\tilde{\eta}\varsigma$),掌权
> 治理,把我算上一共有十三位。(8.390—391)

"十二"这一数字在《奥德赛》中共出现 36 次,据说恐怕不是偶然。[①] 沃格林所谓的"有立法者的执政权力"的希腊文原文即这里的"掌权治理"($\dot{\alpha}\rho\chi o\iota$ $\kappa\rho\alpha\acute{\iota}\nu o\upsilon\sigma\iota$)。阿尔基诺奥斯的说法让我们会觉得,他仅仅是 13 位王公之一,但他又明显位居权力核心,沃格林称之为"执杖王"。

13 位王公之数变成 12 位之后,对传统的寓意读法来说,有意思的事情就来了。因为奥德修斯前往圆目巨人的洞穴时,他也挑选了"12 个最勇猛的战友"同行,加上他刚好也是 13 人。难道诗人荷马要暗示,奥德修斯的领导方式与阿尔基诺奥斯有相似之处?通过前文的识读,我们可以肯定,这种情形绝无可能。毋宁说,荷马要让我们对比王者的德性。

奥德修斯与阿尔基诺奥斯都有超凡的智力和心计,但阿尔基诺奥斯是"神明般"的王,奥德修斯是"慈父般"的王。"神明般"与"慈父般"的王有什么差别吗?

---

① Herbeck:1988 笺释,p. 373。

伊塔卡失去"待民众如慈父"的王者奥德修斯后乱象环生,蜂拥而至的求婚者在奥德修斯的宫殿中为所欲为,伊塔卡基本上陷入全面失序的状态。留守伊塔卡城内的老英雄艾吉普提斯(Halitherses)"深谙万千世态",他说:

> 自奥德修斯离去后,我们再也没有聚集一起,开会议事。(2.25—26)

这位伊塔卡老英雄苦苦思念自己的随奥德修斯出征未归的爱子,当他流泪说下这番话时,却不知他心爱的儿子已成为圆目巨人的晚餐。总之,在奥德修斯与阿尔基诺奥斯相似的执政风格背后,明显有着两人截然不同的王者天性与见识。随着奥德修斯自己的故事在后文逐渐展开,阿尔基诺奥斯这位王者也从奥德修斯的经历中获得知识,从而受到教育:奥德修斯从乞援人变成了教育者。

奥德修斯随后讲述了自己曾经历的冥府之旅(第九卷),由此来看,奥德修斯近似冥府中的盲先知忒瑞西阿斯,他用自己的知识哺育费埃克斯的王公们,如同冥府的亡魂需要饮过祭祀的牲血后才能开言预示。他在后来的自述讲到一半时,突然中断回忆,开口向在座的费埃克斯王公贵族索要礼物,体现了所谓荷马式的正义。

关于费埃克斯人的政体,古典学家弗古森(John Ferguson)的看法则有些夸张。他认为费埃克斯城邦代表着一种理想的君主政体,即王者也会受到约束,这种看法明显是把现代的英式有限君主制原则挪到了荷马笔下。据弗古森说,老臣埃克涅奥斯(Echeneus)是国王的执政顾问(counsellors),他可以毫无顾忌地指责阿尔基诺奥斯,由此可以看到:

> 这个君主政体并非专横和独断,反而是仁慈、家长式的。它依赖于智识和精神,而非物质。如果这个政治体

不是置于法律的治辖之下，那么无论如何也是听从于习俗和传统。政体的维系基于被统治者的心甘情愿，人们对阿尔基诺奥斯言听计从，就好像他们在听命于一个神的话。这是欧洲文学史上第一个"存在"的乌托邦。[①]

弗古森的说法过于现代化，按照现代实证史学的观点，上古时期的王政大多由原始民主制转化而来。王者受到某种程度的约束，算得上是一种习俗。倘若如此，就不能说费埃克斯人的城邦政体形式是一种"乌托邦"，因为，所谓"乌托邦"指现实中从未存在过的政体。

阿尔基诺奥斯曾说"我辈"与神们无间，很可能是在暗示奥德修斯，身为费埃克斯王的他才是城邦信奉的真神，而用今天的话来说，他的城邦所信奉的是科学教。事实上，后世的培根（1561－1626）在新时代之初写作的《新大西岛》，部分效仿了荷马。新大西岛与斯克里埃岛一样热衷科技发明，改造自然。当然，新大西岛在推崇科技治邦的路上走得更远，隐藏在岛上的萨罗门院士是一群致力于以科技操纵自然的科学狂人，其原型很可能就是《奥德赛》中的阿尔基诺奥斯。

王后阿瑞塔的政治德性

雅典娜和公主瑙西卡娅都曾认真叮嘱过奥德修斯，他要想顺利返乡，务必求得王后阿瑞塔的帮助。到目前为止，眼看奥德修斯在斯克里埃岛上的返乡神谕已经几近实现，王后阿瑞塔仍未显出重要性，但接下来的情形就不同了。

遵照阿尔基诺奥斯的吩咐，诸位王公赶紧让传令官们各自回

---

① John Ferguson, *Utopia in the Classics World*, Cornell University Press, 1975, p. 14。

家取来珍贵的礼物。奥德修斯刚进王宫时，也曾向 12 位王公开口乞援。因此，他们也得与阿尔基诺奥斯一同承担和回应奥德修斯的吁求。随后，这 12 位王公带着礼物，与国王和异乡客返回阿尔基诺奥斯的王宫。诗人特意写道，王公们全都将珍贵的礼物呈至王后阿瑞塔身边（8.420），而阿瑞塔应该还坐在她平时习惯坐的地方——大厅正中的炉火旁，那里"火焰熊熊燃烧"（6.305）。

按国王阿尔基诺奥斯的要求，王后派侍女取来给奥德修斯的部分礼物：一件披蓬和衣衫、一只黄金的酒杯，并给奥德修斯准备好沐浴更衣的温暖浴水。王后又让人取来精美的衣箱，替奥德修斯存好全部珍贵的礼品。这时，王后阿瑞塔对奥德修斯开言——自与奥德修斯初次面谈之后，这是王后第二次对奥德修斯说话：

> 现在请你查看箱盖，把箱笼捆好，免得航行中有人从
> 中窃取物品，在你乘坐黑壳船时陷入深沉的梦境。
> （8.444—8.445）

可以看出，王后相当审慎、稳重。在整部诗篇中，阿瑞塔仅三次发言（另两处见 7.237—239，11.335—341）。我们记得，她第一次开口时，整个王宫只有她怀疑奥德修斯身份的真实性。她目光犀利地注意到，奥德修斯身上穿着她亲手缝制的衣裳。当时，阿瑞塔直截了当问奥德修斯：既然自称海上飘零客，身上的衣服是谁给的。王后的问题逼得奥德修斯用了 56 行诗的篇幅（7.241—97），老老实实交代来历。

阿瑞塔的这第二次开口，同样话虽不多却简短有力。王后似乎面冷心热，只有她善意地提醒奥德修斯，要捆好装礼物的箱子，并暗示他会在返程时沉入梦乡，当心同行的费埃克斯水手会窃取他的礼物。有这样提醒外人防范自己人的王后吗？何况，在王后开言前，阿尔基诺奥斯刚刚夸赞了"无可挑剔的费埃克斯人"

(Φαίηκες ἀμύμονες；8.428)。这个表达式在全诗中仅仅出现过这一次，有笺注者认为，阿尔基诺奥斯将费埃克斯人形容为一个高贵的族类，[1]但希腊语原文ἀμύμονες的含义明显不是"高贵的"，而是"无可挑剔的"。

王后悄悄提醒奥德修斯不要过于信任随行的水手，这让奥德修斯颇感意外和惊讶。因为，将要护送他返乡的 52 名水手，是按阿尔基诺奥斯的指令从国人中遴选出来的，国王要求这些年轻水手"个个要出众超群"(8.35−6,8.48)。事实上，后来的行程也证实，这遴选出来的 52 名水手确实配得上"无可挑剔"一词。他们在航行中不但没有任何逾矩行为，抵达伊塔卡后，把沉睡中的奥德修斯及其赠礼安排妥帖(13.71−125)，就迅速返航，丝毫没有对奥德修斯携带的丰厚赠礼有觊觎之心。

奥德修斯从费埃克斯人处获得的赠礼，连海神波塞冬都嫉妒，看到奥德修斯在酣睡中顺利返回伊塔卡，波塞冬忿忿然地向宙斯抱怨，费埃克斯人对奥德修斯过分殷勤：

> 现在他们竟让他酣睡于快船渡大海，送达伊塔卡，送给他无法胜计的礼物，有铜器、黄金和许多精心纺织的衣袍，奥德修斯若能从特洛伊安全归返，随身带着他那份战利品，也没有这么多。(13.134−8)

换言之，这是一份连神都会嫉妒的赠礼，而这 52 名水手无一人动邪念。但是，回过头来细察，阿瑞塔的叮咛也并非多此一举。换言之，王后阿瑞塔的叮嘱表明，她太了解常人心性，或者说非常审慎，会把可能出现的意外考虑到极致，这是极高的政治素质的体现。正如在战场上，一个将军若把各种可能出现的最坏情况都考

---

① Garvie：1994 笺释，p. 322。

虑到,才会是出色的将军。

奥德修斯对此可谓深有体会,他之前就是过于相信麾下的战友,使得上一次返乡功亏一篑。奥德修斯曾痛心地这样总结经验:"我们的愚蠢使我们毁灭"(10.27)。那次返乡,是奥德修斯离家乡最近的一次。当时,奥德修斯有幸得到"群风总管"艾奥洛斯(Aeolus)所赠的一个袋子,专收来自"各种方向的呼啸狂风"的袋子,因此他们一路顺风航行。

连续航行 10 天后,已经能清晰望见故乡的土地、生火的人群,然而,连续航行的疲累击倒了奥德修斯。眼看已经快到家,他放心地睡去。这时,手下的人却对风神的赠礼起了贪念,趁奥德修斯在梦中,打开了那只装满狂风的袋子。结果,奥德修斯的船队虽然已经与伊塔卡近在咫尺,随即被那些从风神袋子里窜出来的大风刮回海上。

惊醒后的奥德修斯平生唯一一次动念自尽,此后一直消沉,以至于在遇到"强壮的莱斯特律戈涅斯人"时,奥德修斯因对手下失望和愤恨至极,放弃了对船队的指挥,任由这些伊塔卡子弟兵们愚蠢地去送死,唯有他自己的船只在自己的掌握下逃离巨灵族的屠杀(10.120—132)。

可以说,奥德修斯从这一次惨痛的失败中获得了关于人性的知识:所谓政治智慧首先体现于对人性差异的深刻认识。所以,他对王后阿瑞塔的提醒立即执行,用女神基尔克传授的打结方式,把这些装满礼物的箱子打了凡人解不开的结。

王后阿瑞塔仍不放心。奥德修斯离岛出发时,她派出三名侍女随他前往登船的海滩,并特意指派一名侍女专门沿途看护那只捆绑结实的箱子,唯恐有所闪失。王后阿瑞塔似乎小心谨慎得有些过分,尽管如此,谨慎是一种政治德性。荷马没有告诉我们,她本人是否也曾有过像奥德修斯那样遭下人背叛的惨痛经历。阿瑞塔或许是那种天生谨慎的女人,或者说天性中就有政治德性,能洞察人性的幽微晦暗。

政治德性的整全

倘若如此，必然引出一个问题：有这样一位出类拔萃的王后一同治国，费埃克斯城邦何以会是这副样子？

奥德修斯离开费埃克斯城时，临行前最后一次开口是与王后阿瑞塔告别。奥德修斯在费埃克斯城的乞援行动以吁求阿瑞塔开端，以向阿瑞塔道别结束。荷马没有描述王后的反应，阿瑞塔自始至终对奥德修斯的离去保持沉默，她对这个异乡人一直显得礼貌而疏淡：阿瑞塔留给读者最后的印象便是一副沉默如谜的面容。

前文已经提到，阿瑞塔这个名字的希腊文与"美德"（'Ἀρήτη）是同一个语词，喜欢而且善于利用名字寓意，是荷马的修辞特征，但这个名字的寓意也过于明显了些。因此我们得问，诗人给费埃克斯族的王后安排这个名字是什么意思呢？

奥德修斯是王者，伊塔卡也有王者，我们值得想到，佩涅罗佩同样极为审慎：她能化解政治危局，拯救城邦于危境吗？不过，这是另一个话题。我们现在需要看到，王后阿瑞塔虽然与"美德"同名，却并没有在最后关头拯救城邦，让费埃克斯城摆脱被波塞冬封城的命运。换言之，费埃克斯这座技术城邦尽管有美德王后参与主持政务，最终仍然没有逃脱神谕的厄运。似乎，政治德性的确是一种美德，但这种美德未必包含虔敬。因为，宙斯神族最看重的城邦德性是虔敬。

阿瑞塔了解人性的幽微，但她欠缺神的知识，从而她拥有的只是政治智慧的一半，另一半则需要借助奥德修斯的回忆，通过学习死亡与神的知识来获取。所以，后来我们看到，当奥德修斯的自述中途停下来时，阿瑞塔第一个主动提出，让执杖的王公们不要吝惜家中的珍宝。聪敏的阿瑞塔知道，费埃克斯人最欠缺奥德修斯的回忆涉及到的那些关于神与死亡的知识，政治德性与这种知识结合起来，才能成为整全的政治智慧。

　　阿瑞塔本来有望获得整全的智慧，但她遇到这种知识时已经为时太晚。不过，尽管她没有办法阻止费埃克斯城被海神封城的悲惨命运，就她个人而言，从奥德修斯的人生遭际中所学到的知识，足以让她能坦然顺应神谕的实现，承受自己生命中的厄运，这本身就是虔敬的态度。①

　　到第八卷接近尾声时，费埃克斯国王已经当众应允护送奥德修斯返乡，还要赠他厚礼，这一切似乎都朝着奥德修斯预期的最佳结局发展。然而，整个费埃克斯城仍然无人知晓奥德修斯的真实姓名和确切来历。奥德修斯自向王后阿瑞塔开口乞援以来，一直避免被王后盘诘来历。奥德修斯的真实身份何时会被揭穿？费埃克斯人知道奥德修斯的真实身份后，还会护送他返乡吗？现在我们才感觉到，奥德修斯的名字何时显露，成为情节向前发展的推动力，而奥德修斯自己也似乎在等待一个说出自己真实身份的最好时机。

　　奥德修斯获赠的全部礼物仍摆放在谨慎的王后阿瑞塔身旁，先前铺垫的一切戏剧元素最终收拢在王后阿瑞塔身上，她是最后的决断者。费埃克斯城这个技术之邦背后是女人的统治，难怪这个城邦的风尚如此迎合女人的趣味：温和、文雅、享乐……却缺乏力量和勇气。

八　城邦航船与王者心性

　　奥德修斯在费埃克斯城实际有过接触的人，其实仅仅是国王、王后和公主。现在我们该来关注奥德修斯与公主的戏了。

奥德修斯与公主离别

　　沐浴过后，奥德修斯重新回到王宫宴席旁。入席前，他偶遇公

---

① 比较色诺芬在《回忆苏格拉底》(2.1)中转述的"赫拉克勒斯在十字路口"的故事。

主瑙西卡娅,并交谈了几句。这是他们自海边分别后的首次交谈。显然,这看似偶遇,其实是经过设计的相遇:奥德修斯从浴室出来,正要走入宴席。"女神般美丽的"瑙西卡娅独自伫立在厅前的廊柱旁,似乎等待已久。

少女双眼凝视着焕然一新的奥德修斯,"心中惊异不已"($\vartheta\alpha\upsilon\mu\acute{\alpha}\zeta\omega$,8.459)。我们在前文中看到,诗人曾两次用这同一个语词来形容奥德修斯。笔者曾指出,公主与奥德修斯所惊异的对象有本质区别:公主对奥德修斯俊美的外表着迷,少女的内心因悸动而深感惊异;而奥德修斯只对城邦的法度和秩序着迷。

为奥德修斯外表吸引的少女瑙西卡娅慑懦良久,终于鼓起勇气对奥德修斯说出"有翼飞翔的话":

> 你好,客人,但愿你日后回到故乡,你能记住我,因为
> 你首先有赖我拯救。(8.460—462)

瑙西卡娅心里清楚,自己无法挽留奥德修斯,这个神样儿的异乡人注定是她生命中的过客。她仅仅希望能在奥德修斯心中留下一种光亮的印记,哪怕他回到故乡后,还能记住自己。瑙西卡娅已经想不出更好的理由了,少女的自矜迫使她说出了一个最表面但也最不重要的理由:是她瑙西卡娅首先拯救了眼前这名男子。尽管她初次见面时就曾暗示过,她盼望这个陌生的异乡人留下来做她的夫婿(6.180—185)。

应该从来没有人像奥德修斯那样赞美过她的容貌,把她比作自己率大军行进路上偶遇到的一棵棕榈树上的青嫩树枝,那枝令他感动的青绿如同少女令他震动的美。奥德修斯的言辞魅惑力太厉害了,情窦初开的瑙西卡娅完全不能应付这个成年男人的老练。奥德修斯毕竟是擅幻化术的神女基尔克的"学生",又曾经领受过海妖塞壬的绝美歌声,人间的一切言辞已经逮不住这个男人。

面对少女的欲言又止，眼明心亮的奥德修斯故意不说破少女的心事，仅顺着她的话敷衍了几句，他谎称回到家乡后会如礼敬神明般永远敬奉瑙西卡娅（8.468），说完不待少女回应就匆匆离去。直到奥德修斯离开斯克里埃岛，公主瑙西卡娅再没有机会跟他说话。当然，我们也知道奥德修斯回到伊塔卡后并没有履约永生敬奉瑙西卡娅，因为他与妻子佩涅罗佩回忆往事时，并没有提到少女瑙西卡娅。

奥德修斯是真正的王者，他不会沉湎于美色。对于有政治抱负的王者心性来说，美色不会染身。这让我们想起奥德修斯在费埃克斯岛上唯一的一次笑：当得摩多科斯在第二诵歌中嘲笑诸神贪恋美色时，他会心一笑。奥德修斯在克制自然欲望时展现出的勇毅胜过战神！

但对于瑙西卡娅来说，与奥德修斯的相遇不啻于让她终生伤痛的际遇，因为，自己在他一生的经历中最终是无足轻重的偶遇，而这个来去匆匆的异乡人却成了她一生都难以抹去的印记。当奥德修斯回述自己所有的遭际时，瑙西卡娅一直静静地在一旁倾听，那些身体与情感的双重历险让她刻骨铭心：瑙西卡娅会记住，奥德修斯曾登上过神女基尔克的床榻，并在她的艾艾埃岛滞留长达一年不愿离去……那是因为奥德修斯贪恋基尔克的美色吗？显然不是。

奥德修斯露出真面目

奥德修斯回到宫殿后，径直在国王阿尔基诺奥斯身旁落座。随后，盲歌手得摩多科斯再次被传令官领回到席间，他将第三次表演诵诗。

这一次与前两次不同，奥德修斯主动提请歌手吟唱"奥德修斯巧施木马计"的故事（8.492—495）。奥德修斯显然是从刚才与公主的谈话中找回了自信，他希望回到自己的真实身份，而巧施木马计的奥德修斯正处于自己人生的辉煌时刻。邀请盲歌手吟唱这段故事，奥德修斯既可为自己坦露身份做好铺垫，也可通过提到自己的名字来试探费埃克斯王公们的反应，看看自己若亮出真实身份是否安全。正如他回到伊塔卡后，本来没有必要在从小养育他的乳母面前洗脚，以致乳母认出他腿上的伤疤，暴露了自己一直隐藏的身份(19.344－348)。①

　　歌手第一次吟唱特洛伊战场上的阿凯奥斯人的事迹时，奥德修斯不禁潸然泪下，当时已经引起国王阿尔基诺奥斯的注意。那次奥德修斯没有给国王和王后追问下去的机会，这一次却相反，奥德修斯刻意引出木马计的故事，好让阿尔基诺奥斯重提他是谁、来自何方何土的话题。奥德修斯已经准备好全盘托出自己的身世：

　　　　如果你能把这一切也为我详细歌唱，那我会立即向
所有的世人郑重传告，是善惠的神明使你的歌唱如此动
听。(8.496－498)

　　奥德修斯的这番话已经预告了他将在得摩多科斯的歌唱之后向在场的听众说出一切真相，首先是他的名字。② 当然，奥德修斯心中已经有数，12 位执杖的王公和阿瑞塔王后的反应绝不会对他不利。

　　得摩多科斯吟唱到奥德修斯如何施计摧毁特洛伊"巍峨的城池"时，在场听众都听得痴迷，唯有奥德修斯一直在叹息和流泪。显然，现在的叹息和流泪是奥德修斯的表演，他成功地引起了阿尔基诺奥斯的注意，国王被迫叫停歌手的吟唱。

　　由此我们可以推断，奥德修斯刚才沐浴时已经设计好接下来

---

① 见 Garvie：1992 笺释，p. 331。

② Garvie：1992 笺释，p. 332。

的全部步骤。所以,他进门后径直坐在国王身旁。按之前的惯例,国王身旁的座位属于他最疼爱的儿子拉奥达玛斯。奥德修斯第一次现身王宫乞援时,阿尔基诺奥斯听从老王公埃克涅奥斯的建议,令心爱的王子把自己的位置让给了奥德修斯(7.169—170)。

这次不同,奥德修斯未经邀请就径直坐到国王身旁的尊贵位置。这一举动明显反客为主,他甚至自作主张地指使传令官给盲歌手送一大块上好里脊肉,要歌手吟唱木马计故事,却又在歌手咏唱时不断叹息和抽泣。这一连串反常行为,阿尔基诺奥斯当然看在眼里,他即使在人情方面再驽钝,也能看出作为异乡客的奥德修斯举止反常。所以,阿尔基诺奥斯终于打断歌手,对在座主公们说:

> 自从我们开始晚餐,神妙的歌手吟唱,这位客人便没
> 有停止悲痛的叹息,显然巨大的痛苦袭击着他的心灵。
> 请歌手停止吟唱,大家共享欢欣,主人和客人同乐,这样
> 更为适宜。本是为客人,才有歌手的这些歌唱、送行酒宴
> 和我们的那些热忱赠礼。(8.539—545)

奥德修斯显然表演得有些过分,阿尔基诺奥斯也就毫不客气地直接询问奥德修斯的名字,他的"故乡、部族和城邦",并警告他别"狡狯"地回避问题,因为这事关埃克斯人是否能履行宙斯的主客神律(ξείνων θέμις),完成护他返乡的任务(8.550—555)。"狡计、盘算、耍心眼"(κερδαλέος)一词在《奥德赛》中是形容奥德修斯的常用词。

后来当奥德修斯刚踏上伊塔卡土地时,由于女神雅典娜洒下的迷雾笼罩四周,他没能认出故土。正在哭告之际,雅典娜幻化成一个凡人向他指明,这里已经是伊塔卡。"狡狯"的奥德修斯半信半疑,用谎言哄骗雅典娜化成的常人,企图激她说出真相。雅典娜

大笑着恢复女神形象，半调侃半欣赏地对奥德修斯说：

> 　　一个人必须无比精于言辞(ἐπίκλοπος)，才堪与你比
> 试各种阴谋，即使是神明也一样。你这个大胆的家伙，满
> 腹心机的机灵鬼，即使已回到家乡的土地，也难忘记巧言
> 善骗(μύϑων τε κλοπίων)，你从小就喜欢耍这些(伎俩)。①
> (13.291—295)

　　女神的这段说法让我们得知，奥德修斯的"狡狯"(κερδαλέος)
首先体现为"精于言辞"(ἐπίκλοπος)。在荷马语汇中，只有雅典娜
用"满腹心机的机灵鬼"(ποικιλομήτης)称呼过奥德修斯，以至于成
了他独有的诨号：《奥德赛》中用了 6 次，《伊利亚特》中只出现过 1
次，同样是用来专称奥德修斯(《伊》11.482)。② 在上引诗行中，雅
典娜分别用了 3 个近义词来形容奥德修斯心眼儿多，言辞诡计
多端。

　　雅典娜称呼奥德修斯是"机灵鬼"并非贬义，而是一种昵称。
在雅典娜看来，奥德修斯诡计多端，表明他有神明一样的特质。反
过来看，阿尔基诺奥斯虽然宣称"费埃克斯人与神同坐同饮，无甚
分别"，却明显缺乏这一雅典娜甚为看重的神性。

政治智慧与技术智慧的最后对决

　　听歌时奥德修斯一直不停抹泪，连连叹息，阿尔基诺奥斯甚为
气恼。这份气恼与其说是出于不知此人来历引发的不安，莫若说
来自一种受挫感。换言之，阿尔基诺奥斯对客人的殷勤已经周全

---

① 　王焕生先生译作"欺骗说谎。耍弄你从小喜欢的伎俩。"μύϑων τε κλοπίων直译是"言辞爱耍花招"。

② 　Garvie：2013 笺释，p. 146。

之至,超过一般的待客之道,奥德修斯的叹息和眼泪让他觉得,似乎自己的殷勤还不够,没有赢得客人的欢心。

与奥德修斯的狡猾老练形成对照的是,"神样的"阿尔基诺奥斯完全是个技术迷的脑筋。他问奥德修斯的名字和来历时,还没等奥德修斯回答,自己又忍不住炫耀费埃克斯人的航船何等神奇。如果说奥德修斯的表演是一种政治智慧的体现,那么,与此对照的就是阿尔基诺奥斯对技术智慧的沉迷,以至于这个场合显得是政治智慧与技术智慧的最后一次对决。

> 请你告诉我你的故乡、部族和城邦,好使我们的船只
> 送你回去时定方向,我们费埃克斯人没有掌航向的舵手,
> 也没有任何航舵,船只自己定方位,它们自己理解人们的
> 心思和心愿,洞悉一切部族的城邦和所有世人的肥田沃
> 土,能够在云翳雾霭迷漫的幽深大海上迅速航行,从不担
> 心会遭受任何损伤或者不幸被毁灭。(8.555—563)

费埃克斯人的航船无需舵手就能自己确定航向和方位,还能洞察世情、理解人心,这类说法让我们不能不想到有政治智慧的王者:他应该是航船的舵手,能英明地确定航向和方位,这基于他能洞察世情、理解人心。技术脑筋的阿尔基诺奥斯以为,他的技术智慧能够取代政治智慧,像如今的人工智能那样,能自导航向,还能看穿并理解"人的心思和心愿",对世上的一切城邦和物质宝藏了然于胸。

如果我们这时想到,奥德修斯让得摩多科斯演唱的是自己人生的辉煌时刻——木马计屠城,那么,奥德修斯的"狡狯"也过于狠毒了,似乎他登上费埃克斯城,是神安排他到这技术城邦来再次上演一回木马计。这让我们突然想到,如同隐藏在木马里进入特洛伊城内的奥德修斯,这次他则是藏在雅典娜布下的迷雾中,躲过城

中费埃克斯人的盘问,直接进入王宫向王后阿瑞塔乞援。

　　亚里士多德作为荷马的读者似乎对荷马笔下的费埃克斯人的自动航船印象深刻,因为他在《政治学》中说过,如果所有工具都能够完成自己的工作,服从并预见到他人意志,就像代达罗斯的雕像和赫斐斯托斯的三足宝座,如诗人所说,它们自动参加众神的集会,倘若织梭能自动织布,琴拨能自动拨弦,那么工匠就不需要帮手了,主人也就不需要奴隶了(1253b35—1254a1)。

　　潘戈在释读《政治学》时认为,亚里士多德的这段说法表明,"希腊人通过他们的诗人和哲人能够梦想到机器,可能使奴役不再是生产过程中的必需",而实现亚里士多德的这一梦想,正是"现代政治哲学工程伟大计划的一部分",因为,成功废奴是支撑现代性"最强大的伦理和人道的理由之一"。①

　　但潘戈也注意到,卢梭在《社会契约论》的"论议员或代表"一章(第三卷第十五章)中曾对此提出过"伟大的抗议",他激烈反驳技术取代人身劳动,尤其拒绝把自由与奴役他人扯在一起。卢梭宣称:

　　　　什么!难道自由唯有依靠奴役才能维持吗?也许是的,是两个极端相互抵触了。凡是自然界中根本不存在的事物都会有其不便,而文明社会比起其他一切就更加如此。的确是有这种不幸的情况,在这种情况下,人们不以别人的自由为代价便不能保持自己的自由。而且若不是奴隶极端地做奴隶,公民便不能完全自由。斯巴达的情况就是如此。至于你们这些近代的人民,你们是根本没有奴隶,然而你们自己就是奴隶。②

---

① 潘戈,《亚里士多德〈政治学〉中的教诲》,李小均译,北京:华夏出版社,2017,页56。
② 卢梭,《社会契约论》,何兆武译,北京:商务印书馆,2003,页123。

潘戈认为,卢梭的抗议迫使现代人不得不回答这样的问题:

> 技术是否真正解放了全人类?或者,它会不会将每一个人带到无所谓奴役、无所谓城邦,因此无所谓自由的地步?[1]

那么,我们该如何应对技术的巨大进步对人的全面奴役?我们应该想起,马克思在《资本论》中曾将上引《政治学》中的那段话称之为"亚里士多德之梦",借此批判资本主义的生产机制:机器虽然减轻了工人的劳动强度,却也"扫除了对延长工作日的任何伦理与自然的限制",从而产生了"一种邪恶的现象"。尽管资本社会依靠法律"干预了市场,限制了工作日的时数,而工人在每个工作时内从事的劳动,其'强度'前所未有"。[2]

由此看来,技术与自由之间是否存在必然联系,乃是古今之争的焦点之一。现代政治哲学信奉技术带来文明的高度发达,卢梭的激烈反击原本有望成为现代技术文明狂飙突进道路上的一个"拦阻者"(施米特语),却由于卢梭自己不慎,他反而成了推波助澜者。这些思想史上的事实提醒我们,哲人的古典式审慎在现代已然失落了。

从现代反观古代的费埃克斯城,我们不由追问,这类号称拥有超高技术文明的城邦是否根本不需要王者呢?因为,按阿尔基诺奥斯的说法,技术城邦如一艘会自动运转、导航的航船,不需要舵手掌控。

我们值得想起荷马的晚辈阿尔凯奥斯(Alcaeus of Mytilene,公元前630—前590年),他在诉歌中曾化用荷马笔下的航船意象,

---

[1] 潘戈,《亚里士多德〈政治学〉中的教诲》,前揭,页57。

[2] 马克思,《资本论》,第一卷,章15,节13,转引潘戈前揭书,页57,注1。

以"黑色的航船"来比喻城邦，成为后世政治哲学中"城邦喻"的滥觞：

> 我搞不懂这动乱的风暴；浪头一会儿从这边扑来，一会儿从那边扑来；而我们穿过风浪的中心，乘着这黑色的航船。（刘小枫译文）

柏拉图《王制》中的苏格拉底也讲述过船员与掌舵者的故事（488a8−c9），其寓意的实质问题是：政治共同体（国家）应该由什么样的人来掌舵。因为，有何种品质的掌舵人，就会有何种品质的政体：

> 按苏格拉底的理解，航船喻的重点不在航船与风浪的关系，而在船长［舵手］与全体船员的关系——或者说王者与城邦民的关系。[①]

对比阿尔基诺奥斯的城邦航船，显而易见，费埃克斯人的城邦无需城邦掌舵手（统治者），或者说城邦即便没有王者，也能顺利运转。费埃克斯人的城邦航船看似由 13 位王公组成的舵手（统治阶层）掌舵，其实，按阿尔基诺奥斯的设计，即便没有这个统治阶层，这个海岛城邦依然会运转良好。费埃克斯城犹如一个能自动运转的超级航船，停泊在大海中央，城邦巨船周围则停泊着不计其数的小型神舟，它们承担了巨船对外交流和物质交换的需要。

这些瞬息间能航行千里的神舟能够自动确认世间的任何人或物的方位，还能自行理解人的情感和心思，从而能够取代人世中极

---

① 刘小枫，《城邦航船及其舵手》，见氏著，《比较古典诗学发凡》，上海：复旦大学出版社，2015，页 3−21，引文见页 5。

少数罕见心智才能有的政治智慧。这种高明到可怕的技术确实已经把费埃克斯人推到了大海之主的位置，就此而言，阿尔基诺奥斯先前说，费埃克斯人与神同食同饮，几无分别，也不是什么大话。

可以说，费埃克斯人凭靠技术已然掌控了大海。所以，他们必然要被神毁灭。如前文已经提及的那样，阿尔基诺奥斯的技术头脑最终要实现的是趋乐避苦的世界目的，而这也是民主的理想。

九　费埃克斯城邦的覆亡

荷马笔下的眼下这个场景让我们看到：费埃克斯城邦这艘无需舵手的"国家航船"最终毁于王者的肆心。由此来看，问题的关键在于王者心性的"畸变"（沃格林语）。梭伦著名的"城邦诉歌"表明，这位诉歌诗人和伟大的政治家对费埃克斯城覆亡的原因了然于心：

> [1]我们的城邦绝不会因宙斯的命定而毁灭，也不会因为有福分的、不死的神们安排而毁灭，因为雅典娜在天上悉心护佑着它。毁掉这伟大城邦的只会是雅典人[5]自己的愚蠢，因为他们贪恋钱财，民众领袖的心是不义的，他们注定要因胆大包天的肆心而吃尽苦头。（刘小枫译文）

我们看到，阿尔基诺奥斯接下来言辞越来越轻狂，他夸完费埃克斯人的神奇航船后，又贸然说出祖上传下来的事关费埃克斯人生死存亡的神谕：

> 但是我的父亲瑙西托奥斯曾经告诉我，他说波塞冬对我们甚为不满怨怒，因为我们安全地伴送所有的外来

客。声称费埃克斯人精造的船只会在送客返航于雾气迷
漫的大海时被击毁，降下一座大山把我们的城邦封围。
(8. 564－569)

瑙西托奥斯是第一代建城者，当年他亲率费埃克斯族远迁至
此。他的名字的希腊语原文 Ναυσίϑοος 由"船舶"（ναυσι）加形容词
"迅捷的"（ϑοος）合拼而成，在希腊人的耳朵听起来像是"为船（受
损）而悲痛"（ναυσι-στονος）。费埃克斯人的名字也多与船相关，以
突显费埃克斯人"以船舶闻名"。

阿尔基诺奥斯的肆心

与先王的名字不同，阿尔基诺奥斯（'Αλκίνοος）这个名字没有确
定的意涵，历来让古典语文学家在识读词义时费尽心思也难得其
解。词头的"阿尔基"（Αλκ-）最常见的意思是"勇猛的"，与之合拼
的"诺奥斯"即中文通常译作的"努斯"（νοος［理智/心智/思考力]），
来自动词"看出、打算、设计、深思熟虑"（νοέω）。倘若如此，阿尔基
诺奥斯这个名字在希腊人的耳朵听起来就像是"勇猛的心智"。

与王后阿瑞塔的名字的"美德"含义对照，我们可以问："勇猛
的心智"是一种德性吗？阿尔基诺奥斯作为技术王的伦理品质是：
无所畏惧地、鲁莽地思考——这倒蛮符合一个如今所谓"科技狂
人"的心性。

尽管阿尔基诺奥斯智性极高，却心思简单，他尚未得知奥德修
斯的真实身份，就轻率地向异乡人转述了关乎费埃克斯族存亡的
神谕。尤其值得注意到，他在表述神谕时还显得相当轻率，似乎在
转述一个与费埃克斯族的命运毫不相关的传闻，颇有些不以为然。

与普通的费埃克斯人对待异乡人普遍抱有戒备心态对比，阿
尔基诺奥斯与一般民众对待神谕的态度明显有很大差异。神谕的
关键要点是说，异乡人是城邦的灾祸之源，因此，费埃克斯人对异

邦来客总是心怀戒备,若有流落到本邦的外乡人,费埃克斯城人立
马将其送返家园(8.31—33)。

阿尔基诺奥斯对神谕毫不在意,为什么呢？显然,在阿尔基诺
奥斯的头脑看来,他有技术的"勇猛心智",未必不能改变神谕。他
把自己的这一观点说成是前辈的教导：

> 老人这样说,神明是让此事实现还是不灵验,全看他
> 心头持何意愿。(8.570—571)

阿尔基诺奥斯的肆心并非没有理由,试图改变神谕的信心基
于对智术的超级自信和迷恋。费埃克斯人遣返异乡客为的是赶紧
送走灾祸之源,对阿尔基诺奥斯来说,则是实验新式航船的好机
会。神谕不是说费埃克斯人的航船在"送客返航于雾气迷漫的大
海时被击毁"吗？那么好,阿尔基诺奥斯心想,他可以竭尽技术心
智之力极大地提高航速,让船速能快得如人的思绪,动念之间已然
抵达。

在阿尔基诺奥斯的主持下,每一次遣送异乡客的航船都成功
返航,这意味着技术实验每一次都未失手。这也让费埃克斯人增
强了信心,兴许他们的王者真能改变神谕,毕竟,他们的航船能抵
达大海的任何角落。

由此可以理解,阿尔基诺奥斯最后得知奥德修斯的真实身份
后,仍然冒着触怒海神波塞冬的风险,决定送奥德修斯返回伊塔
卡,并厚赠数倍于特洛伊战利品的礼物(13.135—138)。这一次他
并非出于无知,而是出于自信。

在神的眼里,凭靠人的智性的自信就是肆心。费埃克斯人迁
移海岛后成了海上之主,与海神波塞冬同宗(13.130)。说到底,阿
尔基诺奥斯的真正对手是波塞冬,多年来的成功给了阿尔基诺奥
斯要与海神波塞冬争夺海上治权的底气。更何况,波塞冬还是圆

目巨人波吕斐摩斯的父亲,换言之,强横野蛮的圆目巨人背后有波塞冬撑腰。

现在我们应该想起,圆目巨人族与费埃克斯人有世仇,他们被迫抛弃祖地出走他乡,全都是因为巨人族野蛮强大。如果能打击波塞冬的气焰,就能间接打击圆目巨人,说不定他们还有可能重返祖地。奥德修斯后来说,他踏足圆目巨人的土地之前曾到过一个小岛,那里似乎就是费埃克斯的祖地(9.116—141)。

看来,送奥德修斯重返伊塔卡并非阿尔基诺奥斯的一时冲动,毋宁说,在他看来,费埃克斯人经营海上多年,是时候与波塞冬决战了:通过实现奥德修斯身上的神谕,借机插足宙斯与波塞冬的争纷,以此压制波塞冬的气焰。

阿尔基诺奥斯低估了波塞冬的威力,也高估了宙斯的正义。他并不知道,宙斯与波塞冬虽然冲突得厉害,也没有小看波塞冬的脾气。波塞冬看到宙斯让费埃克斯人护送奥德修斯重返伊塔卡,还赠送厚礼,觉得自己太没面子,勃然大怒,诡计多端的宙斯不是对波塞冬采取强硬态度,而是好言安慰,似乎他已经发出的神谕不过是说说而已:

> 哎呦,威力巨大的震地神,你说什么话! 神明们丝毫没有轻慢你,对你这一位年高显贵的神明不敬重是严重的罪孽。要是有凡人的力量和权柄竟与你相比,对你不敬重,你永远可以让他受报应。现在你就如愿地去做你想做的事情。(13.140—145)

换言之,宙斯用言辞哄骗波塞冬,照旧惩罚费埃克斯人。宙斯分得清,神与神的关系与神与人的关系是两回事。费埃克斯人不敬神和挑战神权,绝不可容忍,非剪灭不可,这与波塞冬生气是两回事。

要说不敬神和挑战神权这两条渎神罪，奥德修斯身上就没有吗？如雅典娜所言，奥德修斯诡计多端与神一般，他的一生不也是自己的天性与命相斗争的轨迹？

从某种程度而言，奥德修斯与阿尔基诺奥斯有不少相似之处。换言之，后者成了奥德修斯鉴照自己、辨识自我的镜像。他们皆是智性极高的少数人，两人的智慧并非仅仅是类型不同，更主要是品质不同。阿尔基诺奥斯的智慧属于技术智慧，这类心智喜欢钻研、搞技术发明，用今天的话说，属于哲人-科学家。这类聪明才智往往充满热情，要让人世的物质生活在技术的襄助下得到相当大的提升。[①] 费埃克斯人在阿尔基诺奥斯的治下除了不能呼风唤雨、永生不死，他们的生活几乎就是在人间的神族生活，摆脱了艰辛的劳作，衣食无忧，歌舞升平。

正因为如此，费埃克斯人的心性相当脆弱，他们承受不了失败和挫折。逃离邻族的欺凌，避居远离大陆的岛上，他们成了活在温室里的小白鼠。没有了生活的艰辛和苦难，费埃克斯人失去了生命的重量，活着如同浮在空中的尘埃。

费埃克斯人自然觉得，这种生活有滋有味，盲歌手得摩多科斯吟唱的异邦的传奇故事，对他们来说不过是欢宴上的佐料。战争、苦难和伤痛对他们来说是遥远的过去，听歌手吟唱仅仅是为了娱乐。费埃克斯城邦凭靠技术已经成了娱乐之邦：娱乐至上、娱乐至死。

王后阿瑞塔的沉默之谜

王后阿瑞塔似乎是唯一的例外。她一直谨慎、克制，无论是对女儿春心萌动时的轻率，还是夫君在公开场合的冒失，她都保持不可思议的缄默。只有在女儿瑙西卡娅身上才能看到她年轻时的样

---

① 参见刘小枫，《以美为鉴》，北京：华夏出版社，2017，页187。

子,瑙西卡娅在面对突发事件时的冷静和机敏,如此大方得体地应对奥德修斯,恐怕都随了母亲,确实是王后阿瑞塔亲手调教出来的女儿。

奥德修斯在费埃克斯岛上另一个可借以鉴照自己、认识自己的镜像阿瑞塔,奥德修斯对她有发自内心的敬重,我们已经看到,奥德修斯离开费埃克斯城时,阿瑞塔是最后也是唯一得到致敬的人。因为,阿瑞塔有与奥德修斯同样品质的智慧,即对人性和人世的洞察和辨识力。

尽管王后是"美德"的象征,受人敬重,老英雄埃克涅奥斯甚至要求王公们听从王后的提议(11.344—346),但这个技术之邦毕竟由国王掌控,政治德性并非城邦的实际统治者,掌握政治权力的是技术(国王的象征)。国王阿尔基诺奥斯曾说,自己在有生之年都会听从王后的意见(11.348),但他自恃技术智慧,随即重申,自己才是"此国中的掌权人"(11.353)。

阿瑞塔(即政治德性)对技术的僭越毫无办法,技术智慧的疯狂最终导致宙斯与波塞冬联手封杀了这座技术城邦。而且,出自宙斯的惩罚比波塞冬的报复更为残忍:波塞冬仅仅打算将费埃克斯人的航船击碎于返航途中,然后用山峦围困孤岛上的费埃克斯城邦(13.149—152)。宙斯非但没有提出反对意见,还加大了惩罚力度:

> 亲爱的朋友,我觉得这样做最为适宜。当人们从城头遥遥望见船只驶来时,你再把船只变成石头,离陆地不远,仍保持快船的模样,令大家惊异不已,然后,再用山峦把他们的城市围困。(13.154—158)

宙斯要把阿尔基诺奥斯设计的神船连同 52 名精心挑选的青年水手化成石头,永远凝固在费埃克斯人的记忆中,成为有死一族狂妄的罪证,让人类世代铭记神的愤怒。在宙斯的应准下,波塞冬立刻出手惩罚了费埃克斯人的傲慢。

神谕实现的那一刻,阿尔基诺奥斯亲眼看到,海上归来的航船突然在斯克里埃岛近海凝固成石像,定格为有家不能返的惨状。这时,阿尔基诺奥斯才幡然醒悟,神谕是真实的。他赶紧重新理解先王瑙西托奥斯当年留下的神圣预言,呼吁全城向波塞冬献上神圣祭,但一切都为时已晚。

睿智的王后阿瑞塔也亲眼目睹了神谕在费埃克斯城实现的最后时刻,但她仍然一言不发,始终保持沉默。自从王后听过奥德修斯的回忆自述,她就彻底看清了费埃克斯族人的命相。她不可能阻止费埃克斯人护送奥德修斯回乡,因为,即便如此,费埃克斯人也不能逃过全城覆灭的结局,毕竟,费埃克斯人若不送奥德修斯返回伊塔卡,同样会背负不敬神的罪名。因此,与国王不同,王后早已经看到费埃克斯族终究毁灭的结局,先祖的神谕必然实现。

费埃克斯人的罪与是否送奥德修斯返乡毫无关系,凭靠技术智慧轻蔑神族才是遭受惩罚的根源,对此,阿瑞塔只有认命。她甚至会认为,奥德修斯无端滞留海外十年,被宙斯隐藏在卡吕普索的仙岛,都是宙斯的计谋,目的是让费埃克斯人的渎神行为不断积累,让阿尔基诺奥斯的挑衅一次次成功,加重波塞冬的愤怒,直至费埃克斯水手在护送奥德修斯返乡的途中,奥德修斯刺伤海神之子波吕斐摩斯的独眼。

换言之,宙斯的诡计在于,让费埃克斯人与波塞冬彻底闹翻。因为,费埃克斯人虽然与波塞冬争夺海权,并没有撕破面子,仍一直在向波塞冬献神圣祭。

奥德修斯刺伤波吕斐摩斯(Polyphemus),同样出自神的安排。被刺瞎眼睛的圆目巨人痛苦地叹息:

　　　　天哪,一个古老的预言终于应验。从前这里有位预言者，睿智而魁伟，欧律摩斯之子特勒摩斯，是最善作预言，给圆目巨人们作预言一直到老年。他曾告诉我一切未来发生的事情，说我将会在奥德修斯的手中失去视力。（9.507—512）

波吕斐摩斯对神谕非常重视，唯恐自己受伤，正如费埃克斯人也看重神谕，一直提防外乡人，拥有技术力量之后，费埃克斯人才变得太大意太狂妄。所以，宙斯放任费埃克斯人发展技术，挑战波塞冬的海权，然后再借波塞冬之手惩罚费埃克斯人，堪称政治术高超得无以复加。在神与人的关系中，所谓宙斯的正义原则和人与人的关系中的正义原则并不相同。就神与人的关系而言，宙斯的正义的含义是：人类别跟神族比智性高低。因此，我们在《奥德赛》开篇就读到宙斯的明示：

可悲啊，凡人总是归咎于我们天神，说什么灾祸由我们遣送，其实是他们因自己丧失理智，超越命限遭不幸。（1.32—34）

后来雅典娜教奥德修斯设计除掉伊塔卡的众求婚人时，宙斯的这一行事特征也体现得很清楚。雅典娜不准奥德修斯以神样的外表回到伊塔卡，要他竭力隐瞒自己的真实身份，"默默地强忍各种痛苦，任凭他人虐待你"（13.309—310），让求婚人给自己制造更多被神毁灭的理由。

前文已经提到过，伊塔卡的求婚人与费埃克斯人有一种对应关系，奥德修斯的返乡与费埃克斯人的毁灭是同一个神谕。王后阿瑞塔预见到的，奥德修斯也猜到了。所以，临行前奥德修斯诚心地向王后阿瑞塔敬酒：

> 尊敬的王后，我祝愿你永远幸福，直至凡人必须经历的老年和死亡降临。我这就启程，祝愿你在这宫邸和孩子们、全体人民、阿尔基诺奥斯王欢乐共享。（13.59—62）

奥德修斯说完这番话，就跨出门槛启程返乡了。

荷马没有记叙王后阿瑞塔的反应，似乎她领受奥德修斯的敬祷当之无愧。她始终一言不发，既没有阻止也没有抱怨。她从奥德修斯的回忆中已经懂得，要接受神赋予费埃克斯人的命运，承受即将落在她和自己的族人身上的一切。

余　　论

波塞冬并没有完全按宙斯的指令行事。他把海船变成化石后，就迅速离开了。波塞冬何时会重返完成最后的神罚，诗人并无交代，费埃克斯城邦的故事永远地停在了第十三卷，没人知道他们最终的命运如何：波塞冬是否会收下他们的神圣祭，那座封城的山峦是否最终会降临？这个近神的人族的未来处于一个开放式的结局，在后世的乌托邦文本中余音缭绕……

现在我们应该回头再看那个关键细节：费埃克斯城的盲歌手第三次咏唱之后，阿尔基诺奥斯问奥德修斯：

> 现在请你告诉我，要说真话不隐瞒，你漫游过哪些地方和住人的地域，见过哪些种族和人烟稠密的城市，哪些部族凶暴、野蛮、不明法理，哪些部族尊重来客，敬畏神明。（8.572—576）

这引出了费埃克斯人移居海岛的始因：费埃克斯人频频受到

毗邻而居的圆目巨人族的侵扰。那么,圆目巨人族又是怎样一个政治体呢? 它是一个政治体吗?

奥德修斯流落斯克里埃岛后,阿尔基诺奥斯曾一再询问他的来历,奥德修斯也一再用假名搪塞,因为他回想起自己此前误入圆目巨人的山洞,靠用假名才得以脱难。看来,奥德修斯和费埃克斯人都有过与圆目巨人打交道的经历,这对我们理解奥德修斯流落斯克里埃岛的经历有什么启发呢?

诗人似乎暗示,奥德修斯必须先经历野蛮的政治状态,他才可能理解什么是成熟的政治状态。否则,奥德修斯不可能知道,什么是真正的最佳城邦。换言之,建设最佳城邦的经验,只能来自与野蛮的政治状态对抗的斗争经验,而费埃克斯人却逃离了与野蛮的斗争。

按赫西俄德在《神谱》中的记述,圆目巨人是地母盖娅所生,属第一代神族。

> 她还生下怀有肆心的圆目巨人:布戎忒斯、斯特若佩斯和暴戾的阿耳戈斯。他们送给宙斯鸣雷,为他铸造闪电。他们模样和别的神们一样,只是额头正中长着一只眼。他们被唤作库克洛普斯,全因额头正中长着一只圆眼。他们的行动强健有力而灵巧。(《神谱》144—146)[1]

可见,在赫西俄德笔下,圆目巨人族辈分相当高。赫西俄德用来界定圆目巨人的短语表达式是:ὑπέρβιον ἦτορ ἔχοντας[怀有肆心]。这会让我们想起伊塔卡的那帮求婚人,因为荷马用了相同的形容词来界定他们(16. 410)。"怀有肆心"是一种人的心性,在如今的日常生活中也并不乏见。奥德修斯的游历不是观光,而是见

---

[1]　吴雅凌撰,《神谱笺释》,北京:华夏出版社,2007。

识人的各色心性。可以说,当他踏上归程时,首先见识的就是"怀有肆心"的心性。按波吕斐摩斯的说法:

> 圆目巨人们从不怕提大盾的宙斯,也不怕常乐的神
> 明们,因为我们更强大。(9.275—276)

赫西俄德还突显了圆目巨人的一个外貌特征:"额头正中长着一只圆眼"。荷马没有直接描述圆目巨人的面目,仅提到奥德修斯用"无人"这个假名,与同伴们齐力用燃烧的树干戳瞎了波吕斐摩斯的独眼(9.375—398)。

不过,无论是《神谱》中为宙斯鸣雷闪电的三兄弟,还是《奥德赛》中号称不怕诸神的波吕斐摩斯,这些独眼的圆目巨人似乎都疯狂暴戾,血气(thumos)过旺。因此,荷马笔下的圆目巨人的野蛮状态,未必指所谓未开化的野蛮人,而是一种心性类型的象征:无论在个人还是政治体(国家)关系中,都可能遇到这种心性类型。

奥德修斯在回答阿尔基诺奥斯的提问时,首先提到自己曾进入"疯狂野蛮(希腊文)的圆目巨人们的居地",恐怕是刻意为之,毕竟,他不会一五一十地对费埃克斯的王公们忆述自己的全部经历,而是只讲述值得讲述的经历。当时他描述说:

> 他们受到不死天神的庇护,既不种植庄稼,也不耕耘
> 土地,所有作物无需耕植地自行生长,有小麦大麦,也有
> 葡萄硕果累累,酿造酒醪,宙斯降风雨使他们生长。
> (9.106—111)

从这一说法来看,奥德修斯似乎有意在提醒费埃克斯的王公们,圆目巨人过着一种顺应自然秩序的生活,连农耕术都没有,尽

管如此,却有小麦大麦葡萄甚至美酒,与费埃克斯人喜欢搞技术的
生活方式形成对照:

> 圆目巨人们没有红色涂抹的舟楫,也没有技艺高超
> 的工匠为他们造出排桨坚固的船只,让他们驾驶航行,去
> 到一个个人间城市,就像人们驾船航行与许多城市联络
> 结谊。(9.125—129)

奥德修斯提到航海术和造船术,显然别有用心。表面看来,奥
德修斯是在恭维费埃克斯人比敌人生活得优越,其实暗中传达的
意思是:圆目巨人顺应自然秩序的生活方式可能更好。不用费劲
儿就让果茂林密,万物按时生长,有天然良港随意停歇,这一切全
赖天神的庇护。可以说,与费埃克斯城邦由13位王公组成的王政
不同,圆目巨人似乎生活在一种前政治的自然状态:

> 他们没有议事的集会,也没有法律。他们居住在挺
> 拔险峻的山峰之巅,或者在挺拔幽暗的山洞,各人给自己
> 的妻儿立法,不关心他人的事情。(9.106—115)

我们知道,自然状态与政治状态(所谓"公民状态")是近代以
来欧洲政治哲学的首要论题。如果要说诗人荷马笔下已经出现这
个问题,恐怕难免让人觉得是在把后人的问题塞进前人的文本。

亚里士多德对于我们来说也算前人,他离诗人荷马的时代距
离,远近于与我们的距离。他在《政治学》中提到圆目巨人,我们值
得从他的视角来理解这个问题。亚里士多德引用了"每个人给自
己的妻儿立法"这句诗,并解释说,这是因为圆目巨人居住分散,古
代的情况就是这样。亚里士多德以此说明,神也由王者统治,因为
现代和古代的人都受王者统治,他们想象不但神的形象和他们一

样,生活方式也和他们一样。①

亚里士多德这里是在谈论人天生是政治动物,并由此出发讨论何谓最佳政制。初看起来,在诗人荷马笔下,人类的生活状态似乎有前政治与政治两类,两者同时并存于人类生活的开端。但是,我们应该注意到,在诗人笔下,费埃克斯族和圆目巨人族都与震地神波塞冬关系密切:圆目巨人波吕斐摩斯是波塞冬的后裔,波塞冬又是费埃克斯城邦的守护神。

换言之,在诗人笔下,并没有生活在神权秩序之外的人族,圆目巨人族也不例外。就此而言,我们很难说,诗人荷马笔下的圆目巨人族生活在现代哲人意义上的所谓"自然状态"之中。同样,已经技术化的费埃克斯城邦与圆目巨人族的关系,也不能说是一种"自然状态"中的关系,因为这与现代哲人笔下的"自然状态"的含义不符。毋宁说,费埃克斯族和圆目巨人族的生活方式的差异,是不同政治状态的差异。两族人的命运后来都与奥德修斯紧紧地拴在一起,就是有力的证明。

在荷马笔下可以看到,费埃克斯人凭靠技术日行千里,能迅速变换位置,但他们曾是圆目巨人的手下败将,经常受对方欺侮和劫掠。因此,费埃克斯人才被迫整族长途迁徙至孤悬海上的岛屿。这意味着,费埃克斯族和圆目巨人族不是政治生活方式与自然生活方式的冲突,而是不同政治品质的人族之间的冲突。

从现代实证史学提供的世界历史知识来看,情形的确如此。从而,何谓最佳城邦的问题,不在自然状态与政治[公民]状态的区分,而在何种政治品质的区分。我们已经看到,对于奥德修斯来说,圆目巨人族靠蛮力逞强,费埃克斯族靠技术逞强,都不是宙斯神认可的政治生活品质。

关于何谓最佳城邦的知识,最终还得从奥德修斯的经历中去

① 亚里士多德,《政治学》1252b–1253a。

寻找。我们始终不能忘记：奥德修斯的返乡之旅无论多么惊险、阅历多么丰富，其起因是特洛伊战争，而这场史称世界历史转折点之一的战争，是人与人之间的战争，而敌对的族群往往把对手称为"野蛮人"。

在柏拉图的《法义》（680b1—2）中可以看到，雅典客人说，有一种"政制"（πολιτείαν）叫做"头人制"（δυναστείαν，又译"部族统治"），并以荷马笔下的圆目巨人族为例，还说在希腊人那里，他们就是"野蛮人"（βαϱβάϱους）。可见，在雅典客人看来，圆目巨人族并非原始意义上的"野人"，而是政治意义上的"野蛮人"。

就《法义》文本这里出现的 dunasteian 这个语词的含义来看，它指一种特定的政治形式，与所谓"父权制"（πατϱιαχία）有些相似，即凸显某个能人的个人权威。在荷马笔下，波吕斐摩斯是圆目巨人中最强大的一位，的确有"头人"特征。

我们还应注意到，在这个提到圆目巨人的《法义》语境中，不仅出现了"政制"（πολιτείαν）这个语词，还出现了"立法者"（ϑέμιστες，源自 themis）这个语词。由此可以说，在雅典客人看来，波吕斐摩斯也算得上一种"立法者"。因此，古典学家伯纳德特在释读《法义》的这个细节时说，雅典客人有意不提波吕斐摩斯的食人行为，也有意不提圆目巨人的生活方式，是由于这种"头人制"必然导致乱伦行为："雅典客人似乎暗示，任何形式的兽性都与政治生活相伴而生，而不属于一个更原始的时期。"[1]

这意味着，所谓"野蛮"与"文明"的区分，始终是政治性的区分，而非历史进化性的区分。直到今天，欧洲民族还会认为某些国家的习惯或法规"野蛮"。换言之，荷马笔下的圆目巨人族与费埃克斯族的关系，相当于如今所谓的"国际关系"，奥德修斯远征特洛

---

[1]　伯纳德特，《发现存在者：柏拉图〈法义〉》，叶然译，上海：华东师范大学出版社，2018，页 150；亦参第三章关于荷马的章节。

伊以及随后的返乡经历,在今天看来显得像是在学习国际政治知识。沃格林在《城邦的世界》一书,曾论及亚该亚人的文明化进程:

> 公元前 1400 年,当亚该亚人的主力在多利安移民的逼迫下东迁之前,亚该亚主要地区的文明互渗已经进行了八百多年。……黑暗时代,从公元前 12 世纪绵延至公元前 8 世纪荷马史诗出现,不论权力和财富损失有多么严重,亚该亚的大规模移民,在小亚细亚沿海和岛上兴建新的市镇……多利斯移民不是赶跑了一个原始部落,而是赶跑了一个活跃的文明中心,这个文明中心之前一度从克里特转移到迈锡尼。

沃格林在这里所说的亚该亚被多利斯蛮族逼迁的过程,不仅会让我们想到费埃克斯人被圆目巨人族欺侮后被迫离开祖生之地的命运,更会让我们想到,欧洲的日耳曼族被匈奴人逼迁西欧后发展出技术王国的过程。因此,当我们在维柯的《新科学》中看到他多次提到荷马的圆目巨人族时(NS,页 141–142),我们当能够体会到,如何面对强悍的比邻政治体,是西方政治思想自古以来都在思考的问题。

因此,与其说诗人荷马借圆目巨人展示了人类世界的残酷一面,不如说他对人世的政治态势有着极其冷静和卓然的见识。

明初大儒方孝孺(1357–1402)曾作十篇《深虑论》,以检讨历朝历代王者之功过得失,正学先生犀利地指出:

> 古之圣人,知天下后世之变,非智虑之所能周,非法术之所能制,不敢肆其私谋诡计,而惟积至诚,用大德以结乎天心,使天眷其德,若慈母之保赤子而不忍释。故其子孙,虽有至愚不肖者足以亡国,而天下不忍遽亡之,此

虑之无远者也。①

　　希直公借十篇《深虑论》谏谕当朝的建文帝，要时刻提醒自己要涵蕴正气，修习王者之德。因为古代的圣人早已洞晓世间的政制变革，朝代更迭的真相：风起青萍之末，世间没有万全之法能够抵抗机运，更没有高明的统治术能确保江山无虞。圣人唯有提醒上位者，当其主政时，须时刻警醒自己要"惟积至诚，用大德以结乎天心"，以德行治邦育民，使天下归心。如此治国，即便万一出现品质败坏的继任者，上天亦会顾念前任王者的德政，不忍心灭其族类。希直公之言用来理解《奥德赛》中费埃克斯城邦人的命运，却格外妥帖。

　　可见，在政治的观察方面，古今中西的圣人皆殊途同归。

---

① 十篇《深虑论》收于方孝孺生前所著《逊志斋集》，希直公赴义后，此文集遗失殆尽，后由其门生苦心收集，尔后重新编辑刊布于世。本文引用版本，出自王云武主编，《万有书库：重刻〈逊志斋集〉(卷一)》，上海：商务印书馆，1921 年，页 58。

第二场
柏拉图笔下的奥德修斯魂影

西姆米阿斯啊，我们就应该尽一切努力在生命中分有德性和明智。毕竟，这奖品多美，盼望多伟大。

——《斐多》114c8—10 刘小枫译文

引　言

　　柏拉图与荷马在思想史上的关联,早就引人注目,即尼采所谓柏拉图与荷马竞赛的问题。如今我们需要进一步深化对这一问题的理解。

　　柏拉图笔下的苏格拉底说,荷马的赞颂者都会说"这位诗人教育了全希腊"(《王制》606e1)。在当时,这恐怕是相当普遍的看法。但我们能说,荷马也教育了苏格拉底或柏拉图吗?显然,当苏格拉底这样说的时候,他对荷马作为希腊人的教师角色颇不以为然。

　　《王制》中的苏格拉底对荷马的批评非常著名,[①]为了批得有理有据,引荷马史诗多达 20 余处。[②] 但在柏拉图的其他对话作品中,我们又经常可以看到荷马诗作的身影。尤其是,《普罗塔戈拉》、《王制》、《会饮》、《斐多》、《斐德若》、《蒂迈欧》、《克里提阿》、《吕西斯》都化用过《奥德赛》的情节。普拉宁克认为,《斐德若》、《蒂迈欧》、《克里提阿》的结构分别模仿了《奥德赛》的不同片段。[③]

　　苏格拉底是荷马的批评者,而他的学生柏拉图则显得是荷马的模仿者——事情有这么简单吗?最令人感兴趣的情形是,柏拉

---

① 比较德内恩,《解决诗与哲学的古老纷争:柏拉图的奥德赛》,见戈登等著,《戏剧诗人柏拉图》,张文涛选编,刘麒麟、黄莎等译,上海:华东师范大学出版社,2007,页555—628;西格尔,《"神话得到了拯救":反思荷马与柏拉图〈王制〉中的神话》,见张文涛编,《神话诗人柏拉图》,董赟、胥瑾等译,北京:华夏出版社,2010,页 211—249。

② 柏拉图,《王制》334b、363b—e、379d、383b、386c—d、387a、388a—c、389a—e、390a—d、391a—e、393a、408a、424b、441b。

③ 普拉宁克,《柏拉图与荷马:宇宙论对话中的诗歌与哲学》,易帅译,上海:华东师范大学出版社,2017,页 23。

图笔下的苏格拉底经常看起来像奥德修斯，以至吉利德（Amihud Gilead）的《斐多》义疏用了这样一个书名："柏拉图的奥德赛"（*The Platonic Odyssey：A Philosophical Literary Inquiry into the Phaede*）。[①]

我们可以提出这样的问题：柏拉图笔下的苏格拉底有如荷马笔下的奥德修斯吗？ 如果的确是这样，苏格拉底追求智慧的历程被比作奥德修斯式的旅程又意味着什么呢？

通过前面对《奥德赛》前十三卷的初步考察，我们已经看到，荷马笔下的奥德修斯之旅的关键主题是王者教育。难道我们可以说，柏拉图笔下的苏格拉底追求智慧的历程的关键主题也是教育王者？苏格拉底生活在雅典民主时代，怎么会有教育王者的问题？

柏拉图《王制》书名的习传中译本译为"理想国"，这意味着，何谓最佳城邦的问题是《王制》的基本主题。[②] 可以说，奥德修斯在费埃克斯城邦的经历所携带的问题，在柏拉图的《王制》中得到延续，以至郝岚为《王制》写的导读用了"哲学的奥德赛"这个书名，他还认为，《奥德赛》是色诺芬《远征记》和柏拉图《王制》共同的"底本"。[③] 看来，无论柏拉图如何与荷马较劲，对政治共同体来说，何谓"最最美好的东西"，是相隔数百年的两位大诗人一致关心的问题。

带着这样的问题，笔者将考察柏拉图的四部对话作品（《普罗塔戈拉》、《会饮》、《斐多》、《吕西斯》）中出现的荷马引诗，看看这些引诗语境与奥德修斯的异乡历险-返乡之旅有怎样的内在关联。

---

① 部分中译见吉利德，《〈斐多〉的戏剧结构》，见戈登等著，《戏剧诗人柏拉图》，前揭，2007，页 135—212。

② 参见刘小枫，《王有所成：思考柏拉图 Politeia 的汉译书名》，见氏著，《王有所成》，上海：上海人民出版社，2016，页 181—223。

③ 郝岚，《哲学的奥德赛：〈王制〉引论》，李诚予译，北京：华夏出版社，2016；郝岚，《色诺芬的哲人之旅：色诺芬的〈远征记〉与柏拉图的〈王制〉》，见刘小枫编，《古典诗文绎读古代卷》，上册，北京：华夏出版社，2008，页 340—371。

我们将会看到,《普罗塔戈拉》、《会饮》、《斐多》中的引诗分别与《奥德赛》第九至十二卷中的"奥德修斯获赠摩品草"、"险胜基尔克"、"游历冥府"这三个情节有内在联系,而《吕西斯》中的引诗则与返乡后的奥德修斯与忠仆牧猪奴欧迈奥斯(Eumaeus)的友谊有内在关联。问题在于,这些内在关联能够说明什么问题呢?

一　荷马与柏拉图的冥府教谕

现存的古代诗文中有不少与冥界相关的题材,从荷马的《奥德赛》、赫西俄德的《神谱》、柏拉图的《斐多》、阿里斯托芬的《蛙》、卢克莱修的《物性论》、路吉阿诺斯的《死人对话》、《摆渡》,维吉尔的《埃涅阿斯纪》到文艺复兴时期但丁的《地狱篇》,冥府题材一直是西方文学经典中的一大主题。不过,可以说,奥德修斯的冥府行无疑是各式冥府叙事的源头,是荷马诗教最为深入人心的教谕之一。[1]

第二代费埃克斯人沉浸在费埃克斯岛上天真的快乐之中,不知人间疾苦,也忘记了自己的先辈所经历的磨难,善思虑的奥德修斯向他们讲述了自己在冥府的遭遇,显然有特别用意——政治教育用意。

在阴森恐怖的幽冥世界,漂泊异土的伊塔卡国王奥德修斯看到无数凄厉悲苦的亡魂,这让他感受到前所未有的恐惧。他前后两次以"我被灰白的恐惧攫住"($\chi\lambda\omega\varrho\grave{o}\nu$ $\delta\acute{e}o\varsigma$ $\H{\eta}\varrho\varepsilon\iota$)来形容内心的惊惧程度(11.43;11.634),同一表达式紧紧框住奥德修斯的冥府遭遇。诗人借此告诉我们,奥德修斯即便经历了冥府之行的历练,仍

---

[1] 荷马史诗《伊利亚特》和《奥德赛》奠定了古希腊的诗教基础,诵唱荷马史诗的片段成为希腊人日常生活的一部分,"被最广泛地阅读,并保持着对所有古希腊作者的影响","诗人"一词成为了荷马的专名。参见维斯特,"荷马和赫西俄德的诗歌",见多佛等著,《古希腊文学常谈》,陈国强译,北京:华夏出版社,2012,页31。

然无法摆脱对死亡的恐惧，常人实在逃不掉对死亡的"灰白恐惧"。

俄耳甫斯为何带不回亡妻的魂影？

古希腊传说中的另一个历死重生之人是俄耳甫斯（Orpheus）。相传他是古希腊三大宗教源头之一的秘传宗教俄耳甫斯教（Orphism）的教宗。这个教派有神秘的崇拜仪式，主张少食肉、饮酒，宣扬禁欲，他们相信死后报应和灵魂转生，认为亡魂会凭生前善恶来决定多次转生次第，直至最终解脱。后来的柏拉图主义和新柏拉图主义，乃至基督教都受其影响。①

相传歌声美妙的俄耳甫斯发明了七弦琴，他的歌声曼妙动人，有不可思议的神效。比如能驯化猛兽，顽石也能为之动情，河水停留，蛮人平顺。

拥有神妙乐技的俄耳甫斯与妻子欧瑞狄刻（Eurydice）相爱至深。在妻子不幸离世后，悲痛欲绝的俄耳甫斯竟然异想天开，他决心下到阴间寻觅亡妻。

难得的是，他真的用动人心魂的音乐与诗说服了冥府之主哈得斯与冥后珀耳塞福涅（Persephnoe）。他们应允让俄耳甫斯引妻返回阳间，条件是没走出阿维尔努斯山谷，就不准他回头看妻子，否则就会收回允诺。

就在他与亡妻即将踏入阳界的一刹那，忧喜交集的俄耳甫斯担心妻子没跟上他，就忍不住回头看了一眼身后的妻子。妻子瞬间化为一缕碎影，在俄耳甫斯的惊怖声中消失于幽暗之中……

古代史家狄俄多儒斯（Diodorus）和普鲁塔克曾提到，俄耳甫斯还有一部佚作《哈得斯之行》，②可惜未有传本流世。总之，古风诗人的冥府令人心惊胆战，让必死的凡人见识了幽冥之地的恐怖、

---

① 晏立农、马淑琴编着，《古希腊罗马神话鉴赏辞典》，前揭，页 161。

② 参见《俄耳甫斯教辑语》，吴雅凌编译，北京：华夏出版社，2006，页 7。

阴狠却又无可奈何,资质平常的人中谁能躲得过命定的事呢?

《伊利亚特》中凡人中的英雄、诸神的宠儿——高贵的赫克托尔出征前,与妻子安德洛玛克这样绝别:

> 爱妻,我祈求你心里绝不要过于悲伤,谁也不能凌驾我命之上,把我驱往冥府,除非这是命定的。我想,人一生下来,就没人能逃得脱命定的事,任他是懦夫还是勇士。(6.485)

英雄与妻子的关系,是荷马笔下的重大主题之一:想想奥德修斯与佩涅罗佩的故事吧。

奥德修斯下到冥府的来龙去脉

让我们先回到《奥德赛》第九卷中费埃克斯人的王宫场景,奥德修斯正面临国王阿尔基诺奥斯一连串逼问。他刚刚在体育竞技中获得荣誉,又安排盲歌手得摩多科斯吟唱了自己巧施“木马计”的光荣时刻。到了这一步,奥德修斯已经打定主意说出自己的全部真相,坦然吐露真实身份。

奥德修斯开始讲述自己的故事。

作为异乡乞援人,奥德修斯处在人生最为狼狈的时候,他已身无长物,唯有以机敏、善思虑的心编织起来的言辞来赢得胜利,完成顺利返乡的最关键一步。费埃克斯人是海神波塞冬的后人,而波塞冬因与奥德修斯有杀子之仇,奥德修斯此次的言辞行动仍然充满变数。

不过,通过这一天一夜的交往,奥德修斯已摸清费埃克斯人的脾性,尤其是国王阿尔基诺奥斯的性格底细。唯一令他担心的仍是王后阿瑞塔,看来如何打动王后是奥德修斯讲述故事的全部动力。

奥德修斯自述身世时的言辞具有两面性,在坦露与隐藏之间游弋,或者说既是盾也是矛,这使得他的言辞行动显得机关重重。我们不妨先了解奥德修斯的整个历险经历,以便明确冥府之行在其中所处的位置。

奥德修斯向费埃克斯城王宫里的听众讲述了他来岛之前的9次历险:特洛伊战争结束后,奥德修斯及其军队没有立即返乡,而是前往伊斯马罗斯城(Ismaros),洗劫并屠城,掳获了全城的女人与财物,似乎以此作为征战十年的报偿。他们很快遭遇敌人援军反击,阿凯奥斯人损兵折将,余部仓皇逃离,在海上漂泊。

随后,奥德修斯及其同伴们历经了洛托法戈伊人的"忘忧花"之苦,圆目巨人的捕杀,风神艾奥洛斯的馈赠及驱散,食人的莱斯特律戈涅斯族,神女基尔克的诱惑与帮助,下行冥府,抵挡海妖塞壬之歌、差点被海怪斯库拉猎食,最后因同伴偷食太阳神的牛群而招致悉数毁亡的灾祸。

奥德修斯没有再向众人重述他滞留在卡吕普索的洞府那7年,只是轻描淡写地说自己已对国王和王后讲过了,就不再重复。

奥德修斯共9次历险,除险胜圆目巨人之外,奥德修斯与女神基尔克的遭遇,可谓他一生中最为凶险的经历之一。按奥德修斯跟费埃克斯人的回忆,当他们刚刚逃脱巨灵人的追杀,就来到了"会说人语的,可怖的神女"(10.136)基尔克居住的艾艾埃岛。奥德修斯派去探路的同伴们十分冒失,饮用女神基尔克的迷药后,马上把故乡忘得一干二净(10.236)。基尔克随即用魔杖把这些希腊战士变成猪形赶进猪栏,尽管他们的"思想仍和从前一样"(10.240)。

为了拯救自己的战友,奥德修斯严词拒绝了其他同伴的逃命建议,毅然进入险境——"因为我责任在肩"(10.273)。幸好,他在路上遇到赫耳墨斯,获赠一株摩吕草,凭此神草他才战胜了女神基尔克的迷药。随后经基尔克的安排,奥德修斯下行到冥府,向盲先知求问归程。

古典学家伯纳德特建议我们暂且从奥德修斯的自述中抽离：

> 奥德修斯把基尔克放在他自己叙述的九次历险的正中，而荷马把冥府之行放在奥德修斯十一次历险的正中，这就可以看出奥德修斯与荷马之间的区别来。①

这种区别似乎在于：奥德修斯自己讲述的历险仅9次，还有两次不是他自己讲述的。但就冥府之行是奥德修斯完成自我认知最为紧要的一环而言，诗人与奥德修斯自己并无分歧。在诗人看来，踏入死亡地界的奥德修斯在见识了人生中最大的谜之后，事实上已具有神的位格，其心智和勇气皆超出了有死的凡人，成为凡人中值得效仿的典范。

在诗人笔下，冥府教谕是整部《奥德赛》最为核心的部分，对奥德修斯来说，遭遇女神基尔克同样是最为关键的际遇，因为，没有基尔克的帮助，他根本无法前往冥府问询盲人先知忒瑞西阿斯，也就无法预知自己的未来归宿和返乡路线。何况，奥德修斯并非主动离开基尔克，而是在同伴一再劝说下才肯告别基尔克（10.470—476）。

在与基尔克生活的一年里，奥德修斯返乡的意愿并不强烈。故乡伊塔卡并不比客居地艾艾埃岛（基尔克的辖地）更让他眷恋，似乎对基尔克的迷恋已经取代了对妻子佩涅罗佩的思念，甚至与他羁留女神卡吕普索居所时的沮丧和失落相比也反差很大——基尔克让奥德修斯暂时忘却自己肩上的责任。所以，心机颇深的奥德修斯与佩涅罗佩重逢后，当他向妻子提到这段往事时，虽然仅提

---

① 伯纳德特，《弓与琴：从柏拉图解读〈奥德赛〉》（后文简称《弓与琴》），程志敏译，北京：华夏出版社，2016，页104，注1。

了一句经历过"基尔克的阴险与狡诈"(23.321),但"阴险与狡诈"这两个语词已经有足够的分量。

神女基尔克是制造死亡的艾埃特斯的姐妹,她掌握使人忘却本性与记忆的迷药,有把人变成兽类的魔力(10.137、10.213)。第一批前去探路的伙伴们因吃了掺在食物与酒中的迷药,被她变成了一群猪(10.235-240)。唯有奥德修斯的远亲欧律洛科斯(Eurylochus)心存警惕,他逃回来报信,恳求奥德修斯不要前去营救已变成猪的同伴,赶紧逃离此地。奥德修斯拒绝了。

可见,奥德修斯强烈的责任感是他出类拔萃的德性。对母邦强烈的责任感驱使他历尽艰难也要返回故乡,而非在神女卡吕普索或基尔克的神仙洞府里安逸度日、乐享天年。然而,尽管赫耳墨斯的摩吕神草让奥德修斯免遭基尔克的迷药失性,基尔克的艾艾埃岛仍是整部《奥德赛》唯一让奥德修斯暂失本性的地方。

用伯纳德特的说法,拥有摩吕草让奥德修斯"不具有神的身位而能享有神的知识",这种知识使得他抵抗住了基尔克的魔法。①但我们应该进一步问,何以奥德修斯没有主动提出回家?

我们似乎可以说,尽管基尔克解除了奥德修斯变成猪的同伴身上的魔力,但这种魔力却悄然转移到了拥有摩吕神草的奥德修斯身上,而这种魔法有待奥德修斯从冥府返回后才能真正解除。因此,女神基尔克恰好处于奥德修斯的冥府之行的两端:送与接。

荷马与奥德修斯的差异似乎意味着,在诗人眼里,奥德修斯必须完成全部历险之后,才能完全认识到自己的冥府之行的意义所在。因此,这种差异也暗示:直到此时,奥德修斯尚未完成自我认识。倘若如此,那么冥府之行到底让奥德修斯获得了何种见识?诗人给奥德修斯安排了怎样一段神秘的旅程呢?

---

① 伯纳德特,《弓与琴》,前揭,页127。

奥德修斯如何讲述自己的冥府之行

我们应该注意到,奥德修斯自己讲述的冥府之旅因其突然中断而被分割成两部分。中断之前,奥德修斯讲述了自己在冥府中依次遇见伙伴埃尔佩诺尔、盲先知忒瑞西阿斯、奥德修斯的亡母、一众古代王族女人经过。随后,他中断叙述,转而询问在场静听的费埃克斯国王、王后及当地的王公们:

> 神秘的黑夜将消逝,现在是睡觉的时候,我或是去快
> 船伴侣们中间或者就留在你们这里,归返事有赖于你们
> 和众神明。(11.330—333)

在场众人皆静默不语,唯有睿智的王后瑞塔率先打破僵局。这是王后第一次面向王宫内的诸位王公发言,她半是商量、半是命令的口吻提醒众王公,要向奥德修斯馈赠礼品,留住佯装离去的奥德修斯。国王阿尔基诺奥斯尽管同意了王后的提议,但是,相较于奥德修斯索要财物时的狡猾和大胆,他似乎更关心奥德修斯冥府故事的可信性与现实性。

国王马上询问奥德修斯,他在冥府是否见到过特洛伊战争中死亡将士的魂灵。身为"国中的掌权人"(11.353),阿尔基诺奥斯似乎更想了解生前的业绩与死后处境之间的联系。

奥德修斯在这个时候中断讲述、索要财帛,看来是因为他摸准了阿尔基诺奥斯的心思,犹如冥府里喝过祭祀牲血才肯开言的盲先知忒瑞西阿斯。显然,奥德修斯接下来要讲的知识更为紧要,即对于城邦掌权人至关重要的知识,而这种知识唯有趟过冥河之水的人才能晓得。因此,为获得这一宝贵的知识,13位王公不反对向"将两度经历死亡"(12.22)的奥德修斯献祭。

我们不能忽略这个细节:奥德修斯刚从冥府回来,基尔克就已

知道,并立即前来告诉奥德修斯,自己将为他们的返乡"指点行程和各处标记",避免再次因偶然的失误而遭遇不幸(12.17—27)。事实上,奥德修斯的言辞行动在费埃克斯人那里所掳获的财物,远超过他在特洛伊战争中获得的战利品。就此而言,奥德修斯在言辞上已经攻陷了费埃克斯人的城邦:海神波塞冬迁怒于护送奥德修斯返乡的费埃克斯人,用连绵的山峦把这个岛国封围起来,不过是发泄一下愤怒而已(13.160—186)。

心满意足的奥德修斯接着讲述他的冥府际遇,然而,他接下来的讲述并没有接续中断之前的话题,而是讲述身处幽冥中的"各位英雄的妻子和爱女"(11.329)。正是这个话题曾勾引起王后的好奇心,她才提议众王公向奥德修斯"献祭"。

要求得到满足后,奥德修斯继续刚才中断的冥府回忆。不过,这一次他首先满足国王阿尔基诺奥斯的要求。国王希望奥德修斯说说他有没有在冥府见到希腊英雄的亡魂。

在奥德修斯的冥府回忆中,这些阿凯奥斯英雄的亡魂出现的次序为:首先是希腊盟军统帅阿伽门农,阿凯奥斯人中最杰出的英雄阿喀琉斯,为争夺阿喀琉斯盔甲而自尽的埃阿斯。接下来是传说中的神圣立法者,即克里特之王米诺斯,然后是传说中的神子与王族,即奥里昂、提梯奥斯、坦塔洛斯、西绪福斯,最后是神勇的赫拉克勒斯。

奥德修斯不无遗憾地告诉众王公,他本可见到心仪的古代英雄忒修斯和佩里托奥斯,然而无数蜂拥而至的亡魂使他惊恐不已。由于害怕被女妖戈尔戈的眼睛看到后变成石头而永远留在阴湿可怖的阴间,奥德修斯只得收起好奇心而迅速登船离开冥府。

至此,奥德修斯自述的冥府故事终于完整。我们注意到,荷马的全知视角隐藏在奥德修斯的讲述背后,使这一次神秘的冥府之行完全属于奥德修斯自己的独特经历,除了他之外,其余见证人皆已命归冥府,如此安排更显冥府之旅的真实。

冥府的魂影

　　奥德修斯有意割裂成两部分的冥府故事本身,前一部分遇见的亡魂皆与奥德修斯自身的命运休戚相关。盲先知忒瑞西阿斯自不待言,他是奥德修斯随后命运的路标。奥德修斯下到冥府第一个遇到的亡魂是埃尔佩诺尔(Elpenor),这个同伴在艾艾埃岛失足而死,他代表着众多追随奥德修斯远征特洛伊十年的伊塔卡子弟。

　　我们值得注意奥德修斯对埃尔佩诺尔的描述:他虽年轻但"作战不是很勇敢,也没啥智慧"(10.553)。换言之,埃尔佩诺尔资质平平,并非卓越之人。像这些客死异乡的普通人大多没有举行过安葬仪式,肉身永远留在了异乡,他们生前平凡,死后的魂魄毫无抱慰地在冥府漂泊。

　　埃尔佩诺尔见过众多客死异乡的同胞,因此他恳求奥德修斯不要没有举行"哀悼和葬礼"(11.72)就弃之不顾。他告诉奥德修斯如何安葬他,并暗带威胁地说,若不照办的话,奥德修斯的返乡之途必遭神谴,这似乎暗示了奥德修斯之前的灾难与他没有遵从伊塔卡的习俗有关。

　　所以,奥德修斯从冥府返回艾艾埃岛的头件事情就是安葬埃尔佩诺尔,或者说,虔敬是奥德修斯在冥府习得的首要知识。按伯纳德特的理解,奥德修斯在冥府习得了两种形式的虔敬,即安葬死者和传递奥林波斯神的神旨——这两种虔敬分别指向当下和未来。[①]

　　接着,奥德修斯在冥间遇见亡母安提克勒娅(Anticleia),他并不知道母亲已经因思儿过度而死。因此,始料未及的母子相遇对奥德修斯的心智是极大考验。尽管亡母让他"心中怜悯,潸然泪下"(11.87),但"手握佩剑护住牲血"的奥德修斯紧守基尔克的警

[①]　伯纳德特,《弓与琴》,前揭,页138。

告,并未因至亲的到来而乱了心智。他对待亡母与其他战友的亡魂几无差别:不让他们靠近牲血。

基尔克临行前曾警告奥德修斯,在他求教盲先知忒瑞西阿斯之前,不得让任何亡魂先饮牲血。这段阻挠亡母靠近牲血并等待盲先知的时间似乎漫长而煎熬,荷马用了"终于前来"($\tilde{\eta}\lambda\vartheta\epsilon$ δ' $\dot{\epsilon}\pi\iota$)[①]这一短语来描述奥德修斯的克制之艰难:

> 忒拜的忒瑞西阿斯的魂灵终于前来。(11.90)。

盲先知忒瑞西阿斯在冥府拥有特权,并不需要饮用牲血才能开言讲话。但是在这里,忒瑞西阿斯似乎将牲血视为一种有益灵魂的东西。著名古典学家维拉莫维茨把这一情节视为古典系学生的隐喻:只有当古代作者饮食了我们的心灵之血,直到他们浸入我们的心魂与情感之中,他们才会向我们口吐真言,也只有这个时候,他们的话才真实可信。[②]

奥德修斯的克制基于对自身处境的认知,凡人很难遇上这一极端的考验:在我与生我之人间做出抉择。事实上,奥德修斯的克制冒着与母亲就此诀别的极大风险,忒瑞西阿斯随后指明的冥府法则证实了这一点:

> 不管是哪位故去的死者,你只要让他接近牲血,他都
> 会对你把实话言明。如果你挡住他接近,他便会返身退
> 隐。(11.147—149)

---

① 这是荷马独有的表达式,参见 *A Lexicon Homeric Dialect*, expanded and ed. by Richard John Cunliffe, Norman: Oklahoma University Press, 2012, p. 161。

② *The Odyssey of Homer*, ed. by W. B. Stanford, London: Bristol Duckworth & Co. Ltd, 1996, p. 385.

一旦不被允许接近牲血的母亲亡魂就此飘逝,奥德修斯是否仍然如从前那般渴望返回伊塔卡? 可见,奥德修斯的克制必须承担常人难以承受的血亲分离。更为可信的解释是,奥德修斯的克制剥离了自己身上的自然性,最终成为一个真正的政治家。当然,奥德修斯并非柏拉图意义上的理想政治家。① 正如有学者已经看到的那样,荷马塑造了一个颇有政治智慧的王者形象:

> 他(奥德修斯)不是理想的统治者,而毋宁是后世政治哲学创始人的原型。②

但是,冥府之行并没有完全净化奥德修斯身上的多疑与残忍,这一点尤其体现在他踏上伊塔卡之后的一系列行动,包括对妻子、父亲,甚至守护神雅典娜的怀疑与试探,残忍则体现于杀戮求婚人的方式。就此而言,我们似乎可以说,奥德修斯身上尚存有僭主这一灵魂类型的某些特质。③

奥德修斯三次拥抱母亲的魂影

随后,我们看到奥德修斯与亡母相认之后,曾三次想要拥抱母亲的魂影:

---

① 比较柏拉图的《治邦者》,异邦人告诉苏格拉底,最完美的政治家应该是借助王术将男儿气概与节制完美融为一体的人(310e—311e)。亦参柏拉图《王制》关于城邦最优秀的卫士的讨论(412c10—414b5)。

② Patrick J. Deneen. " The Odyssey of Political Theory", in Leslie G. Rubin(ed.), *Justice v. Law in Greek Political Thought*, Boston, 1997, p. 84;程志敏,《荷马史诗导读》,上海:华东师大出版社,2007,页 288。

③ 比较柏拉图《王制》565d—579e 关于僭主这一灵魂类型的讨论,以及色诺芬《希耶罗或僭政》第 6 节中僭主希耶罗对哲人西蒙尼德抱怨僭主生活,详参施特劳斯/科耶夫,《论僭政:色诺芬〈希耶罗〉义疏》,古热维奇/罗兹编,彭磊译,北京:华夏出版社,2016,页 77。

> 我心中思索着很想拥抱，我那业已故去的亲爱的母
> 亲的魂灵。我三次向她跑去，心想把她抱住，她三次如虚
> 影或梦幻从我手里滑脱。(11.204—207)

奥德修斯与战友埃尔佩诺尔的亡魂相遇时，尽管两人心带悲伤地相对絮谈，奥德修斯并没有想要去拥抱出生入死的伙伴的亡魂，而是一直手按佩剑，时刻提防埃尔佩诺尔的亡魂接近牲血。但是，面对亡母的魂灵，一完成询问忒瑞西阿斯的任务后，奥德修斯立刻想要思索着去拥抱母亲的魂灵。

奥德修斯刚入冥府时，曾"立即被灰白的恐惧捉住"。现在，他渴望拥抱母亲的亡魂，意味着奥德修斯此刻已经净化了对死亡本身的恐惧。在冥府还能与至亲的人相拥，宛若生前。那么，死亡不过是换了一个生活空间而已，奥德修斯向母亲哭诉：

> 让我们亲手抱抚，即便在哈得斯，那也能稍许慰藉我
> 们那可怕的悲苦。(11.209—210)

然而，荷马借奥德修斯告诉世人：

> 一旦人的生命离开白色的骨骼，魂灵也有如梦幻一
> 样飘忽飞离。(11.221—222)

由于魂灵与肉身的分离，凡人进入幽冥世界之后，只能以虚影的形式存在。不仅如此，在奥德修斯下到冥府之前，基尔克就曾如此警告过奥德修斯：亡魂无法保持智慧，不能思考，必死的凡人中唯有盲先知忒瑞西阿斯是例外：

> 他的心智一如往昔，佩赫塞弗涅予他以理智，即便在

幽冥中独他能思考,余者皆化为飘忽的魂影。(10.493—495)

不能将此世的智慧与理智带到幽冥之地,无疑是奥德修斯最为惧怕的事。因此,他三次试图拥抱母亲亡魂的行动,这既发自血亲之情的本性,也暗含着对基尔克预言的求证与不甘心。认同基尔克的话意味着,此世的一切努力将随着生命的消逝而通通化为泡影,这当然包括哲人所说的智慧修炼。对于奥德修斯这类善于思考、心思缜密的人来说,基尔克的话无疑是毁灭性的打击,使得奥德修斯一度产生"简直不想活下去,看见太阳的光辉灿烂"(10.496—497)。

冥府里还能思考吗?

伯纳德特提醒我们注意,此处的"不想活"与"太阳的光"之间的字面意思相互冲突,使得这行诗的含义变得含混不明。[①] 太阳如同美不胜收的智慧之光,少数爱智者出于天性,穷其一生都在欲求真理的途中。如果基尔克的话所言不虚,生前的智慧一旦进入幽冥之地就会全部消失,那么,这类爱智者的生命根基也就随之崩塌了。诗人的说法意味着,苏格拉底的"回忆说"是个谎言,无论在世时如何追求智慧,都不能改变冥府里的遭遇,有死的凡人都将化为无知的魂影。

有意思的是,冥府与基尔克的艾艾埃岛有着某种相似性:被基尔克的魔法变成猪的人,只是肉身转化为猪形,可仍具有人的思想。荷马让奥德修斯认识到,生前即便欲求智慧也不能改变命相,幽暗的冥府与光明的大地不能相容,智慧之光照不进阴暗的死境。

诗人的教谕无疑会极大地挑战爱智者的信念:生前的哲学教

---

① 伯纳德特,《弓与琴》,前揭,页139。

养有助于亡魂在冥府中选择来世命相。如此说来,奥德修斯实在没有必要冒险去冥府探问归乡之路,因为,与女神们生活在一起,既可以肉体不朽,也能够永远注视灿烂的"太阳"。但是,具有求知天性的奥德修斯,正如不信德尔斐神谕的苏格拉底,好奇心驱使其宁可涉险也要问个究竟。即便亡母劝他立即离开冥府,他仍然盘桓不去,守着牲血,一一询问前来的亡魂。

《王制》第十卷讲述了著名的俄尔神话,他告诉我们,灵魂死后重新投生时,要靠抓阄而非神意来决定来世的去处。如此一来,个人生前的智慧修习只决定了来世对美德的重视与否,至于来世的道路则完全依靠抓阄人的手气。从而,欲求智慧完全出于个人的天性,修习哲学并不保证来生的福祸,也不具有价值上的优先性。奥德修斯所讲述的冥府之行,并没有涉及灵魂的重新投生问题,而苏格拉底为什么会看重这一问题呢?

幽冥中的悲泣与愤然

如果说智慧无法进入冥府,那么勇气呢?随后,荷马借奥德修斯的讲述,就让我们看到阿凯奥斯人最伟大的英雄阿喀琉斯的亡魂。阿喀琉斯在《伊利亚特》中曾为好友帕特罗克洛斯的死痛不欲生,向母亲哭诉自己愿追随他而去(8.81–82)。在《奥德赛》中,冥府中的阿喀琉斯获得了统治众亡魂的权柄,连生前任希腊盟军统帅的阿伽门农也在他的统治之下,所以奥德修斯不无感叹:

> 阿喀琉斯,过去未来无人比你更幸运。你生时我们阿
> 尔戈斯人敬你如神明,现在你在这里又威武地统治众亡
> 灵,阿喀琉斯啊,你纵然辞世也不应该伤心。(11.483–
> 486)

然而,生前勇猛无双的阿喀琉斯这时却向奥德修斯哭诉,自己

宁可卑贱地受人奴役，也不情愿要这冥府的权柄。

　　《伊利亚特》以阿喀琉斯的"愤怒"开篇，而阿喀琉斯的愤怒是"致命的"，他的愤怒

　　　　给阿凯奥斯人多少苦痛，把多少勇士的英魂送给
冥神。①

　　为了争夺女俘，怒不可遏的阿喀琉斯与阿伽门农之间的纷争致使特洛伊战争态势发生逆转，眼看胜利在望的希腊盟军迅即走向颓势。二人之间的争吵皆是出于不能克制自己身上非理性的情绪，然而前者是出于怒气，后者则是出于贪欲。亚里士多德在《尼各马可伦理学》中区分了"欲望"和"怒气"："出于欲望的不能自制也就比出于怒气的不能自制更加不公正。"这话有两层含义：不能克制是坏的德性；欲望比怒气更坏。因为"怒气在某种意义上听从逻各斯，而欲望则不是"。②

　　荷马给满腹私欲的阿伽门农设计了一个归乡后死于其妻与情夫之手的悲惨结局，而阿喀琉斯则战死疆场，英名无损。两人如今虽同在冥府，阿喀琉斯则成为众亡魂的王，且与友伴帕特罗克洛斯重逢，阿伽门农则失去了生前的权柄和荣誉。然则，即使拥有一个如此抚慰人心的结局，荷马依然让阿喀琉斯为冥府生活悲叹不已，加重世人对冥府的恐惧与不安。

　　与阿喀琉斯的愤怒和阿伽门农的贪欲不同，愤然的埃阿斯是另一类型的亡魂。他与奥德修斯有宿怨。如果说阿喀琉斯视友情重于生命，那么，好强的埃阿斯则热爱赛场上的荣誉甚于生命。在

---

① 刘小枫，《昭告幽微：古希腊诗品读》，香港：牛津大学出版社，2009，页80。

② 亚里士多德《尼各马可伦理学》1149b24。关于"血气"一词在古典语文中的含义，参见刘小枫编修，《凯若斯：古希腊文读本》，上海：华东师大出版社，2013，页177。

《伊利亚特》中，他在帕特罗克洛斯葬礼竞技赛上，事事争先。在赛跑比赛中，他败给了年长的奥德修斯，埃阿斯不承认奥德修斯优于自己，把自己的失败全归于奥德修斯受到雅典娜的帮助。

在《奥德赛》中，雅典娜确实在奥德修斯与费埃克斯人竞赛时作弊了。所以，埃阿斯有此怀疑不算无凭无据。由于埃阿斯自认是输给了神而不是奥德修斯，他在心中对奥德修斯已存芥蒂，也并非不可理解。在阿喀琉斯死后，埃阿斯与奥德修斯又为争夺阿喀琉斯的盔甲而交手，埃阿斯不敌，再次输给奥德修斯，气量狭窄的埃阿斯愤然自尽。

在埃阿斯身上，我们看到了真假两种荣誉。身为战士的埃阿斯为一个虚假的荣誉而轻生，显得非常不智，而这种不明智的愤然居然一直持续到化为魂影的冥府。尽管奥德修斯苦苦恳求他交谈，盼望与故人冰释前嫌，怒气冲冲的埃阿斯一直沉默不言，转身走向昏暗……

荷马以这一个心怀愤然的背影让我们看到，凡人落入冥府后，尽管变成徒具肉身之形的虚影，灵魂失去了智慧和思考能力，但是灵魂品质并不会发生改变，旧的习性和心性的等级依旧。

倘若诗人所言不虚，死之阴暗与悲伤除了让世人恐惧不安之外，毫无教益，那么，诗人何以还要对冥府的题材孜孜不倦呢？

奥德修斯的名字

奥德修斯名字的字面意思即"愤怒的"（19.407—408），然而这个名唤"愤怒的"人却一直冷静克制、极少让怒气逮住自己。最典型的例子莫过于奥德修斯返乡后乔扮异乡流浪汉，受到求婚人的百般羞辱，即便在如此极端的情势下，他也冷静谋划，毫不动怒。因此，雅典娜评价他"为人审慎、机敏而富有心计"（13.332），在常人中"最善谋略，最善辞令"（13.297）。不过，亚里士多德指出：怒气与富于心计互不相容，一个"有心计的人不会发怒"，因为怒气是看得见的，而非隐藏在内心的谋算。而且，一个人越工于心计就越不公正（《尼各马可伦理学》1149b15）。

按此解释，奥德修斯至少在政治哲人眼中不是一个公正的人，他的外在（名字）与内心（天性）并不一致：表面的坦率与内在的缜密使之成为凡人中“最为诡计多端的”人。然而，如此足智多谋、诡计多端的凡人必须在冥府中才能完成自我认知，唯有在死地，他才能意识到人之限度与命运的无常。

诗人荷马让奥德修斯亲自对费埃克斯城邦的王公们讲述自己的冥府经历，其笔法用意深远：让王者现身说法，教育王者要对生命虔敬，珍惜此世，因为才智、荣誉、财富与权柄都无法与冥王哈得斯抗衡，即便是非凡的英雄、神子或神的妻伴也不能逃脱哈得斯的掌控，摆脱化为虚影的宿命。

奥德修斯受到城邦的控诉

从文本结构来看，奥德修斯的冥府之行自第十一卷开始，直到第二十四卷才结束，几乎后半部分的奥德修斯故事皆笼罩在冥府阴影当中。

返回伊塔卡后，奥德修斯用计谋血刃全部求婚人，将伊塔卡乃至希腊其他城邦的贵族子弟几乎消灭殆尽。当冥府中的阿伽门农的亡魂看到众求婚人的魂灵被引路神赫耳墨斯带到冥府时，大声惊呼，惋惜不已：

> 你们怎么一起来到这昏暗的地域？尽管你们优秀且年轻？国人中不可能找出比你们更显贵的人。（24.106—08）

特洛伊战争长达十年之久，令希腊城邦英才凋零，奥德修斯作为引领伊塔卡子弟兵出征的统帅，自然饱受伊塔卡人的责难和抱怨。求婚人安提诺奥斯的老父亲,得知自己混在求婚人团伙中的儿子被奥德修斯杀死后,顿时老泪纵横,马上煽动聚集在伊塔卡会场的民众,他们大多是求婚人的亲属。

安提诺奥斯的父亲,咒骂奥德修斯是个"恶贯满盈"的家伙。他"用船只载走了无数的勇士,结果丧失了空心船,也丧失了军旅",而他"归来又杀死这许多克法勒涅斯显贵"(24.427—429)。王者奥德修斯离城太久,在绝大多数伊塔卡民众心中,这位老父亲的话说出了他们的心声。换言之,城邦对王者最大的指控是:毁损了伊塔卡子弟的性命。

因镇压求婚人,奥德修斯引发了全体城邦民的怒气,城邦濒临分裂和内乱。幸好宙斯派雅典娜出面阻止奥德修斯采取极端的措施,避免了更大规模的流血冲突,使双方的战斗"不分胜负",最后在神的帮助下重缔盟誓(24.415—527)。其实,即便奥德修斯在这场内乱中获胜,他仍是一个失败的王者。因为,伊塔卡的政制和宗法完全崩溃,贵族子弟所剩无几,城邦陷入如今所谓的"恐怖状态"。

换言之,胜利的奥德修斯将不得不面临一个"荒"城。这让我们想起冥府中盲先知忒瑞西阿斯的预言:返乡后的奥德修斯将被迫再次离开伊塔卡去漂泊。这意味着,奥德修斯不得不用暴力和血腥重建伊塔卡,而城邦需要时间去抹平城邦的创伤和裂痕。年迈重返伊塔卡的奥德修斯已然不可能统治伊塔卡,不再是伊塔卡的王者。取而代之的是他的儿子挟带着其父遗留下的血腥威严,重建城邦政制。

因而,从某种意义上讲,奥德修斯是一位被伊塔卡城邦放逐的王。回过头来看苏格拉底,他难道不是一位被雅典人"逐出"城邦的哲人王? 不过,被雅典民主法庭判处死刑的苏格拉底并没有听从克力同的劝说逃离雅典,像普罗塔戈拉那样逃亡。哲人苏格拉底选择遵循雅典法律,守护母邦政制和礼法,而非挑起一场精神上的内乱,分裂城邦。

哲人的教谕

德尔菲神谕预示的最有智慧的苏格拉底肩负着守护雅典年轻人"灵魂命相"的重任。如何对雅典城邦优异的灵魂施教，是苏格拉底命定的任务。然而，雅典城邦对苏格拉底的指控却是败坏青年、树立新神。

况且，备受雅典民众仇视的"三十僭主"小集团中有多人是他的学生，尤其是被雅典判为叛国罪的阿尔喀比亚德更传闻是苏格拉底最亲密的友伴。奥德修斯与苏格拉底皆遭到城邦的指控和责难。

这让我们联想到柏拉图《苏格拉底的申辩》记述，雅典陪审团对苏格拉底下死刑判决时，支持与反对者各占一半，雅典人如同伊塔卡人一样陷入分裂，苏格拉底也面临着与奥德修斯同样的处境：扩大抑或弥合城邦的裂痕？他们的不同选择和决断，让我们见识了哲人与政治家的差异，也让我们见识到哲人与诗人关于政制思考的差异。

就此而言，苏格拉底与奥德修斯的政治性差异，可能成为了政治哲人柏拉图思考城邦政制的两端：拥有实践智慧的奥德修斯与拥有纯粹智慧的苏格拉底如何能结合起来？

这让我们想到柏拉图最著名的作品《斐多》，在这篇充满各种戏剧机巧的哲学对话中，柏拉图记述其师苏格拉底生命中最后一天的言行，苏格拉底平静从容地应对即将到来的死亡，似乎丝毫不惧冥府的幽暗与阴寒。

苏格拉底临终之际的"天鹅之歌"

柏拉图让我们看到，苏格拉底带领当时陪伴其左右的青年友伴们，在言辞中下到大地深处的冥府。

在我们经历了荷马笔下漫长的奥德修斯冥府之行后，让我们静心跟随苏格拉底的讲述,下到这位雅典最智慧的老人以诗一般的语言描绘的冥府。在那里,环河、阿刻戎河、哀河、火河恐怖、令人惊惶不安地奔流不息……这些河流万古长在,一如生命的生生不息(《斐多》111c5—114c)。

关于灵魂死后的命运,苏格拉底最关心两类灵魂的去处,一类是"朝向虔敬生活方面突出的",一类是那些"凭热爱智慧彻底洁净自身的人"(《斐多》114b7,114c2)。对于前者,苏格拉底是这样说的:

> 他们从大地中的这些地方获得自由,得到释放,就像从捆绑中得到释放,上到洁净的居所,在大地的上面寓居。(《斐多》114b9—114c2)

至于后者,苏格拉底的话让围在他身边的青年人备受安慰:

> [爱智慧的人]完完全全不曾依身体而生活,在未来就会抵达比这些还要美好的居所——要揭示这些居所不容易,而且眼下没有足够的时间啦。(《斐多》114c3—6)

看来,《斐多》中的苏格拉底肯定了荷马的说法:灵魂不灭,冥府永在。但是他并不认同荷马关于人死后化为不能思考的虚影的说法,因为,这无异于取消了此世的生存意义。同时,对于荷马在《奥德赛》中对英雄人物死后悲泣、软弱的渲染,苏格拉底也极为不满。柏拉图在《王制》卷三开篇就反对诗人以描写冥府的惊怖来恐吓城邦卫士,使他们灵魂变得软弱,以致不能担负起守卫城邦的职责(387b—c)。

不过,苏格拉底在临终时嘱托克力同:替他向医神阿斯克勒皮奥斯敬献一只公鸡。苏格拉底也许想表明,即便哲人不认同诗人的冥府教谕，但他仍愿意为大多数人留下一个顺从命相、敬畏神灵的榜样。

在柏拉图笔下，苏格拉底狡黠而机敏，爱打趣，喜反讽，可是他很少笑。然而，在他生命的最后时刻，当讲完大地神话，面对克力同问如何安葬他时，苏格拉底反倒笑了……（《斐多》115c5）。施特劳斯认为，不笑的苏格拉底是一个"内心严肃"的人。苏格拉底一向自称无知，他一生都在追问真理的途中，面对死亡这一人生最重大的问题时，何以一笑置之？这体现了哲人的无知，抑或是哲人苏格拉底向我们隐瞒了他的智慧？

无论如何，苏格拉底的描述让我们在得知灵魂不朽的同时，并没有惊恐得难以自抑，反倒平复了我们对死的恐惧。兴许在大多数古希腊人眼中，诗人荷马关于冥府的讲述更为可信些，毕竟诗人讲述的是有死之人的亲历之事，而哲人只是在引导一群爱好智慧的青年人下到言辞中的冥府。

苏格拉底告知我们：死后的去向与生前所受的智慧修习及美德有关。就此而言，古风诗人与政治哲人虽然都讲述了灵魂的归宿，描述了冥府的情状与地貌，向我们这些必死的凡人预告了未知但命定的路，但他们却把我们引向不同的冥府，为我们的生命终点蒙上不同的幽暗。

荷马在《伊利亚特》中曾以这样的诗句安慰在死之冷寂中惊恐不安的世人：

> 正如树叶的枯荣，人类的世代也如此。秋风将树叶吹落到地上，春天来临，林中又会萌发，长出新的绿叶，人类也是一代出生，一代凋零。（6.146—149）

而哲人苏格拉底在临终之际，激励青年友伴们要热爱美德和智慧，因为美德和智慧会给人在冥府中带来极为丰厚的回报。"这

奖品多美,盼望多伟大。"(《斐多》114c9—10)

然而,完全不依身体生活的爱智者生前与死后又有什么分别呢?他们生前就一直活在"哲学的冥府"中与友伴们共同修习智慧。哲学就是一直在修习如何去死亡。

哲学的冥府

柏拉图在《克拉底鲁》中有一段借苏格拉底之口讨论冥王普洛冬(Pluto)名字的谈话,或可视为他为"哲学的冥府"下的定义。苏格拉底修正了绝大多数常人对于冥神的意见,认为人们没必要恐惧死亡(《克拉底鲁》403a4—b8)。在《普罗塔戈拉》后半部分,苏格拉底让三位智术师一起面对这样一个问题:"自愿去求自己认为坏的东西而不求好的东西",是否不符合人的天性。

随后,普洛狄科区分了"畏惧"与"恐惧"这两个语词。苏格拉底迫使智术师们同意:人所畏惧的东西是坏的。苏格拉底的问题是:会有人自愿寻求让他恐惧的东西吗?从这个问题起步,苏格拉底再次讨论五枢德中的勇敢德性。

如果结合《克拉底鲁》中对"哲学的冥府"的定义,苏格拉底的言下之意也许是:常人最畏惧的莫过于死亡,因而没有谁愿意接受死亡,即便死能让人变得更好。然而,哲人却能在常人停步的地方继续追问下去,直面常人最为恐惧的死亡。

苏格拉底把冥王哈得斯称作"完美的智者,对他近旁的人也大有助益"。哈得斯只与灵魂相处,偶尔也与那些净化了灵魂中的恶及欲望的身体相处。然而,若身体有了冲动和疯狂,就不能留在哈得斯身边。随后,苏格拉底明确说,哈得斯的这一特征就属于"哲学和爱思考的人"(《克拉底鲁》403e1—404a3)。人们之所以宁可留在哈得斯身边而非逃走,是因为被哈得斯的美好言辞诱惑,连海妖塞壬也不能逃离这种诱惑。

人们相信自己待在哈得斯身边能成为德性上更好的人,这一最大的欲望使得热爱智慧者甘愿留在冥府而不离去。这段话读来让人备感困惑，然而，如果与《普罗塔戈拉》中的"哲学的冥府"意象联系起来，多少能让我们领悟这一令人费解的隐喻。

柏拉图笔下的苏格拉底曾向克拉底鲁这样解释诸神之名的含义：冥神普洛冬与海神波塞冬都是宙斯的兄弟，普洛冬名称的字面意思是地下的馈赠之物，他的另一称谓是哈得斯，字面直译是"不可见的"（《克拉底鲁》403a5－404b5）。奥德修斯因刺伤波塞冬儿子的眼睛而惹怒波塞冬，返乡之路受阻，女神基尔克则指点他去冥府问盲先知，由此呈现了荷马史诗中的神权政治的三分格局：天上、海洋和大地。

倘若联系到柏拉图笔下的"哲学的冥府"意象，我们或许可以这样来理解哲学的地域：既在城邦之中，又隐匿在城邦之外。如同冥府既在宙斯的神权治下，又是自成一体的法外之地。

因此，我们值得从诗与哲学之争的思想史背景，重新审视哲人与诗人笔下冥府的内在差异。毕竟，柏拉图除了在作品中化用奥德修斯的冥府之行，他还以苏格拉底的口吻，正面描绘了作为生命归处的幽暗之地应该是什么样子，以苏格拉底临终之作的大地神话悄然取代了荷马的冥府之行，向我们描述了幽冥世界的另一种幽暗，用哲人理解的冥府暗中替换了古风诗人的阴森恐怖的冥府。

哲学为什么要取代习传的冥府叙事？柏拉图的如此笔法有何用意？古老的冥府教谕应该被哲学取代吗？因而，追踪柏拉图对话作品中的荷马引诗线索，我们值得跟随柏拉图笔下的苏格拉底重新下到另一个"哲学的冥府"，看看雅典民主时期的"奥德修斯"如何迎战民主时期的魑魅魍魉。

二　雅典民主时期的"奥德修斯"

冥府中的奥德修斯见到了一群群亡魂，有希腊的英雄们，有古代圣王,还有传说中众多贵族女子,而最让他心碎的是遇见了母亲的魂影……奥德修斯的这一危急时刻成为柏拉图三部对话作品《普罗塔戈拉》《会饮》和《斐多》共有的史诗背景。

不过,这一次是苏格拉底化身为民主时代的"奥德修斯",孤身前往在雅典人中有"冥府"之名的卡利阿斯家——由于卡利阿斯与自己的岳母有染,他在雅典得了一个绰号叫"冥府",苏格拉底要去拯救被异邦智术师迷惑的一众青年人稚嫩的灵魂……

诸多柏拉图研究学者都注意到《普罗塔戈拉》与《会饮》在叙事框架上的相似,施特劳斯的发明最为明晰:两部对话的主要参与者有六人重现,在《会饮》中发表讲辞的人,除阿里斯托芬之外,斐德若、厄里克希马库斯、泡赛尼阿斯、阿伽通、阿尔喀比亚德和苏格拉底皆出席了许多年前发生在《普罗塔戈拉》中那场秘密的智术师聚会。

《普罗塔戈拉》的文本时间早于《会饮》这篇作品,当时整个希腊最著名的四位智术师,除高尔吉亚之外,其余三位在《普罗塔戈拉》里悉数到场,他们是:普罗塔戈拉、希庇阿斯(Hippias)和普洛狄科。苏格拉底与智术师的关系,是所谓"苏格拉底问题"的关键要点之一。因为,苏格拉底被雅典城邦判刑的重要原因之一是,人们把苏格拉底当成了智术师。

后来在《会饮》中出现的好几位主要发言者都是这些智术师的弟子。尤其是那位在《普罗塔戈拉》中尚寂寂无名的美少年阿伽通,到《会饮》那场对话发生时,他刚摘取戏剧节的桂冠,成为雅典最炙手可热的肃剧诗人。而在《普罗塔戈拉》中"胡子刚刚发芽儿"的阿尔喀比亚德,到了《会饮》里已是雅典政坛呼风唤雨的政治人物,权倾一时。他刚被任命为希腊联军的统帅,即将率军出征西西里。

如果把柏拉图的这两部作品视为连续剧,那么,从《普罗塔戈拉》到《会饮》,我们可以看到一群身世显赫、天资优异的雅典世家子弟的成长过程。柏拉图将历史事件与戏剧模仿结合起来,生动而又深刻地展现了这样一个严肃问题:代表城邦未来的青年人,应该由谁来教育?

按荷马在《奥德赛》中的教诲,我们已经知道潜在王者的教育与城邦命运息息相关,塑造青年的德性意味着塑造城邦的品格。因此,谁握有城邦教育权这一问题就显得至关重要:教育城邦青年的教师应该是智术师或诗人,抑或是苏格拉底这样的政治哲人?

奥德修斯为了拯救变成猪形的同伴们,他选择孤身涉险。

苏格拉底做出了同样的选择。

苏格拉底为何要下冥府?

苏格拉底下至"冥府"的故事从一天中离开黑夜的时分开始,柏拉图以苏格拉底本人的口吻记叙了苏格拉底自述的这一"奥德修斯"式的历险。柏拉图当然是在模仿荷马,让奥德修斯以回忆的方式向在场的费埃克斯王公们讲述自己的冥府经历。

那天,天还未亮。心急的希波克拉底急匆匆地"用手杖猛敲"苏格拉底家的门,毫不顾及苏格拉底是否还在睡觉:

> 有人刚把门打开,他就径直冲了进来,大声嚷嚷"哎呀,苏格拉底,你醒了还是还在睡啊?"(《普罗塔戈拉》310b1)

希波克拉底出身于雅典本地的一个大户人家,家产殷实,苏格拉底对人说希波克拉底的"天性似乎与同龄人有得一比",渴望在政治上有所成就(316b7−c2)。苏格拉底没有明言,希波克拉底的天性与天资高还是天资低的同龄人有得一比。苏格拉底向友人坦言,他对希波克拉底的真实评价是,"我知道这个人的勇劲儿和急性子"(310d2)。

希波克拉底天性单纯热情,鲁莽而直率,怀有盲目的追求政治表现的爱欲。这类青年的头脑比较简单,喜欢崇拜文化名人,热情极易被煽动。希波克拉底既没有见过普罗塔戈拉,甚至还不清楚智术师究竟是什么品质的人,就决定把自己的灵魂托付给这类教师,一腔热情地相信,自己能被智术师打造成一个有智慧的人。所以,苏格拉底尖锐地批评他:

> 要是你并不知道把灵魂交付给谁,你就不知道正在把灵魂交付给要么好要么坏的事情。(《普罗塔戈拉》312c2)

这类人如果在政治表现上有热情,往小处说是自我毁灭,往大处说则是祸害城邦。希波克拉底很容易让我们想起前文提到过的《奥德赛》中的埃尔佩诺尔,他与希波克拉底的天性相似。埃尔佩诺尔出现在第十一卷,是奥德修斯最为年轻的同伴。奥德修斯对他的评价是,"作战不是很勇敢,也不很富有智慧"(10.552)。埃尔佩诺尔为求凉爽,醉酒后独自跑到屋顶安睡,半夜被同伴们纷乱跑动的声音惊醒,恍惚之中心智迷失,忘记了"重新沿着长长的梯子逐节而降,从屋顶上直接跌下"(10.558)。由于折断了头,埃尔佩诺尔的魂魄先去了冥府。①

奥德修斯与埃尔佩诺尔在冥府相遇时,埃尔佩诺尔将自己身上的灾难归结为神定的不幸命运和饮酒过量,他没有认识到,自己的灾难其实是由于自己天性上的欠缺:心智简单,性情鲁莽,缺乏真正的勇敢。希波克拉底与埃尔诺佩尔有共同的天性,这间接印证了苏格拉底对希波克拉底的评价:"天性似乎与同龄人有得一比"(《普罗塔戈拉》310b10)。

---

① 埃尔佩诺尔在《奥德赛》中出现了3次,见10.551-60,11.51-80,12.8-15。

反过来说,希波克拉底犹如《奥德赛》中的埃尔诺佩尔:好饮酒意味着他心智不清醒,没有判别最为基本的好坏对错的能力。当这类心智混沌的人被冒失的哲人引至民主统治领域,或者追求与他们天性不适宜的哲学,冒险去模仿与其天性不匹配的激情,就会既无法返回日常的城邦生活,又不能适应哲人的高山生活。这类人追求哲学的结果自然是,从高处摔下来,折断头颈。

就此而言,埃尔佩诺尔的命运就是所有天性既不适合学习哲学也不宜从事政治活动的那类人的命运。

在《普罗塔戈拉》中,柏拉图在希波克拉底的身上化用并改写了普通士兵埃尔佩诺尔的命运。柏拉图安排希波克拉底在苏格拉底下到冥府之前出场,尤其是在黎明之前来找苏格拉底,暗示这个青年人的心智处于将明未明的关键时刻。这时,他遇到什么样的哲学教师,对他的启蒙朝向哪个方向,如何开启他的心智,对其一生都有着决定性的影响。

在《吕西斯》中,柏拉图也用了类似的譬喻。在懵懂无知,混沌未开的年纪,选择什么样的人为友,以什么样的人为师,关乎一个年轻人今后一生的灵魂安危。《普罗塔戈拉》将希波克拉底作为苏格拉底冥府之行的戏剧动机,暗示苏格拉底完成了奥德修斯没能完成的任务,毕竟他最后安全地从"哲学的冥府"中带出他的同伴,而《奥德赛》中的埃尔佩诺尔永远地留在了幽冥之地。

就守护年轻人的灵魂而言,柏拉图笔下的苏格拉底胜过荷马笔下的奥德修斯。

柏拉图在对话中展示了苏格拉底如何救护希波克拉底的稚嫩灵魂,使他能摆脱智术师的引诱。如同前往基尔克洞府中解救战友们的奥德修斯,苏格拉底此番行动同样没有十足的获胜把握,因为普罗塔戈拉的魔力不逊于基尔克。

在卡利阿斯的家中,苏格拉底让我们见识了普罗塔戈拉迷惑青年人的魔力:一大群外邦青年跟在普罗塔戈拉身后亦步亦趋。

如果柏拉图在《普罗塔戈拉》中展示了苏格拉底抵御智术师魔力的能力，我们就值得问，是谁帮助苏格拉底获得了能解除智术师魔力的"摩吕草"（μῶλυ）？

要回答这个问题，就得先回到《普罗塔戈拉》的开场，柏拉图早已在那里埋下伏线。

赫耳墨斯的双重面目

《普罗塔戈拉》以苏格拉底与一位熟人的对话开场。可能是在雅典城的集市上，也可能是苏格拉底前往吕凯宫体育场的路上，苏格拉底被一位朋友拦住去路。这位无名的朋友问苏格拉底从哪里来，他见苏格拉底神色显得慌张，略带挑衅地揭穿苏格拉底刚离开闻名雅典的美少年阿尔喀比亚德（Alcibiades）。

这位朋友又半开玩笑半认真地说："阿尔喀比亚德的'胡须已经发芽儿'。"言下之意，苏格拉底对阿尔喀比亚德的迷恋已经快到尽头。[①] 把苏格拉底说成阿尔喀比亚德的有情人，在当时的雅典城邦早已不是新闻。所以，无名朋友挑明的是一件苏格拉底生活中众所周知的，如今所谓的"绯闻"。

对于朋友的揭露，苏格拉底既不否认也不肯定，似乎对他与阿尔喀比亚德的"绯闻"满不在乎，只是反问道：

> 那又怎样？你不是欣赏荷马的颂辞吗？荷马说，最迷人的年纪恰是"胡子初生时"。（《普罗塔戈拉》308a6—309b）

---

① 施特劳斯指出，《普罗塔戈拉》开场的对话主题是：苏格拉底正爱恋着阿尔喀比亚德。《普罗塔戈拉》第一场景开头出现的苏格拉底卧室场景，与阿尔喀比亚德在《会饮》中讲述自己与苏格拉底在卧室度过一夜（219a5—d2）恰好形成一种形式上的对应：一个在清晨，另一个则是整个晚上。施特劳斯，《论柏拉图的〈会饮〉》，伯纳德特编，邱立波译，北京：华夏出版社，2010，页372。

这里首次出现了荷马的名字。柏拉图在《普罗塔戈拉》开篇即引古风诗人的诗句意味着，当苏格拉底与智术师争夺青年的灵魂，柏拉图请出了古风诗人荷马助战苏格拉底。

如此看来，柏拉图的老师似乎是希腊诗教传统的捍卫者。然而，在《王制》第二卷和第三卷中，苏格拉底不是公然批评诗人荷马吗？看来，苏格拉底与荷马的关系相当复杂难辨。

不少研究者——首先是施特劳斯——认为，柏拉图在《普罗塔戈拉》开篇引用的荷马诗句（309a5），意在把阿尔喀比亚德比作赫耳墨斯（Hermes）。① 苏格拉底引用荷马的这句诗，似乎阿尔喀比亚德有贼神赫耳墨斯式的鬼魅。施特劳斯还进一步提醒读者："赫耳墨斯赠予奥德修斯摩吕草"这一史诗细节，显示了赫耳墨斯与奥德修斯的师生关系。②

让人疑惑的是，施特劳斯并未就此推断阿尔喀比亚德与苏格拉底具有同样的师生关系，尽管结合上下文语境，我们轻易就能得出这个结论。在施特劳斯欲言又止的地方，我们不得不格外谨慎，需要更细致耐心地细究文本，进而思考一个在当时的雅典人看来理所当然的问题：苏格拉底是阿尔喀比亚德的老师吗？又或者从史诗情节来分析，苏格拉底会将"赫耳墨斯"式的阿尔喀比亚德视作老师吗？倘若这个假设成立，他又从这位少年身上获了什么知识呢？

无论如何，施特劳斯如同"眼利的赫耳墨斯"在隐晦地提醒我们：要格外重视苏格拉底与阿尔喀比亚德在《普罗塔戈拉》中展示出来的特殊关系。他们可能既非传闻中的有情人与情伴的关系，也未必是师生关系。毕竟，阿尔喀比亚德后来在雅典城邦政治史上声名狼藉。如果雅典人认为苏格拉底是阿尔喀比亚德的老师没

---

① 参见 Heda Segvic, "Homer in Plato's Protagoras", in *Classical Philology* 101. 3 (2006. 7)：250。

② 参见柏拉图，《普罗塔戈拉》，施特劳斯疏，刘小枫译，北京：华夏出版社，2018，页 5。

错,就等于说苏格拉底的确败坏了青年。换言之,澄清苏格拉底与阿尔喀比亚德之间的关系,也就为苏格拉底澄清了污名,这或许是解读《普罗塔戈拉》一条重要的内在线索。

古典语文学家指出,苏格拉底引用的这句"胡子初生时"典出《伊利亚特》(24.348)和《奥德赛》(10.279)。[1] 这一程式化的表达专门用来描述奥林波斯神族的十二主神之一赫耳墨斯。赫耳墨斯由宙斯与林中女仙迈亚所生,具有非凡智慧。赫西俄德在《神谱》(938—939)中记述了赫耳墨斯的诞生:

> 阿特拉斯之女迈亚在宙斯的圣床上孕育了光荣的赫耳墨斯,永生者的信使。[2]

赫耳墨斯的机敏和狡黠深得父神宙斯喜爱,被任命为诸神的信使,负责传递宙斯与人间、冥界神祇三者之间的消息。赫耳墨斯还有一项特别任务,即护送亡魂前往冥府,被称为"亡灵的接引者。"他也被尊奉为预言、雄辩之神,又是善用骗术的欺骗神。总之,在古希腊神话传说里,赫耳墨斯聪明绝顶,精力充沛,且多才多艺。相传他发明了七弦琴、长箫、字母、天文学和数学。[3] 就此而言,赫耳墨斯的形象颇像"百科全书式"的智者。正因为赫耳墨斯有多重神职,他在荷马史诗中出场次数颇为频繁(《伊利亚特》中有12次,在《奥德赛》中多达22次)。荷马常用"杀死阿尔戈斯的引路神"、"神使"(赫耳墨斯仅在《奥德赛》中充当过神使)、"贼神"、"巧于心计"(《伊利亚特》20:35)、"执金杖的[神]"、"库勒涅的[神]"来称呼赫耳墨斯。

---

[1] George Edwin Howes, "Homeric quotation in Plato and Aristotle", in *Harvard Studies in Classical Philology* 6(1895): 153—237.
[2] 赫西俄德,《神谱》,938—939,中译采用吴雅凌撰,《神谱笺释》,前揭。
[3] 参见晏立农、马淑琴编,《古希腊罗马神话鉴赏辞典》,前揭,页224—226。

苏格拉底在《普罗塔戈拉》中引用的诗句，偏偏是《伊利亚特》和《奥德赛》中唯一正面描述赫耳墨斯的地方，分别刻画了赫耳墨斯的两种面目：引路神和守护神。

在《伊利亚特》中，赫耳墨斯受父神宙斯之命，引导特洛伊国王普里阿摩斯（Priam）去乞求英雄阿喀琉斯归还其子赫克托尔的遗体。当时，赫耳墨斯"化身为一个年轻的王子形象"，"嘴唇上刚长了胡子，正当茂盛年华"（24.346—348），出现在悲痛欲绝的普里阿摩斯面前。他引领这位父亲去敌人军营中赎取儿子的遗体，以免普里阿摩斯在希腊军营中被人看见，遭遇不测。护卫神的形象则见于《奥德赛》，时值奥德修斯即将踏入女神基尔克府邸的紧要关头，赫耳墨斯以一位年轻人的形象现身，赠予奥德修斯可解除基尔克迷咒的摩吕草（10.277）。奥德修斯凭借赫耳墨斯的礼物——摩吕草抵御了女神基尔克的迷惑，解救了他的同伴。

荷马用"巧于心计"（πευκάλιμος）来形容赫耳墨斯，用"足智多谋"（πολύτροπον）来修饰奥德修斯，而柏拉图在《普罗塔戈拉》中则让普罗塔戈拉宣称，自己能教人齐家治邦方面的"深思熟虑"（εὐβουλία περὶ τετῶν οἰκείων），三者共同的特征是善用心智，却各有不同。借助赫耳墨斯这位智慧的雄辩神的力量，柏拉图让化身为奥德修斯的苏格拉底下到"冥府"，挑战以教授演说术与治邦术著称的普罗塔戈拉。

柏拉图在《普罗塔戈拉》中巧妙地把赫耳墨斯的两重身份投射到阿尔喀比亚德的身上：引路神与护卫神。但是，能否据此就把阿尔喀比亚德看作赫耳墨斯的化身呢？答案恐怕未必一目了然。

阿尔喀比亚德的面相

在苏格拉底生活的时代，如果要在雅典城找一位少年的面容来形容赫耳墨斯，俊美无俦的阿尔喀比亚德无疑是不二人选。抛开人与神的本质差异不说，单就外形而言，苏格拉底引用荷马描述赫耳墨斯的诗句来形容阿尔喀比亚德的外貌倒也恰如其分。但是，柏拉图的笔法需要我们格外留意，阿尔喀比亚德的外在形态与内在品质有巨大反差。

俊美聪明的阿尔喀比亚德出身雅典政治世家，与伟大的雅典立法者克莱斯忒涅(Kleisthenes)是亲戚，从小受雅典民主政治家伯利克勒斯(Pericles，公元前495－前429)的影响，年纪轻轻就怀有远大的政治抱负。《普罗塔戈拉》的历史时间显示，这场对话发生在苏格拉底中年时期，当时的阿尔喀比亚德即将成年，正向往步入雅典政坛。公元前415年春夏之际，已经成年的阿尔喀比亚德率领希腊远征军出征西西里，指望建立战功，一显政治身手。然而，就在出征前夜，雅典城内的赫耳墨斯石像的脸部一夜之间被人损污，史称著名的渎神事件。

修昔底德记载，这件事的主谋指向三位民选远征军将领之一的阿尔喀比亚德。据居住在雅典的"外邦人和私人奴仆"揭发，早前一起"几个喝得醉醺醺的年轻人"亵渎祭祀冥后珀耳塞福涅的埃琉西斯(Eleusis)秘仪事件，阿尔喀比亚德也是主谋者。因此，阿尔喀比亚德受到两起渎神事件的指控：亵渎冥府神和损污赫耳墨斯神。这进一步佐证了阿尔喀比亚德在《普罗塔戈拉》中的形象喻义与赫耳墨斯神和冥府相关，

阿尔喀比亚德的政敌利用这两起渎神事件，指控已经率军出征的阿尔喀比亚德企图颠覆民主制，挑唆雅典民众对他的敌视和怀疑。雅典法庭传令此时已在远征西西里途中的阿尔喀比亚德回国受审，阿尔喀比亚德闻讯逃到斯巴达，背叛了自己的母邦雅典。

公元前411年，雅典法庭撤销控罪后，阿尔喀比亚德返回雅典，再次受命率领一只雅典舰队出征。雅典战败后，阿尔喀比亚德逃往小亚细亚，后死于一个波斯总督手下。① 可以看到，阿尔喀比

---

① 福特，《统治的热望：修昔底德笔下的阿尔喀比亚德与帝国政治》，未已译，北京：华夏出版社，2010。

亚德具有很高的智性,对政治事业有强烈的爱欲,但其灵魂劣质,德性低下。苏格拉底被指控败坏青年和引入新神,这两项指控与阿尔喀比亚德事件不无关系。

阿尔喀比亚德问题不仅关涉亵渎雅典城邦的信仰,更重要的还在于如何处置一个能救城邦于水火的政治明星? 阿里斯托芬在谐剧《蛙》(Frogs)的结尾处借酒神狄奥尼索斯之口问肃剧家们:"首要的是,该如何对待阿尔喀比亚德?"(行 1422),阿里斯托芬在《蛙》中还设计了一场冥府中的悲剧竞赛,逼迫城邦回答这个事关城邦命运的质问。

因此,厘清苏格拉底与阿尔喀比亚德之间的"绯闻"关系,洗去苏格拉底身上的污名,同样是《普罗塔戈拉》和《会饮》的首要任务之一。

就苏格拉底与阿尔喀比亚德的关系而言,除了《阿尔喀比亚德》前后篇外,阿尔喀比亚德在《普罗塔戈拉》和《会饮》这两部对话中的出场,最为值得关注。由文本时间来看,《普罗塔戈拉》中的阿尔喀比亚德尚未成年,其时他正狂热地追随苏格拉底,形影不离;到了《会饮》,阿尔喀比亚德已是青年才俊,在雅典政坛上炙手可热。[①] 因此,阿尔喀比亚德是《普罗塔戈拉》与《会饮》这两部对话的内在关联的重要线索。

但是,如果这一线索与赫耳墨斯的双重面目相关,我们就得推测:在《普罗塔戈拉》的开篇,苏格拉底引荷马诗句暗喻阿尔喀比亚德,其实并非指向赫耳墨斯,而很可能直接指向赫耳墨斯赠送给奥德修斯的那株摩吕草。如此一来,阿尔喀比亚德才会分有赫耳墨斯这位引路神和守护神的神性。这个推测能否成立,得通过文本

---

① 施特劳斯推测,这场宴饮与渎神事件刚巧发生在同一个晚上。似乎柏拉图要借《会饮》为苏格拉底洗涮罪名,以示苏格拉底并没有参与渎神事件。参见罗森,《柏拉图的〈会饮〉》,杨俊杰译,上海:华东师范大学出版社,2011,页 329,注 3。

证据来验证。

如前所述,苏格拉底的引诗出自《伊利亚特》和《奥德赛》两部不同的史诗文本,也分别指向了赫耳墨斯身上两类不同的形象:引路神和守护神。然而,无论在《普罗塔戈拉》还是在《会饮》中,阿尔喀比亚德都没有担当引路人的角色。

从文本情节来看,在《普罗塔戈拉》中为希波克拉底引路的是苏格拉底,阿尔喀比亚德紧跟在苏格拉底和希波克拉底之后进入卡利阿斯家,苏格拉底显然并非阿尔喀比亚德的引路人。在《会饮》中,苏格拉底主动赴宴,且担当友伴阿里斯托得莫斯(Aristodemus)的引路人,去赴雅典名人阿伽通的家宴,而阿尔喀比亚德直到宴会演说结束时才进来。

从文本结构来看,在《普罗塔戈拉》中,苏格拉底是通篇对话的讲述者,有如荷马笔下的奥德修斯在费埃克斯城的王宫讲述自己的亲身经历。而在《会饮》中,讲述者是阿里斯托得莫斯,苏格拉底完全是故事中的一个角色,尽管是主要角色。

《普罗塔戈拉》与《会饮》都明确提到家奴在场,而阿尔喀比亚德的渎神事件由几个"外邦人和私人奴仆"告发。因此,柏拉图的笔法似乎在曲折地暗示阿尔喀比亚德的渎神事件,借此回应雅典城邦对苏格拉底的指控。

因此,把阿尔喀比亚德比作赫耳墨斯神,只会是赫耳墨斯的守护神角色。这样一来,认为苏格拉底的引诗把阿尔喀比亚德比作赫耳墨斯,只涉及到赫耳墨斯的一面形象,而另一面呢?

正如施特劳斯所言,"阿尔喀比亚德身上似乎有赫耳墨斯的鬼魅",这意味着阿尔喀比亚德身上仅有赫耳墨斯的神性,并非赫耳墨斯的化身。换言之,阿尔喀比亚德实际上分有赫耳墨斯的另一半角色:在冥府之行中护卫苏格拉底,使他免受智术师的言辞诱惑。倘若我们联系到苏格拉底最后被城邦判处死刑与阿尔喀比亚德不无关系这一事实,阿尔喀比亚德的这一护卫者角色不无反讽。

那么,阿尔喀比亚德是如何担负苏格拉底的护卫神呢? 要搞清这一问题,我们得先回到《奥德赛》第十卷——《普罗塔戈拉》开篇苏格拉底引诗的第二个义项:护卫者。

谁是苏格拉底的摩吕草?

在明知毫无胜算的情况下,奥德修斯仍执意孤身涉险,这既是出于对随他远征异乡十年之久的伊塔卡乡友的责任,也是王者奥德修斯的勇敢天性使然。何况,他对同伴们有一种类似父亲的情感(10.410—415)。

在苏格拉底身上也能看到同样的情感。

苏格拉底对于雅典青年人的灵魂有着同样的关切。他热情追求城邦中的美少年,并非出于身体的欲求,而是出于对他们的灵魂成长的关切。正如奥德修斯关心伊塔卡乡友的安危,不忍心把他们抛在异土他乡,以父亲般的眷顾不顾一切地要把这些青年人带回伊塔卡。苏格拉底对于城邦中有求知爱欲的青年人怀有相同的父亲般关爱。如他在法庭上自辩时所说,他常常探访城邦里的年轻人,劝导他们修身进德,"如父兄"一般对待这些青年人(《申辩》31b5)

这多像奥德修斯对于脱离险境的同伴们怀有的相同情感。从这种意义上讲,苏格拉底是雅典民主时期的"奥德修斯"。

在《普罗塔戈拉》的第二个场景中我们看到,希波克拉底要去拜普罗塔戈拉为师,苏格拉底语重心长地责备他,这样的大事竟然事先"既没有与父亲也没有与兄弟商量"(《普罗塔戈拉》313a9)。正是这种父兄般的情感和责任,驱使苏格拉底为了救护希波克拉底的灵魂舍身进入险境。然而,问题在于,柏拉图为什么要让阿尔喀比亚德成为苏格拉底的这趟奥德修斯式的冥府之旅的"摩吕草",为他保驾护航?

我们需要进一步对勘《奥德赛》和柏拉图的对话,尝试寻找答案。

从荷马笔下可以看到,奥德修斯单凭自己的力量,绝无可能敌过女神基尔克,这场营救同伴的行动必败无疑。危难之际,赫耳墨斯"幻化成年轻人模样,风华正茂,两颊刚刚长出胡须"(10.278—279)来到奥德修斯面前,告诫他若行动冒失,不但无法营救同伴,自己"也难回返,同他们一起被留下"(10.285)。

似乎是看出了奥德修斯的恐慌,赫耳墨斯马上安慰他,将会赠他一株神草化解基尔克的迷药。随后,赫耳墨斯仔细讲述了基尔克迷惑奥德修斯同伴的方式,叮嘱奥德修斯应对基尔克的策略。赫耳墨斯尤其告诫奥德修斯:基尔克一旦屈服后,就会邀奥德修斯同寝,此时"千万不要拒绝这神女的床榻"(10.298),唯此才能让基尔克释放奥德修斯的同伴们。

> 弑阿尔戈斯的神一面说,一面从地上拔起药草交给我,告诉我它的性质(φύσιν)。那药草根呈黑色,花的颜色如奶液。神明们称这种草为摩吕,有死的凡人很难挖到它,因为神明们无所不能。(10.302—306)

荷马用于描绘赫耳墨斯的语式很多,这里称他是"弑阿尔戈斯的神(ἀργεϊφόντης)",没有提"引路神"、"神使"、"贼神",突出的是赫耳墨斯的智慧和计谋。据传说,为了躲避天后赫拉的追杀,宙斯把与之幽会的伊娥(Io)变成了一头小白牛。赫拉派出百眼牧人阿尔戈斯昼夜看守化身为牛的伊娥,宙斯则命赫耳墨斯用计谋杀死阿尔戈斯。可见,赫耳墨斯的智慧和计谋远胜过百眼的阿尔戈斯,赫耳墨斯因此被称为"眼光锐利"的神,其计谋甚至还在阿波罗之上,比如用计盗取太阳神阿波罗的牛。①

---

① 参见晏立农、马淑琴编,《古希腊罗马神话鉴赏辞典》,前揭,页224—226。

因此,赫耳墨斯赠予奥德修斯摩吕草,不但把属己的见识与计谋赠予了奥德修斯,还教给他认识神草的性质($φύσιν$)。施特劳斯提醒我们,在荷马史诗中,$φύσιν$[译作性质、天性或自然]这一古希腊哲学中最重要的语词之一仅出现过这唯一的一次。[1]

可以说,奥德修斯要破解基尔克的迷药的魅惑,首要得有辨识"性质"或"天性"的能力。这意味着,赫耳墨斯要把奥德修斯调教成一个哲人,或者说,奥德修斯要敌过神女基尔克,首先要具有辨识天性的智慧和能力。奥德修斯凭借神的见识和计谋才能化解女神基尔克的迷药。

同样,雅典民主时期的"奥德修斯"——苏格拉底要想战胜智术师普罗塔戈拉,也需要过人的智慧和计谋,需要象征"摩吕草"的助手。柏拉图将这一重大任务巧妙地赋予政治爱欲炽盛的阿尔喀比亚德。

然而,问题的复杂性在于,阿尔喀比亚德能否承担得起保护苏格拉底的任务呢? 一个对政治事功具有强烈爱欲,智性很高却品质低劣的政治人能成为哲人的守护者吗? 哲人愿意教化这类政治人吗? 柏拉图没有在《普罗塔戈拉》中给出明确的答案,但是哲人苏格拉底与政治人阿尔喀比亚德的师生关系却是柏拉图试图澄清的。

摩吕草最主要的特征是,奶白色的花冠与黑色的根茎形成鲜明反差,似乎暗示其品相与本质表里不一,而阿尔喀比亚德俊美的外貌与低劣的内在质量之间的巨大反差恰好与之吻合。

赫耳墨斯警告奥德修斯必须随身携带摩吕草。在《奥德赛》第九卷,荷马还提到一种"甜美的洛托斯花($λωτοĩο$)",洛托法伊人把这种花交给奥德修斯的同伴们食用后,这些伊塔卡人"完全忘却回家乡"(9.94—97)。与洛托斯花不同,奥德修斯没有服用摩吕草,

---

[1] 柏拉图,《普罗塔戈拉》,施特劳斯疏,刘小枫译,前揭,页 6,注 2。

他只需随身携带此草就有神奇功效。

赫耳墨斯并没有进一步解释,何以奥德修斯必得与基尔克同榻而眠之后才能营救伙伴,这显然是一个谜。柏拉图在写作《普罗塔戈拉》和《会饮》时利用了这个谜:阿尔喀比亚德是两部对话作品中唯一与苏格拉底贴身同眠过的人(219c1),仅他见识过苏格拉底最美的内在(218e1—5)。阿尔喀比亚德在《会饮》中出场时,苏格拉底刚刚回忆完女先知第俄提玛的教诲。

换言之,阿尔喀比亚德当时是唯一没听过苏格拉底讲辞的人,可他是柏拉图笔下唯一曾与苏格拉底同榻而眠的人。苏格拉底如父兄般与他同眠了一晚,两人没有发生任何情事。然而,苏格拉底高贵而美好的内在让阿尔喀比亚德刻骨铭心。

阿尔喀比亚德在《会饮》中不加掩饰地告诉了在场的所有人,由于他曾经与苏格拉底睡了一夜,因而见识过苏格拉底最深的奥秘:

> [实话]告诉你们罢。他活到这岁数,一直都在人们面前装样子,和人们玩他的搞笑游戏。不过,他严肃起来的时候,把自己打开,是否有人看到过他身子里面的神像,我就不得而知了;反正我自己倒亲眼见过,呈现在我眼前的东西那么神圣、珍贵,那么美妙无比、神奇透顶,我简直觉得,无论苏格拉底要我做什么,我都得做。(《会饮》216e5—217a2)

柏拉图让阿尔喀比亚德以醉醺醺的语态向在场的智术师、戏剧诗人、政治新贵们讲述了一件彰显苏格拉底灵魂高贵的事件,这一戏剧场景张力十足,令人难忘。

此外,阿尔喀比亚德是唯一一个同时在《普罗塔戈拉》和《会饮》这两部"冥府对话"中出手相助苏格拉底的人。

在《普罗塔戈拉》随后的论辩中，当苏格拉底因普罗塔戈拉耍赖显得要愤然离场，眼看这场与智术师的当众交锋就要被迫中断时，阿尔喀比亚德突然挺身而出，打断偏帮普罗塔戈拉的卡利阿斯假装打圆场的话，公开支持苏格拉底，双方的这场辩论才得以继续。随后，阿尔喀比亚德屡屡在紧要关头对苏格拉底施以援手。比如，采用激将法挑衅企图休战的普罗塔戈拉，迫使他继续回到"言辞战场"直面苏格拉底的问题；为了防止普罗塔戈拉从言辞战场溜走，阿尔喀比亚德及时打断并阻止希庇阿斯试图"插话"(《普罗塔戈拉》336b7，347b)。因此，苏格拉底在开场时对无名朋友说：这次阿尔喀比亚德站在他一边。

在《会饮》中，阿尔喀比亚德虽然最后才进场，如罗森所说，阿尔喀比亚德"突然出现在宴会上，挽救了苏格拉底"。[1] 因为，与阿伽通的颂辞博得满堂彩相比，在场的人对苏格拉底的颂辞反应并不热烈。阿里斯托芬不但没有给予掌声，甚至刚想反驳，醉醺醺的阿尔喀比亚德就在门外大闹，把苏格拉底从眼前不利的局势中解救出来。因此，阿尔喀比亚德此举算是"反讽性地报答了苏格拉底在波特岱亚对他的救命之恩"。[2]

正如奥德修斯与女神基尔克同榻而眠时，摩吕草必然缺席。同样地，当苏格拉底在转述第俄提玛揭示爱欲的最高秘密时，阿尔喀比亚德也不在场。但是苏格拉底刚转述完第俄提玛的爱欲教诲，阿尔喀比亚德就出现了。

这似乎暗示了，当苏格拉底谜语般地转述了第俄提玛密授的爱欲奥秘之后，阿尔喀比亚德醉醺醺的讲辞则将苏格拉底这个人与这一爱欲奥秘本身连接起来。不仅如此，阿尔喀比亚德随后的讲辞也证明了第俄提玛关于爱欲的教诲，因为他的爱欲与苏格拉

---

[1]　罗森，《柏拉图的〈会饮〉》，前揭，页 329。

[2]　同上，页 327。

底的爱欲具有完全不同的品质，尽管他热望政治事功的强烈程度绝不亚于苏格拉底对智慧的热望。

在罗森看来，苏格拉底身上热爱智慧的疯狂与阿尔喀比亚德身上热爱政治的疯狂至少表面上看起来相似——由于这种天性上的疯狂，他们以自己的方式超越了同时代的人。[①]

无论如何，在阿尔喀比亚德与苏格拉底和第俄提玛之间有着一种特殊的关系。这让我们联想到荷马笔下的摩吕草（赫耳墨斯）、奥德修斯与基尔克之间的关系，这两对组合之间的对应关系，兴许是解开《会饮》与《普罗塔戈拉》的内在关联的密钥。

苏格拉底要拯救谁？

现在看来，《普罗塔戈拉》中的苏格拉底把阿尔喀比亚德比作"赫耳墨斯"，也未必没有"引路人"的含义：阿尔喀比亚德跟随苏格拉底下到"冥府"，助他夺回被普罗塔戈拉和其他两位智术师勾走的年轻灵魂，即将当时在场的年轻人的目光从智术师那里引开，转向苏格拉底——正如他在《会饮》中引导当时在场的其他发爱欲讲辞的讲者从苏格拉底身上找回真正的爱欲。

苏格拉底击败了普罗塔戈拉，成功救护了希波克拉底，不等于他能救护所有在场的雅典青年。苏格拉底与智术师之战并没有取得绝对的胜利，联系到《会饮》中各人的讲辞，大致也能推测出：苏格拉底最终只带走了希波克拉底。

按罗森的解释，阿尔喀比亚德是苏格拉底天性最好的见证人，但是，由于他的"自然"，苏格拉底无法改变他。我们可以说，阿尔

---

① 罗森，《柏拉图的〈会饮〉》，前揭，页326。罗森还指出，在《阿尔喀比亚德前篇》中，苏格拉底曾说，他的命相阻止他放弃阿尔喀比亚德，恰恰是因为这个年轻人的狂狷或贪婪（页325）——这一论断让人感到惊讶。

喀比亚德见证了苏格拉底——最美灵魂的各个棱面,但他永远不可能也不会模仿苏格拉底的爱欲。① 毕竟,各色爱欲都有自己的"本质"。对于苏格拉底来说,重要的是认识这些爱欲的"性质"。

在得知死刑判决后,苏格拉底对投票赦免他的雅典人有一番临别告白。苏格拉底坦言,如果在冥府能与俄耳甫斯、缪塞俄斯(Musaeus)、赫西俄德、荷马等高古诗人在一起(συγγενέσθαι),他宁愿付出高额代价。倘若能在冥府中与阿伽门农、奥德修斯、西绪福斯(Sisyphus)等"谈论、交往、省察他们",简直就会"幸福无比",因为:

> 对我而言,最大的好事是,在(冥府)那里省察和询问人们,就像在这里做的那样,看他们当中谁有智慧,谁自以为智慧,其实没有。(《苏格拉底的申辩》,41b5—10)

苏格拉底的这番告白为《普罗塔戈拉》中的冥府之行做了最好的注脚。阿尔喀比亚德身上的爱欲品质与政治热望,让苏格拉底见识到人性的差异。若结合《会饮》、《阿尔喀比亚德》等对话作品,可以看到,尽管阿尔喀比亚德见识了苏格拉底身上的爱欲奥秘,但他没可能改变自己的爱欲"性质",随苏格拉底踏上追求智慧的旅程。柏拉图借此向爱智者提出了美德是否可教的问题——这正是《普罗塔戈拉》的重大主题。

回到前文的问题,柏拉图安排阿尔喀比亚德帮助苏格拉底,在哲学的"冥府"里迎战号称传授治邦术的智术师普罗塔戈拉,原因在于,阿尔喀比亚德这类政治人虽然脑子非常聪明,有强烈的政治爱欲,却天性低劣,而普罗塔戈拉的治邦术的重大缺陷恰恰在于无视人的德性的天性差异,不懂得爱欲的品质差异,从而不可能理解

---

① 罗森,《柏拉图的〈会饮〉》,前揭,页324—334。

城邦政治的复杂性与残酷性。

在荷马笔下,奥德修斯经女神基尔克的指点,前往冥府请教先知忒瑞西阿斯,如何认识生命中的最大奥秘,完成自我认知,命运从此发生突转,最终返回故土伊塔卡。同样,在柏拉图笔下,苏格拉底经先知第俄提玛的指点,领悟到"那些圆满的开悟(τὰ τέλεα ἐποπτικά)"(刘小枫译文,《会饮》,210a1),见识过最美的智慧之后,才能从容自信地踏入《普罗塔戈拉》中智术师的"冥府",在行动上践行第俄提玛的教诲。

奇妙的是,将两个文本连接起来的正是赫耳墨斯赠予奥德修斯的"摩吕草"(阿尔喀比亚德),或者说阿尔喀比亚德身上的爱欲。正是借摩吕草这一史诗意象,阿尔喀比亚德才与赫耳墨斯发生关联,这一关联还可以延伸至《奥德赛》第二十四卷:当亡灵的引路神赫耳墨斯引领众求婚人的魂魄下到冥府时,阿伽门农见此也不禁惊呼,叹息这群有政治爱欲的青年怎么也下到冥府中的"昏暗的地域"(24.107—108)。

由此我们见识了柏拉图化用荷马的高妙和曲折:摩吕草的隐喻暗示:阿尔喀比亚德仅分有赫耳墨斯神的外在(摩吕草只出自神,而非取代神),因其天性和质量的低劣,即便拥有强烈的政治爱欲也不可能成为雅典城邦新的引路神。阿尔喀比亚德的形象代表了任何时代都会出现的这样一类青年:虽有政治抱负,却缺乏政治人应有的天性和品质。这些青年犹如《奥德赛》中的求婚人:觊觎与其天性不匹配之物。号称能传授治邦术的智术师们没有区分受教者的天性,反而更进一步挑起这类人本应节制的政治爱欲,个人与城邦皆因此而遭遇不能承受的悲剧。

苏格拉底在阿尔喀比亚德这类人身上认识到德性之不可教,从而反对智术师们不加区分地挑动所有人的政治爱欲,让所有人都去追求不合天性的热情的热望。

总之,借助阿尔喀比亚德的人物,柏拉图开启了苏格拉底式的问题:如何才能认识自己的天性？每一位有热望的人最终都要回应德尔斐的神谕:认识你自己。

然而,苏格拉底与阿尔喀比亚德有着两类不同的爱欲:对智慧的爱欲与对政治的爱欲。何以下到"冥府"的爱智者——苏格拉底会借助政治的爱欲去迎战智术师的魂影呢？让我们继续从荷马和柏拉图那里寻找答案的线索。

现在,我们先回到《奥德赛》,看看谁是基尔克？

三　基尔克与第俄提玛

英格兰画家瓦特霍斯(John William Waterhouse,1849－1917)有一幅油画题为《基尔克向奥德修斯敬酒》(*Circe Offering the Cup to Odysseus*,作于1891年),现藏英格兰西北部的奥德罕姆(Oldham)美术馆。从画面上我们看到:女神基尔克身裹纱衣,赤脚坐在宝座之上,低垂眼帘,轻扬下颌,右手持杯,左手高扬,裸露的双臂向前伸开,一副殷勤善意的样子……她身后有一面镜子,映出奥德修斯警觉的面容,女神的爽朗明快与英雄的阴郁迟疑形成鲜明对比。熟悉《奥德赛》的读者应能体会到,基尔克的殷勤暗藏杀机,画家呈现的是奥德修斯生死存亡的危难时刻。

面对女神基尔克,凡人奥德修斯毫无胜算把握:

> 美发的基尔克,能说人
> 语的可怖的神女,制造死亡

的艾埃特斯的同胞姐妹,两人都是人类光明的赫利奥斯
所生,母亲是佩尔塞,奥克阿诺斯的爱女。(10. 136—
139)

基尔克在《奥德赛》中出场的外貌特征是"美发的"
(εὐπλόκαμος)、"能说人语的"(αὐδήεις),"可怖的"(δεινός)一词则很可
能与她能制造死亡有关,是太阳神赫利奥斯(Helios)的女儿。奥
德修斯的同伴们就是因为不遵守神谕,宰杀了太阳神赫利奥斯的
牛群,结果无一幸存。

上面这番话是奥德修斯对费埃克斯人的描述。曾与基尔克同
榻一年之久的奥德修斯,回想起她时,仍心有余悸,以至于他与妻
子重聚后说起基尔克时,仍以"花言巧语、狡诈多端"
(δόλον πολυμηχανίην)来形容这位女神(23.322)。别忘了,基尔克的
艾艾埃岛是唯一让奥德修斯迷恋不走,以致差点儿忘了故乡的
地方。

其实,奥德修斯后来从神女基尔克那里获益甚多,甚至在王后
阿瑞塔建议他捆好装载礼品的箱笼时,奥德修斯仍受惠于基尔克
的教导:

> 历尽艰辛的,神样的奥德修斯听完,立即关好箱盖,
> 迅速把箱笼捆好,打个巧结,尊贵的(πότνια)基尔克当年
> 教习(δέδαε)。(8.446—448)

"尊贵"一词来自诗人荷马的叙事,而非出自奥德修斯之口。
"巧结"指的是奥德修斯在艾艾埃岛逗留一年期间从基尔克那里学
到的众多技艺之一。

基尔克的预言者职分在《奥德赛》中也很明显:当奥德修斯离
开冥府回到艾艾埃岛后,基尔克补充了忒瑞西阿斯没有预言的部

分,这表明基尔克是比忒瑞西阿斯更重要的预言者和教师。忒瑞西阿斯仅仅预言了奥德修斯的命相,基尔克才是奥德修斯返乡之途最重要的预言者。对奥德修斯来说,基尔克既是教师又是预言者。

总之,奥德修斯与基尔克的关系是整部《奥德赛》最为有趣也最为费解的问题之一:两者究竟是情人关系还是仇敌关系,抑或师生关系? 起初,两人的关系显得是敌对者,最后我们却看到,两者是老师与学生的关系。

据一部已散佚的希腊史诗《忒勒戈诺斯》(*Telegony*)所说,基尔克曾为奥德修斯生下一儿一女,儿子忒勒戈诺斯(Telegonus)长大后远赴伊塔卡,寻找父亲奥德修斯,不幸错杀奥德修斯,他将奥德修斯的遗体与佩涅罗佩及特勒马科斯一同带往基尔克的艾艾埃岛。最终,基尔克令整个家族在艾艾埃岛获得永生……

这个大团圆故事显得是《奥德赛》续篇,却使得《奥德赛》中记叙的基尔克与奥德修斯的关系更加扑朔迷离。

无论如何,在《奥德赛》中,基尔克是关系到如何理解整部史诗意义的关键人物之一:她狡黠且审慎,冷酷又不乏温情。尼采在《朝霞》中曾把"道德"比作"哲人真正的基尔克",似乎是说这位女神善于迷惑追求智慧的人。

> 道德不仅使用各种恐吓手段,使批评之手和刑具不能加诸其身:她的安全更有赖某种勾魂艺术,对这种艺术,她运用自如——她知道如何去"迷人"。由于这种艺术,她通常只要秋波一转,就会使批评意志瘫痪,甚至投入她的怀抱;在某些情况下,她甚至知道如何使他反戈一击,像蝎子一样把毒刺刺入自己身体。①

---

① 尼采,《朝霞》,田立年译,上海:华东师范大学出版社,2007,"前言"3。

怀揣摩吕草的奥德修斯来到基尔克的宫殿,基尔克正要故伎重施。幸好奥德修斯已是有备而来……

当奥德修斯在回忆那段往事时,他恰好坐在费埃克斯国王阿尔基诺奥斯身旁,王宫里的听众们早已屏住呼吸,竖起耳朵倾听他的回忆:

> [基尔克]用黄金酒杯为我调制那饮料,把草药放进
> 杯里,心里打着恶主意,递给我酒杯。(10.316—318)

瓦特霍斯的这幅油画所呈现的正是这一戏剧性的危急时刻:基尔克表面上殷勤善意,实则内心暗藏杀机,奥德修斯表面上装糊涂,实则心里有数。这意味着基尔克与奥德修斯是一类人,他们同属智性很高的族类。奥德修斯并非神族,但因有了赫耳墨斯赠送的摩吕神草而分了赫耳墨斯的神性。因此,基尔克无法迷惑奥德修斯,女神邀请他同榻时,奥德修斯趁机让她立誓永不加害自己。

奥德修斯似乎带着笑意,他回忆自己一直留在"尊贵的"基尔克那里不思离去,若非同伴们劝说,他差点就忘记了故乡伊塔卡(10.472—474)。别忘了,现场听到这番话的还有公主瑙西卡娅。她对奥德修斯一往情深,盼望他留下做自己的夫婿,奥德修斯在进入回忆之前,刚刚婉拒了公主的深情,他执意要回家……

就这样,奥德修斯在女神基尔克的岛上度过了快心舒意的一年,他甚至不想离开基尔克,不想离开艾艾埃岛。最后,还是在战友们的规劝下,奥德修斯才起心离开。这是《奥德赛》中仅有的一次,奥德修斯不想回乡。是什么牵绊住了奥德修斯回乡的步伐?

不过,奥德修斯自始至终并没有被基尔克驯服。无论是对费埃克斯人,还是对自己的妻子佩涅罗佩,奥德修斯始终贬斥基尔克,没有好言相向。

　　尽管女神手上的迷药和金杖能驯服世上最凶猛的野兽,也能将人变成猪形,使之温驯服管,可她伤害不了有摩吕草护体的奥德修斯。由此推测,奥德修斯留在艾艾埃岛肯定出于自愿,兴许他想从基尔克带走驯服猛兽的迷药。当然,他最后也未能成功,否则圆目巨人波吕斐摩斯根本不可能是奥德修斯的对手。

　　拗不过同伴想走的意愿,奥德修斯只好向神女基尔克告别。基尔克似乎早有预备,没有苦劝他改变主意。女神冷静地指示他离开之前必须先下到冥府,因为唯有冥府中的盲先知忒瑞西阿斯才能告诉他归程。与女神卡吕普索不顾奥德修斯的心意,强行把他羁留在自己身边相比,基尔克显得更明智,这颇似阿瑞塔王后。

　　当奥德修斯说起这段往事时,他似乎也在暗中教育和宽慰听众中的瑙西卡娅。然而,那个时候,奥德修斯还不能理解基尔克的安排:为什么要安排自己下冥府呢,活着的人谁不希望最好此生远离那个恐怖阴森的幽冥之地啊。

　　面对痛哭不已的奥德修斯,冷静的基尔克不为所动,她有条不紊地为奥德修斯安排前往冥府的准备,教他如何向亡魂献祭。

　　当奥德修斯从冥府返回艾艾埃岛,基尔克才露出一丝女性的温情。她立即来到重返阳间的奥德修斯身边,细细询问这场冥府之旅的事情,而且特意补充了忒瑞西阿斯未曾明言的事情,强调盲先知的预言中需要格外注意的地方:务必严厉约束同伴,切莫宰杀她父亲太阳神赫利奥斯的牛群。

　　从这些细节来看,《奥德赛》中的女神基尔克更像是一位女教师。事实上,除了主神雅典娜之外,她对奥德修斯帮助最大。在全诗主要展现基尔克行动的第十至十一卷中,智慧的雅典娜踪影全无:由基尔克代替了雅典娜行使教诲奥德修斯的职分。

　　当奥德修斯踏上故土后,想向乔扮普通少年的雅典娜确认此处是否伊塔卡时,女神笑着揭穿奥德修斯试图哄骗她的伎俩,称奥德修斯在"凡人中最善谋略,最善辞令"(13.297)。雅典娜随即颇为自得地指出:聪明的奥德修斯没能识破自己的幻化术。言下之意,纵然凡人中最善谋略的奥德修斯,其智慧仍然无法与神的智慧相提并论。

荷马借此教诲希腊未来的王者要懂得,凡人的智慧有限,最聪明的奥德修斯也无法与神技中最末端的幻化术抗衡。倘若没有赫耳墨斯神的帮助,连神级最低的基尔克也能轻而易举战胜他。这意味着,奥德修斯的智慧等级仅限于与女神基尔克的关系。

奥德修斯与基尔克的师生关系,柏拉图巧妙地化用于《会饮》。苏格拉底在《会饮》中回忆"从前"曾得到过女先知第俄提玛的教诲,两人的师生关系恰好对应于奥德修斯与基尔克。

并且,从文本结构来看,奥德修斯与基尔克的相遇恰好处于"奥德修斯冥府之行"的开端和结尾,在《会饮》中,苏格拉底刚引用完奥德修斯撤出冥府的诗句,其后便紧跟着第俄提玛的讲辞。从而,以第俄提玛的教诲整个包裹着"苏格拉底的冥府之行"。似乎正是基于第俄提玛的教诲,《普罗塔戈拉》中的苏格拉底在深入"哲学的冥府"后才得以全身而退。

不过,如此论证得以成立的关键是,第俄提玛与基尔克之间的隐喻关系能否成立?我们还得见识下苏格拉底的女教师——第俄提玛。

女教师第俄提玛

柏拉图《会饮》中的女先知第俄提玛是个神秘、睿智而又迷人的形象,她对苏格拉底的那番教诲既神秘、睿智,又动人心扉。如施特劳斯所说,经苏格拉底转述的第俄提玛的教诲,是苏格拉底成为自己的最为重要的时刻,这关系着苏格拉底迈向真实自己的关键性进程。[1]

---

[1] 施特劳斯,《论柏拉图的〈会饮〉》,前揭,页252。

苏格拉底说第俄提玛是自己的老师，然而，这位神秘的女先知更像是个虚构的人物，因此，研究者们历来主要关注第俄提玛的教诲本身，而非这个人物形象本身所具有的思想含义。[①]

第俄提玛出现在《会饮》中的对话情境是，刚刚摘下雅典肃剧桂冠的阿伽通的颂辞获得满堂喝彩，接下来要轮到苏格拉底发言。面对强劲的对手，苏格拉底巧妙地引用了荷马《奥德赛》中的冥府意象：

> 事实上，这大论让我想起高尔吉亚，觉得自己简直就像撞上了荷马描写的情形：我深怕阿伽通会在颂辞收尾时把辞令让人生畏的高尔吉亚的头当蛇发女妖的头，用来对付我的颂辞，把我变成哑口无语的石头。（《会饮》，198c1—5）

苏格拉底把肃剧诗人阿伽通的讲辞与智术师高尔吉亚联系起来，借此暗示民主时代受到推崇的诗人与智术师的师承，这让我们想起在《普罗塔戈拉》中，阿伽通当时还是老派智术师普洛狄科的追慕者。通过把高尔吉亚的头比作冥府中的蛇发女妖戈尔戈的头，显示出智术师在言辞方面的巨大威力，能把曾被雅典娜赞赏为"凡人中言辞最厉害"的奥德修斯变成"哑口无语"的石头。

苏格拉底化用奥德修斯在冥府中遇到可怖的亡魂时心中充满了"灰白的恐惧"这一荷马的表达式，向在座者显示出他的恐惧（尽管这是苏格拉底的装样子）。同时也是借用此处的荷马引诗，让自己化身为荷马冥府中的奥德修斯，智术师们成了冥府里的亡魂。

[①]　F. M. Cornford, "The Doctrine of Eros in Plato's *Symposium*", ed. by Greory Vlastos, *PlatoII : A Collection of Critical Essays*, Notre Dame University Press 1971。亦参罗森，《柏拉图的〈会饮〉》，前揭，页 266，注 1 和注 2。

柏拉图借此暗示了《普罗塔戈拉》与《会饮》的内在关联,另一方面,苏格拉底也把自己比作"被一个诺言困在冥府里的奥德修斯"[①]

紧接着,苏格拉底就向在座者回忆,他多年前如何从第俄提玛那里接受过关于爱欲的教诲:

> 从前,我从一位曼提尼亚女人第俄提玛那里听来的关于爱若斯的说法吧。这女人在这些事情上满有智慧,在许多其他事情上也满有智慧;有一次,瘟疫来之前,雅典人赶紧搞献祭,第俄提玛使得瘟疫延迟十年才发生,就是她教给我情事[的道理]。(《会饮》210d1-10)

绝大多数研究者都认为,苏格拉底口中的这个曼提尼亚的异邦女先知其实并无其人。按施特劳斯的解析,"第俄提玛"这个名字本身就像是个虚构:Diotima 的词根是 Dio(宙斯之名的所有格),tima 意为"荣耀"。从而,Diotima 的含义是"宙斯的荣耀"。"曼提尼亚"这个地名的原文含义恰好与 mantis[预言者]相关,或者说,"曼提尼亚"的含义本身就是"女先知"。

纳斯鲍姆(Nussbaum)进一步指出,"第俄提玛"这个名字在希腊语中有"敬神"的意思,她还认为,第俄提玛与史书记载的阿尔喀比亚德的情人之一提曼德拉有关。提曼德拉的希腊语意思是"敬人",纳斯鲍姆据此认为,柏拉图暗示,第俄提玛与苏格拉底有情人关系。[②] 这一推测并无明显的文本证据。若要站得住脚,恐怕得基于《会饮》讨论的爱欲主题,以及苏格拉底自己讲述的曾多次向第俄提玛请教"情事"。

---

① 施特劳斯,《论柏拉图的〈会饮〉》,前揭,页 236-237。

② 纳斯鲍姆,《善的脆弱:古希腊悲剧和哲学中的运气与伦理》,南京:译林出版社,2007,页 115。

　　如果奥德修斯与基尔克同榻一年才从基尔克那里获得智慧，那么，未必不能设想，苏格拉底非得与第俄提玛成为情人才能获得关于爱欲的智慧——正是凭靠第俄提玛传授的智慧，苏格拉底对爱欲的理解不仅高于谐剧诗人阿里斯托芬，也高于肃剧诗人阿伽通。

　　唯有施特劳斯把目光转向了第俄提玛这个文学形象自身的隐喻，他提出的问题是：为何苏格拉底把自己赞颂爱若斯的讲辞归功于一位异乡女人，还自称是这个女人的学生。施特劳斯指出，在柏拉图的对话作品中，苏格拉底以学生面目出现的作品仅有《会饮》和《帕默尼德》，这两篇对话并非是苏格拉底本人在讲述，却都涉及青年苏格拉底的学习经历。[①]

　　在施特劳斯启发下，罗森依据《会饮》中所引的荷马诗句，把第俄提玛这个神秘的女性与荷马笔下的盲人先知忒瑞西阿斯联系起来。罗森的这一解释的依据是：盲人先知忒瑞西阿斯是奥德修斯获得智慧的引路人，一如第俄提玛是苏格拉底获得智慧的引路人。

　　从作品的戏剧时间来看，《普罗塔戈拉》的故事早于《会饮》的故事。如果罗森的解释有道理，就值得进一步追究《普罗塔戈拉》中模仿的《奥德赛》冥府片断与《会饮》中的女先知第俄提玛的关系。[②]

　　但是，如果奥德修斯与基尔克的关系比奥德修斯与盲人先知忒瑞西阿斯的关系更重要，那么，罗森的解释就需要修正。因为，柏拉图笔下的苏格拉底与第俄提玛的关系很可能模仿的是荷马笔

---

① 施特劳斯，《论柏拉图的〈会饮〉》，前揭，页 252。

② 纳斯鲍姆认为，解读柏拉图早期对话《普罗塔戈拉》与中期对话《会饮》的困难之处在于，柏拉图在两篇对话中的立场不一致，甚至相互抵牾（纳斯鲍姆，《善的脆弱：古希腊悲剧和哲学中的运气与伦理》，南京：译林出版社，2007，页 115）。纳斯鲍姆没有考虑，这两篇对话形式的对应显示了某种内在的一致，而这恰恰体现在于彼此的互补。

下的奥德修斯与女神基尔克的关系，而非与盲先知忒瑞西阿斯的
关系。如果这一推断的论证能够成立，就有可能进一步揭开柏拉
图笔下的第俄提玛的身份之谜，从而有助于我们更好地理解《会
饮》与《普罗塔戈拉》的内在关系。

　　施特劳斯在解释《会饮》时提醒我们注意，在《普罗塔戈拉》中，
《会饮》里的全部主角唯有谐剧诗人阿里斯托芬缺席。令人困惑的
是，目光锐利的施特劳斯为什么没有提到揭示爱欲奥秘的第俄提
玛？在《普罗塔戈拉》中同样缺席的不是还有第俄提玛吗？

　　毕竟，《会饮》中的苏格拉底讲辞完全是在转述第俄提玛的教
诲。如果我们不能设想施特劳斯会忽略这一点，他说《会饮》里的
全部主角在《普罗塔戈拉》中唯有谐剧诗人阿里斯托芬缺席，就有
可能暗示，第俄提玛在《普罗塔戈拉》中并没有缺席。倘若如此，我
们该如何来理解这个暗示呢？

　　如果以《普罗塔戈拉》和《会饮》中苏格拉底引用荷马诗句为线
索来追踪这两部作品的内在关联，我们就能进一步看到这两部作
品的内在一致性的关联。

　　在《普罗塔戈拉》中，我们看到，普罗塔戈拉与苏格拉底经过几
番言辞交锋后已经虚弱不堪，却又不肯认输，这时，阿尔喀比亚德
出面迫使他继续面对苏格拉底的挑战。普罗塔戈拉在众目睽睽下
被迫同意与苏格拉底讨论下去后，苏格拉底对他说：

　　　　普罗塔戈拉啊，可别以为我同你讨论是因为有别的
　　什么用意，我每次都是自己有困惑，才来探究这些事情。
　　我认为，荷马［的这句诗］肯定说了点什么："两人一起同
　　行，总有一个先想明白。"毕竟，我们这些世人在做事、说
　　话和思考［有困惑］时总会更能找到出路；"要是单单一个
　　人在动脑筋"，他马上四处走寻，不停地找，直到遇上［有
　　个人］指点，并一起搞清楚。（《普罗塔戈拉》348c5—d5）

苏格拉底引用的这行荷马诗句来自《伊利亚特》(10.224)。这个诗句的语境是,涅斯托尔问众将领,谁愿意冒险去刺探特洛伊人的军营,各位将领都不敢吱声,唯有狄奥墨得斯(Diomedes)鼓起勇气说他愿意去,但得有一位同伴同行,以便遇事好商量。他挑选奥德修斯与自己一同前往,因为:

> 神样的奥德修斯,他心里热情充沛,他的精神在各种
> 艰难中都勇敢坚定,他是帕拉斯·雅典娜非常宠爱的人。
> 要是有他同我去,我们甚至能从烈焰中安全返回来:他的
> 心智是那样的敏捷。(10.243—47)

在柏拉图心中,自己的老师苏格拉底就是一位勇毅之人。智慧爱欲饱满的苏格拉底无论面临何种艰难,都能勇敢坚定,持守本性。但是,在《普罗塔戈拉》的这个语境中,苏格拉底说自己邀请普罗塔戈拉一起同行,把自己比作了狄奥墨得斯,而普罗塔戈拉岂不成了奥德修斯?

苏格拉底的言辞与奥德修斯一样诡异,这句引诗可能有两个含义,无论哪种含义都与接下来要讨论的勇敢德性相关。在《普罗塔戈拉》的第三个开场,即苏格拉底下到卡利阿斯的"冥府"之后,普罗塔戈拉首先向苏格拉底显示的是自己的"勇敢":他传授治邦术无需伪装。然而,这是真正的"勇敢"德性吗?勇敢必须与其他德性如正义、智慧乃至节制结合在一起,才算得上真正的德性,否则就只能说是"鲁莽""胆儿大",而非真正的勇敢德性。

由此来看,苏格拉底把自己比作狄奥墨得斯,而把普罗塔戈拉说成奥德修斯,意思可能是:狄奥墨得斯的勇敢与他的智慧和节制结合在一起,他没有冒失地单独前往敌营,而是希望有人结伴好商量。而这时的奥德修斯还没有经过后来的漂泊,或者说还没有经历过自我认识,从而暗示普罗塔戈拉缺乏自我认识。

另一种可能的理解是:苏格拉底的这句引诗故意让自己与普罗塔戈拉调换位置,即自己的奥德修斯角色佯装给了普罗塔戈拉,为紧接下来讨论五种德性的关系时,调换节制与正义的位置作铺垫。

无论哪种情形,这句引诗都涉及自我认识问题,即懂得自己在德性方面有欠缺,而这正是奥德修斯从与基尔克的关系中获得的知识。

这句荷马引诗也出现在《会饮》的开场(172d3)。柏拉图巧妙地用同一句诗把两部作品头尾粘在一起,暗示苏格拉底在《普罗塔戈拉》中的"冥府之行"并未结束,将在《会饮》中继续。

从而,不仅有"冥府"绰号的卡利阿斯家是冥府,举办会饮的阿伽通家同样是冥府。换言之,《普罗塔戈拉》与《会饮》都是苏格拉底下到冥府中展开的对话,这部苏格拉底的"奥德修斯式下行冥府的"大戏被柏拉图分写入两部对话中。按沃格林的说法,甚至还包括《王制》这部大戏。[①] 无论如何,苏格拉底的荷马引诗构成的叙事线索便是一条隐秘的下行之路。

唯一游离于这个冥府叙事框架之外的,就是苏格拉底回忆中的第俄提玛的教诲。反过来看,我们就能更好地理解,第俄提玛在《会饮》中的文本时间是很多年以前,即这位女先知恰好在苏格拉底进入"哲学的冥府"之前出现。我们据此似乎可以推测,应该把第俄提玛的文学喻义指向女神基尔克,而非冥府之中的忒瑞西阿斯——因此,罗森教授的推测就难以成立。

如果,柏拉图笔下的苏格拉底与第俄提玛的关系,恰好对应的是《奥德赛》中的奥德修斯与基尔克的关系,那么,这为我们理解苏格拉底的冥府之行能带来怎样的启发呢?《会饮》的场景是民主政

---

① 参见沃格林,《〈王制〉义证》,刘小枫编,《〈王制〉要义》,张映伟译,北京:华夏出版社,2006,页171—183。

治,由此我们可以说,苏格拉底这个民主时代的"奥德修斯"经过第俄提玛的教诲才能迎战这种时代的各色对手:不仅是智术师和戏剧诗人,还有他们培育出来的各种人(斐德若和厄里刻希马库斯)。

苏格拉底凭借第俄提玛教授的爱欲知识,懂得了人的自然差异,灵魂品阶有高低之分。尤其是两场冥府对话中阿尔喀比亚德皆在场,这无疑提醒苏格拉底,有一类人的天性不可教,倘若这类人还有着饱满的政治爱欲,这类人只会为城邦招致灾祸。这类天性的人即便接受了哲学和政治的双重教诲,仍然不可能成为城邦最好的护卫者阶层。如同伊塔卡岛上那群求婚者,个个出身高贵,是城国中的俊杰,却最终成为了城邦的毒瘤,神已经预定他们要死于奥德修斯之手,由赫耳墨斯引向冥府(24.100－190)。

问题在于,如何才能洞察到这类人的灵魂本相呢?《会饮》中的第俄提玛关于爱欲的教诲,为苏格拉底指点了迷津。因此,在《普罗塔戈拉》中,苏格拉底把自己进入卡利阿斯家比作进入荷马式的"冥府",这就意味着,苏格拉底此时已经经过第俄提玛的指点,从而胸有成竹。但与奥德修斯经过基尔克的指点后进入冥府获得自我认识不同:苏格拉底进入冥府是为了救护希波克拉底这个普通青年的灵魂。也许,这就是民主时代的"奥德修斯"的含义:在这样的时代,重要的是救护普通人的灵魂。

所以,苏格拉底并没有马上带希波克拉底匆忙赶去见普罗塔戈拉,而是一直等到天亮,并且两人沿路探讨,直到达成一致的意见,才敲开"冥府"的大门。

苏格拉底下行"冥府"

苏格拉底带着希波克拉底进了"冥府"卡利阿斯家的大门后,走了进去。苏格拉底回忆说,他见到三位智术师分别在与自己的崇拜者们谈话。

苏格拉底首先看到普罗塔戈拉——这位著名的智术师游历希

腊各个城邦,并公开向学生收取学费。在当时的雅典,智术师名声
不佳,普罗塔戈拉并不忌讳自己的智术师身份,公开自称是"智术
师",专教年轻人"如何更好地齐家,然后是城邦事务方面的善谋,
即如何在城邦事务方面最有能耐地行事和说话"(《普罗塔戈拉》
319a1—2)。

对于任何愿意出学费的人,普罗塔戈拉都承诺传授这门学问。
换句话说,普罗塔戈拉与另两名智术师希庇阿斯和普洛狄科显得
不同,他关心地上的生活,关心城邦事务,或者说关心政治,而非仅
仅关心纯粹的自然学理。由于苏格拉底也更关心地上的生活,关
心城邦事务,苏格拉底就显得与普罗塔戈拉非常相似。

聚在普罗塔戈拉身边的雅典贵族子弟,不少都与苏格拉底相
熟,比如伯利克勒斯的两个儿子,还有格劳孔的儿子,也就是柏拉
图的舅舅卡尔米德。①

于是,苏格拉底把普罗塔戈拉比作辈分比荷马还要老一些的
诗人俄耳甫斯。前文提到,俄耳甫斯的辈分比荷马和赫西俄德还
要高一些,后来成为一种神秘宗教"俄耳甫斯诗教"的教主,受信徒
秘密敬拜。相传俄耳甫斯的琴声曼妙无比,连山石、树木、猛兽都
能随他的琴声翩然起舞。可见,俄耳甫斯拥有与基尔克不相上下
的诱惑心灵的魔力。

倘若可以把驯化猛兽视为一种政治教化的能力,那么,奥德修
斯指望从基尔克那里获得的正是这种有助于王者驯化万民的政治
术。这种驯化似乎成为了一种秘术,卢梭在《社会契约论》里对此
有过暗示。柏拉图把普罗塔戈拉"俄耳甫斯化"似乎意味着,这个
哲学的冥府中有一个比基尔克还要厉害的对手。毕竟,普罗塔戈

---

① 卡尔米德是柏拉图另一部同名对话作品中的人物,他在公元前404年的三十僭主
复辟时当政,第二年死于复辟派与民主派交战中。详见柏拉图,《普罗塔戈拉》,施
特劳斯疏,刘小枫译,前揭,注1。

拉是教人"如何在城邦事务方面最有能耐地行事和说话",即今天所谓的直接参政。

在伯纳德特看来,《普罗塔戈拉》中的苏格拉底给一个非神话性的戏剧设置了一个神话布景:普罗塔戈拉是另一个俄耳甫斯,只有他在独唱,他的追随者们则被安排成一个训练有素的歌队。卡利阿斯的府邸则化为冥府,他的阉人管家十足是一只 Cerberus〔冥府的看门狗〕。苏格拉底作为下到冥府的奥德修斯,他把希庇阿斯看成赫拉克勒斯,普洛狄科则是坦塔罗斯。伯纳德特以一种诗意的方式描述了这一隐喻十足的场景:

> 如果哈得斯是诸神的工坊,那么普罗塔戈拉本人向苏格拉底暗示卡利阿斯的府邸为哈得斯,智术师们则如一众幽灵,苏格拉底把智术师们带到阳光下面,给了他们生命。苏格拉底懂得他们。俄耳甫斯的音乐固然迷人,他却无法把自己的妻子欧律狄刻带回阳间。①

但是,苏格拉底也曾被比作一条言辞曼妙的蛇(《王制》358b)。在《会饮》中。我们看到,阿尔喀比亚德甚至当众夸赞苏格拉底的言辞绝妙无比。可以说,苏格拉底与普罗塔戈拉一样,都因为言辞高妙而有自己的追随者。在雅典人心目中,苏格拉底与智术师普罗塔戈拉的面目难以分辨。普通雅典人未必分得清,苏格拉底与普罗塔戈拉究竟有何差异。苏格拉底后来遭受"不敬城邦的神"的指控,在此之前,普罗塔戈拉同样遭遇过这样的指控。

因此,柏拉图若想为苏格拉底辩护,就必须区分苏格拉底与普罗塔戈拉,让人们看清苏格拉底与智术师的差异。苏格拉底的这

---

① 伯纳德特,《情节中的论辩:古希腊诗与哲学》,严蓓雯、蒋文惠译,上海:华东师范大学出版社,2016,页272。

趟"冥府之行",不仅是为了让希波克拉底认清普罗塔戈拉是否是懂得德性的好教师,让他免受智术师言辞的蛊惑,也是为了让人们认清他自己是怎样的一个人,所以他非常乐意在市场上对一群人讲述自己的这趟冥府之行。

对于普罗塔戈拉的描述,苏格拉底用了冥府中的两个形象,首先是明确提到的俄耳甫斯形象,另一个形象则没有明言,仅仅暗示。从俄耳甫斯的传说中我们得知,俄耳甫斯虽然是个感天动地的迷人歌手,但他也是一个失败者。他在冥府中靠歌声打动冥王,冥王允许他回到阳间,并可以带上自己妻子的亡灵,但他却因天性软弱未能把亡妻引出冥府。如果普罗塔戈拉的化身是俄耳甫斯,苏格拉底的化身是奥德修斯,柏拉图如此笔法的含义兴许就是,与勇毅的苏格拉底相比,普罗塔戈拉不过是个天性软弱的歌手。

可是,柏拉图笔下的苏格拉底又暗中把普罗塔戈拉比作阿基琉斯。施特劳斯在讲疏《普罗塔戈拉》时提到,冥府中的普罗塔戈拉的形象更多是阿喀琉斯,而非俄耳甫斯(《普罗塔戈拉》340a)。[1]苏格拉底引用荷马的诗句是为了邀请普洛狄科与自己一起迎战阿喀琉斯式的普罗塔戈拉。在《奥德赛》的冥府场景中,阿喀琉斯生前英雄无比,死后的魂影却在奥德修斯面前哭诉,宁可与人为奴,也不愿死后统领亡魂,显得女气十足(11.467—469)。

在《普罗塔戈拉》中为冥府守门的阉人看来,所有智术师都女气十足。然而,阿喀琉斯与普罗塔戈拉更为相似之处在于逞匹夫之勇。普罗塔戈拉宣称自己在各大城邦不畏权势敢于公开传授智识,与阿喀琉斯的"向死而生"有异曲同工之妙。既然阿喀琉斯也是荷马笔下的英雄,那么,苏格拉底与普罗塔戈拉的对比,就是荷马笔下的两位著名英雄的对比。

---

[1] 施特劳斯的疏解均出自柏拉图,《普罗塔戈拉》,施特劳斯疏,刘小枫译,前揭,不再一一标注。

阿喀琉斯以勇敢著称。同样,在《普罗塔戈拉》中,普罗塔戈拉在一开始就展现出自己的大无畏姿态。他宣称自己敢于公开自己的智术师身份。因为,公开身份是更为高明的隐藏。换言之,普罗塔戈拉自以为他的勇敢具有智慧,苏格拉底则挑战他的勇敢算不上真正的勇敢。正如施特劳斯在疏解时所说:

> 勇敢并不意味着不畏惧,而是意味着有正确的畏惧。勇者有的仅是高贵的畏惧和高贵的信心,这是快乐的畏惧和快乐的信心。懦夫或莽夫有的则是低俗的畏惧和低俗的信心,或者说是不快乐的畏惧和不快乐的信心。①

更重要的是,在荷马的冥府中,英雄阿喀琉斯完全丧失了勇者的样子,也就是说,他的勇敢徒有其表。"哲学的冥府"中的普罗塔戈拉既是俄耳甫斯,又是《奥德赛》中的阿喀琉斯,他既有俄耳甫斯的言辞魅力,又有阿喀琉斯的软弱和鲁莽。因此,在《会饮》中再次出场的人物中,诗人阿里斯托芬取代了智术师普罗塔戈拉,成为苏格拉底主要的对手之一。

谐剧诗人代替了智术师,意味着人性脆弱的神话代替了人性了不起的神话。

罗森进一步指出,阿里斯托芬是反启蒙的诗人,因此他不会出现在智术师的聚会中。他在《会饮》中出现,是因为他把苏格拉底视为启蒙分子。阿里斯托芬对苏格拉底的攻击主要体现在其作品《云》中。柏拉图把阿里斯托芬写入《会饮》,巧妙地回击了《云》对苏格拉底的指控。前四位在《普罗塔戈拉》中皆以新派智术师的追慕者面目出现,阿尔喀比亚德则算是苏格拉底的追慕者,尽管他丝毫不能理解苏格拉底的教诲,但唯有他能懂得苏格拉底言辞的

---

① 柏拉图,《普罗塔戈拉》,施特劳斯疏,刘小枫译,前揭,页217。

外观。

接下来,苏格拉底又用荷马的"此后我又认出"(11.601)这句诗引出"百科全书"式的智术师希庇阿斯。

荷马这句诗本来是用在赫拉克勒斯身上的,柏拉图的如此笔法则暗示希庇阿斯是荷马冥府里的赫拉克勒斯。奥德修斯在冥府中遇到了力大无穷的赫拉克勒斯的魂影时,见他"形象阴森如黑夜",(11.606)胸前"环系令人生畏黄金绶带"(11.609)。奥德修斯向费埃克斯王公们特意描述了绶带上的图画:有令人生畏的动物,以及"搏斗、战争、杀戮和暴死的种种情景"(11.612)。

我们可以设想,苏格拉底很可能用绶带图腾来比喻自然哲人希庇阿斯的灵魂:这类哲学教师所传授的知识会把人的灵魂引向最为野蛮和极端的自然状态,不仅不教授关于德性的知识,反而激发人的不受礼法约束的自然本性。假若遇上天性不适宜的青年,希庇阿斯式的智术师教育非但不能使人的灵魂"变得更好",反倒会"变得更坏"。

阿里斯托芬在《云》中就刻画了一个被"自然哲人"苏格拉底教坏的青年。柏拉图把希庇阿斯安排在"哲学的冥府"中,却在这场哲人的聚会中让阿里斯托芬缺席,很可能是提醒读者,阿里斯托芬指控苏格拉底为自然哲人不是没有道理。

另外,施特劳斯还提醒我们关注希庇阿斯的一个细节:在《会饮》中,阿尔喀比亚德打断了阿里斯托芬的发言,在《普罗塔戈拉》中,阿尔喀比亚德同样打断了智术师希庇阿斯的话。但是,前者基于醉酒后的无意之举,后者则是有意为之。

施特劳斯认为,这意味着阿里斯托芬与希庇阿斯有共同的东西:均凭靠所谓自然理则,他们都是"自然"的学生。阿尔喀比亚德打断阿里斯托芬,意味着政治人在自然与习俗的对立中站在了苏格拉底一边,反对诗人和智术师——按照信奉自然理则的人的理解,"宇宙诸神与城邦不相容"。我们应该看到,希庇阿斯是哲人圈

子最为坚定的维护者,他第一个明确提出哲人圈子的同质性和排他性,为"哲学的冥府"做了最为明确的定义:

> 在座诸位,我认为,你们是同族和同一个家庭的成员,每个都是城邦民——就天性而非礼法而言;毕竟,物以类聚人以群分[相像的与相像的凭天性彼此亲近],可是,礼法作为[支配]世人的王者强制多数人违背天性。……我们懂得事情的本质,而且是希腊人中最智慧的人,眼下聚集在希腊的这样一个地方,[聚集]在这智慧的主席团大厅,[聚集]在这城邦最伟大、最光耀的高宅。
> (《普罗塔戈拉》337c6—337d5)

可见,自然哲人希庇阿斯最有哲人意识,甚至还有哲人智性的优越感。柏拉图对追随自然哲人希庇阿斯的美少年斐德若和厄里刻希马库斯的一处闲笔,暗示了《会饮》中这两人的爱若斯讲辞的知识根源。

冥府里的先知

苏格拉底引用奥德修斯在冥府中"我又认出坦塔罗斯"的诗句,引出自己的老师。坦塔罗斯因为将神的食物偷与人食,受到饥渴的永罚,在奥德修斯的眼中,这位老人似乎最值得怜悯:

> 他虽焦渴欲饮,但无法喝到湖水,因为每当老人躬身欲喝口湖水时,那湖水便立即退逸消失,他的脚边现出黝黑的泥土,神明使湖水干涸。繁茂的果树在他头上方挂果实,有梨、石榴,还有簇簇灿烂的苹果,颗颗甜蜜的无花果,果肉饱满的橄榄树,但当老人伸手渴望把它们摘取时,风流却把果实吹向昏沉的云气里。(11.584—592)

冥府中坦塔罗斯的形象实在就是哲人生活的写照！自古以来,那些热爱智慧、追求真理的人何尝不是如此？对心目中的 kalos kai agathos[美好的东西]不就是如此求而不得吗？似乎伸手可得,却永远把捉不住。苏格拉底从坦塔罗斯身上看到的哲人气质,反映了他对哲人命相的自我认识,因此他将自己的老师普洛狄科比作奥德修斯在冥府中所见到的这一形象。

苏格拉底还特别提到普洛狄科的身体状况。他似乎因年迈而身体衰弱,怕冷,全身裹着羊皮和毯子(《普罗塔戈拉》315d1—5)。在《奥德赛》中,当奥德修斯下到冥府后,曾单独向盲先知忒瑞西阿斯祭献了一只全黑的公羊(11.525)。普洛狄科身上裹着的羊皮与这只公羊有什么寓意上的关联吗？如果有的话,苏格拉底描述的冥府中的普洛狄科就很可能还与盲先知忒瑞西阿斯有关。

就整部对话而言,唯有普洛狄科受到苏格拉底的礼遇和尊重。按苏格拉底的冥府描绘,三位智术师中唯有普洛狄科显得审慎:

> 虽然我非常想听普洛狄科[说的话]——毕竟,我觉得这人智慧圆融,而且神气——由于他嗓音低沉,屋子里有一种嗡嗡声,没法听清在说什么。(《普罗塔戈拉》315e6—316e7)

苏格拉底用"神气"来描绘普洛狄科,还说他具有"神样的智慧",并宣称自己"是普洛狄科的弟子"(341a4),用"最棒的普洛狄科"(358b1)来称呼他。当苏格拉底与普罗塔戈拉讨论西蒙尼德诗句险些落败时,苏格拉底赶紧求助的是普洛狄科:似乎他需要借助普洛狄科具有的某种能力来战胜普罗塔戈拉。

什么能力呢？施特劳斯提醒我们注意到,普洛狄科与苏格拉底有相同的能力:善于修辞和有强烈的爱欲。普洛狄科以擅长辨析同义语词著称,年轻时的苏格拉底曾跟随普洛狄科学习修辞术。

我们也许可以这样假设:当苏格拉底与普罗塔戈拉在修辞交锋上势均力敌时,需要借助普洛狄科的辨析术。普罗塔戈拉不懂得区分灵魂的类型,只看外在的门第出身或表面的爱欲,不懂得按自然天性的差异来辨识少数人与多数人。他喜欢听好话,享受吹捧,只要别人捧他,他就不管这人的天性如何,一律收做弟子。按照《会饮》中第俄提玛对苏格拉底的教诲,爱欲有高低之分,正如灵魂有高贵与低贱之别。针对不同的灵魂应施行不同的教育。因此,辨析爱欲的差异,是区分苏格拉底与普罗塔戈拉的关键。因此,苏格拉底需要把普洛狄科辨析同义词的技艺用来辨析爱欲的差异。

在下冥府之前,基尔克曾告诉奥德修斯,冥府里只有忒瑞西阿斯能思考,余者皆化为魂影。柏拉图笔下的苏格拉底赋予普洛狄科以"冥府先知"忒瑞西阿斯的象征性角色,表达了对这位智术师前辈的辨析天赋的敬意。

但是,在《会饮》中我们看到,《普罗塔戈拉》中普洛狄科的学生阿伽通被说成是高尔吉亚的学生。这似乎意味着,这位肃剧诗人在自己的成长过程中改变了师从,而这又反映出阿伽通的灵魂类型。换言之,选择谁做自己的老师也需要灵魂的辨别能力。如施特劳斯所说,希波克拉底找苏格拉底帮忙,引荐他做大名人普罗塔戈拉的学生,却没有认识到,苏格拉底虽然年轻,却是他真正的老师,这表明希波克拉底的灵魂天生没有分辨能力。

哲人苏格拉底身处雅典民主的鼎盛时期,他一直面对两类对手:智术师和民主文化人。《普罗塔戈拉》和《会饮》生动而又明显地体现了苏格拉底的政治处境,这两部作品让我们可以看到,在民主的政治处境中,人们最需要而恰恰又最缺乏的正是辨析灵魂的能力。就此而言,苏格拉底在市场上对一帮人回忆自己的经历时,暗示普洛狄科就是荷马笔下的忒瑞西阿斯,可谓用意颇深,正如奥德修斯对费埃克斯王公们回忆自己的冥府经历时用意深远。

尽管如此,时代毕竟变了:奥德修斯对王公们讲述自己的冥府经历,苏格拉底对雅典集市上的城邦民讲述自己的冥府经历。我们不能说,贵族教育与公民教育是一回事。

苏格拉底在冥府中的教诲

从文本中的历史时间来看,《普罗塔戈拉》中的苏格拉底还不到 40 岁。换言之,彼时的苏格拉底已经经受过第俄提玛的调教,从而与荷马笔下的奥德修斯并不完全相同。"下冥府"是奥德修斯个人命运的重大转折点,历死重生,见识到生命最大的奥秘之后,奥德修斯完成了灵魂的自我转化。与此不同,苏格拉底领受第俄提玛的教诲,认识了爱欲的最大奥秘后才下到"哲学冥府"。

因此,柏拉图笔下的这段苏格拉底的冥府之行不是苏格拉底的自我锻造,而是通过与普罗塔戈拉以及其他两位智术师的交锋澄清自己与智术师的本质差异。

柏拉图让我们看到,苏格拉底与智术师的分歧在于:*应该如何教育城邦少数青年*,这就是笔者所说的雅典民主时代的"奥德修斯"式问题。作为一个生活在雅典民主时期的"奥德修斯",苏格拉底还要完成奥德修斯没能完成的任务:安全地从冥府带走年轻的幼稚灵魂。

在《普罗塔戈拉》临近结束的时候,苏格拉底与智术师普罗塔戈拉、希庇阿斯、普洛狄科有一段关于辨析何为畏惧或恐惧的对话:苏格拉底认为,没人会主动追求"恐惧"。

然而,奥德修斯似乎是一个主动追求恐惧的人。在《奥德赛》冥府片段结尾部分,已经请教过盲人先知忒瑞西阿斯的奥德修斯本想继续在冥府里逗留,指望见到渴求已久的忒修斯等古代圣贤向他们讨问智慧。换言之,欲求智慧的爱欲是奥德修斯愿意逗留

　　如前所言,赫耳墨斯神的职责之一是灵魂的引路人。因此,我们在《斐德若》和《吕西斯》中可以看到赫耳墨斯的身影,似乎苏格拉底的奥德修斯式的使命变成了赫耳墨斯式的灵魂引路人。不过,《普罗塔戈拉》中的智术师普罗塔戈拉对年轻人讲神话施教时,也曾让赫耳墨斯出场。换言之,苏格拉底和智术师都显得是赫耳墨斯式的灵魂引路人。倘若如此,年轻人必然面临一个问题:我们会辨识不同的灵魂引路人吗?

　　柏拉图让我们看到,苏格拉底作为赫耳墨斯式的灵魂引路人与普罗塔戈拉的差异首先在于,他致力于让年轻人学会辨识不同的灵魂引路人。

　　在《吕西斯》中,柏拉图选择"花月节"这一特殊节日,让苏格拉底与两位天素优异的贵族少年即墨涅克塞诺斯(Menexenus)和吕西斯(Lysis)一起探讨友爱。对比《普罗塔戈拉》中的故事,我们会觉得,苏格拉底此处采取了积极姿态:不是等到希波克拉底成人后找他引荐智术师,而是主动找刚刚成年的雅典青年谈话。

　　这篇对话虽然题为"吕西斯",实际上的主要对话者却是墨涅克塞诺斯,唯一的一处荷马引诗,就出现在苏格拉底与墨涅克塞诺斯而非与吕西斯的交谈中。柏拉图还写过一篇以墨涅克塞诺斯为题的短篇对话,从中可以看到,墨涅克塞诺斯已经参与雅典政务,苏格拉底仍然没有放弃对他的教育。

　　《吕西斯》的基本情节是,花月节那天,苏格拉底和贵族青年希波塔勒斯(Hippothales)等一行人来到吕凯宫摔跤场,打算去见识一下希波塔勒斯的意中人——美少年吕西斯。苏格拉底向希波塔勒斯承诺,要向他展示如何赢得心上人。

　　他们来到摔跤场时,一群少年刚举行过祭祀正在玩耍。苏格拉底听说吕西斯与墨涅克塞诺斯很要好,他便先找吕西斯交谈,盘问他是否清楚何谓朋友或友爱。吕西斯很快就被苏格拉底的言辞征服,他转而撺掇苏格拉底让墨涅克塞诺斯也折服。因为,墨涅克塞诺斯向来自负,而且口才极好,吕西斯与他看似友伴关系,实际上,墨涅克塞诺斯显得是吕西斯的灵魂引路人。

苏格拉底答应了吕西斯,主动挑起与墨涅克塞诺斯的谈话。交谈之前,苏格拉底先自我表白一番,说自己对一般人爱好的东西毫无兴趣,唯一看重是否有一位朋友。苏格拉底提到一连串常人爱好的东西,什么马啊、狗啊、财富和荣誉啊等等,然后说自己不爱这些,就爱朋友。苏格拉底还说,当然,常人也爱朋友,但他更看重"好朋友"。因为,朋友与好朋友是两回事,正如鹌鹑、公鸡、马和狗与最好的鹌鹑、公鸡、马和狗是两回事。

苏格拉底接下来以艳羡口吻表示,自己十分羡慕墨涅克塞诺斯和吕西斯,他们俩这么年轻就相互成了朋友,而自己到这把年纪还不知道如何让自己得到一个朋友——苏格拉底没有说"好朋友"(《吕西斯》212a1—5)。因此,苏格拉底对墨涅克塞诺斯说:

> 就这事儿我想向你讨教,因为你是过来人。请跟我说说:要是某人友爱(φιλῇ)一个人,俩人中哪一个成为了另一个的朋友——友者(ὁ φιλῶν)之于被友爱者?还是被友爱者(ὁ φιλούμενος)之于友者?抑或两者没区别?(212a6—b2)

苏格拉底显得很真诚,墨涅克塞诺斯并不知道,苏格拉底找他交谈其实基于他与吕西斯的密约。换言之,苏格拉底在模仿少年之间常见的竞争或争夺:谁跟谁最要好。

墨涅克塞诺斯对苏格拉底的回答含糊其辞,他觉得,在朋友之间,爱者和被爱者没什么区别。苏格拉底对墨涅克塞诺斯说,如果是这样的话,他会遭遇两类情形:一是爱者与被爱者并不相爱,很可能后者会憎恶前者;一是爱者与被爱者互相友爱;墨涅克塞诺斯的回答显然没有涉及第一种情形。苏格拉底迫使墨涅克塞诺斯承认，只有得到被爱者的呼应，爱者才称得上拥有了一个朋友。

苏格拉底这样说时，不厌其烦地再次列举了一般人的不同所好。但先前提到爱马、爱狗、爱财、爱荣誉、爱权力，唯独没有提到爱智慧（《吕西斯》211e－9），现在，苏格拉底没有再提到爱财、爱荣誉、爱权力，反而提到爱智慧，还不动声色地更换了一个重要语词：欲望（ἐπιϑυμῶν）变成了友爱（φίλοι）。

可是，苏格拉底马上又推翻自己的说法，因为，爱马、爱狗乃至爱智慧之类的语词虽然有相同的词干φίλοι-（友爱），但爱马或爱狗不会获得马或狗回应以相应的爱，爱友则会得到友者的爱的回应，否则不会出现友爱。他特别强调，除非智慧以爱回报爱智慧者，否则不会有爱智慧者。

苏格拉底把这场关于何谓朋友或友爱的讨论引入了困境，年长的苏格拉底显得让自己与刚成年的墨涅克塞诺斯一样失去了继续讨论下去的方向。吕西斯在一旁看到，自己的"灵魂引路人"墨涅克塞诺斯被苏格拉底绕得张口结舌，这让他十分欣喜。

蹊跷的引诗

苏格拉底与墨涅克塞诺斯的交谈颇为漫长，似乎故意带着他在兜圈子，最后绕到了荷马那里。苏格拉底是这么说的：

> ［我们不妨］按照诗人们的说法来检审一下。因为，我们把诗人看作智慧之父和［我们的］引路人。关于朋友以及朋友到底是什么，他们表达的观点和说的话兴许还不算差（φαύλως）；相反，他们声称，通过把彼此引领到一起，神亲自使他们成为朋友。我认为，他们的意思就像这句话即"神总是把相似的引到相似的跟前"，并且使他们相识（γνώριμον）——难道你没有碰巧读过这些诗句？（《吕西斯》214a—b1）

这句诗出自《奥德赛》中一位名叫墨朗忒俄斯（Melanthius）的牧羊奴。奥德修斯历经艰难返回故乡伊塔卡后，乔装成乞丐与旧日的仆人即养猪奴欧迈奥斯（Eumaeus）一同前往王宫，假装向自己的妻子佩涅罗佩"乞援"。他们俩在路上遇见了墨朗忒俄斯，而墨朗忒俄斯没认出衣衫褴褛的乞丐是昔日的主人奥德修斯，见他与欧迈奥斯同行，开口就骂道：

> 现在真是丑坏的引导丑坏之流，因为神明总是让相
> 似与相似聚合。（17.218）

其实，欧迈奥斯同样没认出这位衣衫褴褛的乞丐是昔日的主人，但他心地善良，看到这位乞丐如此衣衫褴褛，不仅不嫌弃，还一心想帮他。与此相反，墨朗忒俄斯与欧迈奥斯的身份其实相同，即都是奴人，但他却让自己显得居高临下地蔑视欧迈奥斯和他身边的乞丐。荷马的笔法让我们看到，墨朗忒俄斯自己就是"丑坏之流"，却骂别人是"丑坏之流"，这是心性低劣者的常见表现。

苏格拉底在这里引用荷马的这句诗显得很奇怪，因为，这句话出自一个心性低劣之人。不仅如此，苏格拉底仅引用了半句，即"神总是把相似的引到相似的跟前"，随后还加了一句"让他们相识"。

我们应该如何来理解这个奇怪的引诗呢？在引诗前，苏格拉底建议墨涅克塞诺斯，"按照诗人们的说法来检审一下"关于友爱的问题，"因为，我们把诗人看作智慧之父和引路人"。但接下来他引用的是荷马笔下的一位我们完全可以称为"坏人"的话。难道这话能证明荷马是我们的"智慧之父和引路人"？

博洛汀（David Bolotin）是施特劳斯的学生，他写过一本识读《吕西斯》的专著。在他看来，苏格拉底的意思是：神不仅把相似的

人带到一起,而且让他们彼此互相了解,使他们成为朋友。但是,雅典娜虽然把命运多蹇的奥德修斯带到猪倌欧迈奥斯面前,却没有让他们互相了解。另一方面,奥德修斯没有向欧迈奥斯吐露身份的秘密,却把身份的秘密告诉了自己的儿子。换言之,欧迈奥斯心地虽好,仍然不及血亲关系。①

　　在笔者看来,博洛汀的解读脱离了苏格拉底引诗的具体语境,难有说服力。因为,若要证明荷马是我们的"智慧之父和引路人",就友爱问题而言,苏格拉底可以引用《伊利亚特》中的阿喀琉斯与帕特罗克洛斯(Patroclus)的著名故事。显而易见,对希腊人来说,荷马所描绘的这两位英雄之间的友情算得上家喻户晓。帕特罗克洛斯战死沙场后,阿喀琉斯痛不欲生,他向母亲悲诉:

> 母亲啊,奥林波斯神实现了我的请求,但我又有何欢
> 畅?我最亲爱的伴友(ἑταῖρος)已经丧生。帕特罗克洛
> 斯,我最钦佩的良伴,敬重如自己的头颅。(18.82)

　　阿喀琉斯与帕特罗克洛斯之间的友谊感人至深,可见,诗人荷马把友谊看得很重。事实上,古希腊人或多或少把交友当作评判一个人是否有德性的标准(比较《会饮》232d)。苏格拉底眼下在讨论友爱,他没有引用《伊利亚特》中赞颂友谊的诗行,反而引用了《奥德赛》中与友爱无关的诗句,还刻意舍去前半句:"现在真是丑坏的引导丑坏之流。"我们可以说,苏格拉底的这句引诗像奥德修斯的言辞一样诡计多端。换言之,苏格拉底表面上把荷马"看作智慧之父和引路人",他却又在歪引荷马的诗句,其实是在暗地里挑战荷马。我们可以推想,苏格拉底很可能是要引导吕西斯和墨涅

---

① David Bolotin, *Plato's Dialogue on Friendship*, Cornell University Press, 1979, p. 127.

克塞诺斯重新思考,诗人荷马乃至传统的诗人是否真的是"智慧之父和引路人"。

苏格拉底问墨涅克塞诺斯,他是否"碰巧读过这些诗句"。贵族少年当然熟悉荷马诗作,因此墨涅克塞诺斯回答说自己读过这句诗,但他显然没有理解,苏格拉底为何在这个节骨眼上提到墨朗忒俄斯的这句话。我们若要确认自己的推想是否立得住,也还得考究一下苏格拉底所引的这半句荷马诗的具体语境,弄清原诗的含义。

奥德修斯与牧猪人欧迈奥斯

牧羊人墨朗忒俄斯虽是奥德修斯的家奴,为人却相当精明。他有个妹妹,与求婚人欧律马科斯厮混在一起,因此,求婚人霸占奥德修斯家产期间,墨朗忒俄斯曾从中获利,并成了求婚人团伙的马前卒。奥德修斯与求婚人公开决战的最后关头,墨朗忒俄斯作为求婚人的帮凶差一点让奥德修斯陷入险境(22.135—159)。

在荷马笔下,墨朗忒俄斯未得善终,奥德修斯的儿子特勒马科斯带领牧猪人欧迈奥斯和牧牛人以近似车裂的方式将墨朗忒俄斯处死(22.475)。事实上,在荷马笔下,欧迈奥斯与墨朗忒俄斯形成鲜明对照:两人虽然都是下人,身份卑微,心性品性却截然两样。伯纳德特甚至认为,欧迈奥斯在《奥德赛》中的位置非常独特,因为荷马曾 15 次直呼其名。他忠于旧主,尽职尽责,信守承诺,荷马甚至数次直接称他为"民众的首领"(ὄρχαμος ἀνδρῶν)。①

伯纳德特更具启发的见地在于,他提醒我们,在柏拉图的《治邦者》中,牧人被归入王者一类(《治邦者》266b10—d3),古希腊语

---

① 荷马的如此称呼可能意在提醒读者注意牧猪奴欧迈奥斯高贵的王室出身(14.413)。另参伯纳德特,《弓与琴》,前揭,页 186。

的牧者（nomeus）与法（nomos）和习俗（nomisma）是同源词，这意味着"牧人"是立法者。①

可是，墨朗忒俄斯也是牧人，难道他也是潜在的王者？显然，即便可以说王者有如牧人，却不能说所有牧人都是王者。我们必须辨识王者与牧人的相似，而从身份上讲，王者与牧人的政治地位相差实在太大。因此，《治邦者》中的那位异乡人说，必须注意"我们人类与最高贵又最随便的运气相投，跑到了一起"（《治邦者》266c4—5）。

诗人荷马让我们看到两类相似和相异的混合：一方面，欧迈奥斯与墨朗忒俄斯身份相似，心性品格却有天壤之别；另一方面，欧迈奥斯与奥德修斯的身份有天壤之别，品格却相似，同属高贵一类。然而，"现在真是丑坏之人引导丑坏之流，因为神明总是让相似的与相似聚合"——这话却出自墨朗忒俄斯之口。苏格拉底会感到惊讶，墨朗忒俄斯竟然知道"丑坏之人引导丑坏之流"，难道这样的人能辨识好坏美丑？

墨朗忒俄斯用那句话骂过奥德修斯之后，就来到奥德修斯宅府，与求婚人欧律马科斯同席饮宴，这倒印证了他说的"神明总是让相似的与相似聚合"，因为墨朗忒俄斯与欧律马科斯同属心性恶劣之人。换言之，心性品质低劣者的特征之一是，他不知道自己是什么样的人。

苏格拉底仅引用了墨朗忒俄斯说的话的后半句，但添加了一句"而且让他们相识"（καὶ ποιεῖ γνώριμον）——这是什么意思呢？墨朗忒俄斯与欧律马科斯"相识"对方的低劣品质？

奥德修斯与牧猪人欧迈奥斯尽管德性品格相似，甚至后来还曾生死与共，奥德修斯允诺夺回家产后解除他的奴籍，让他与自己

---

① 伯纳德特，《弓与琴》，前揭，页150；比较《治邦者》，洪涛译，上海：上海人民出版社，2006，页112，注18。

的儿子特勒马科斯平起平坐。然而,奥德修斯与牧猪人欧迈奥斯最终没有成为朋友,或者说两人之间没有出现阿喀琉斯与帕特罗克洛斯之间那样的情谊。似乎"丑坏之人"之间可以逾越身份等级,德性品格相似者却无法逾越身份等级。

奥德修斯与欧迈奥斯之间没有出现友谊,很可能与奥德修斯的冥府经历有关。冥府中的阿伽门农曾提醒奥德修斯,绝不可轻易相信任何人。这番告诫让奥德修斯变成了一个多疑的"异邦人",回到伊塔卡后,他对谁都不信任,包括贤妻甚至其父拉埃尔特斯,唯有特勒马科斯得到信任。

由此看来,奥德修斯与欧迈奥斯之间不可能出现友谊主要有两个原因:第一,两者身份差异太大;第二,奥德修斯对谁都不信任。这决定了奥德修斯与欧迈奥斯之间不可能"相识"。

现在回头来看苏格拉底的引诗,他的意思可能是说:诗人荷马显然搞错了,他居然让"丑坏之人"聚在一起,让他们"相识"成了朋友。墨朗忒俄斯的确与求婚人欧律马科斯同席饮宴,似乎成了朋友,但他们显然不可能是真正的朋友。另一方面,奥德修斯与欧迈奥斯在德性品质上有诸多相似,却没可能"相识"并成为朋友。荷马这样描写墨朗忒俄斯与欧律马科斯和奥德修斯与欧迈奥斯这两对关系,怎么能做我们的"智慧之父和引路人"呢。

所以,我们在《王制》中看到,苏格拉底谈到朋友时说:

> 至于克制精神、勇气、伟大的气魄以及美德的其他一切组成部分,我们必须分清谁的身份混杂、谁的身份高贵。因为,当谁一点也不懂鉴别这种事情,个人也好、城邦也好,他们便会无意识地把瘸子和出身混杂的人请到身边,以为对方拥有这些品质,把一些当作朋友,把另一些当作领袖。(《王制》536a1—8)

由此我们可以说,苏格拉底的这次引荷马诗句实际上是在挑荷马的错。

立法者的谎言

苏格拉底在这里如此歪引荷马诗句,绝非偶然。因为,在此之前,苏格拉底曾与墨涅克塞诺斯谈到雅典的立法者梭伦,他同样篡改了这位两百年前的雅典圣王的诗句,并说梭伦撒谎。苏格拉底先引用了梭伦的原诗:

> 快乐的人啊,他与孩子和铁蹄的马儿为友,与狩猎的
> 犬和异邦的访友为伴。(《吕西斯》212e3—4)

苏格拉底顺着梭伦的说法得出三个荒谬的推论,由此证明圣王梭伦也会说谎,尽管他没有继续揪住梭伦的错误(梭伦的诗并没有提到,人与智慧之友相伴才快乐)不放,而是及时转换了论证方向,避免在这个问题上与之纠缠不休。

苏格拉底反驳梭伦的诗句时举了一个例子:初生婴儿面对父母的教训会产生反感,但是,无论被爱者回报喜爱抑或反感,他都是父母的至爱。古典政治哲人喜欢用父亲与孩子的关系暗喻立法者与民众,18世纪的卢梭在《新爱洛漪丝》中还把民众比作生病的婴儿,政治哲人则是将苦药掺在糖浆中的父亲。①

苏格拉底与墨涅克塞诺斯谈友爱或朋友问题,却谈起了民众与立法者之间的关系,似乎扯得太远了。可是,随后苏格拉底很快又把话题拉了回来,谈起了敌友关系及其区分敌友的问题。他甚至说,为了朋友的好,欺骗一下朋友也算正义行为,这一说法让墨涅克塞诺一下子很难接受。尽管如此,苏格拉底说,与敌为友和与

———————

① 见卢梭《新爱洛漪丝》序言,伊信译,北京:商务印书馆,1990年,页4。

友为敌都算不上正当行为,从而反推出:被爱者不可能是友者,爱者才是友者;反之,憎恨者就是被憎恨者的敌人。(《吕西斯》213b9)

可以看到,苏格拉底与墨涅克塞诺斯讨论梭伦的诗,不外乎要向墨涅克塞诺斯证明,想要从梭伦那里获知何谓敌友的真知是徒劳的。苏格拉底故作无助地问墨涅克塞诺斯:

> 那么,我们该怎么办呢? 我说,如果友者既不是那些爱者,也不是被爱者,也不是那些爱和被爱的人们。除此之外,还有其他能够彼此成为朋友的类型吗?(《吕西斯》213c6—7)

墨涅克塞诺斯掉进了苏格拉底的言辞陷阱里,只得无奈地承认自己没法从梭伦的教诲那里获益。墨涅克塞诺斯并没有意识到,苏格拉底与他说到梭伦,是因为苏格拉底心里清楚,他对政治充满热情,崇拜雅典圣王梭伦。苏格拉底让墨涅克塞诺斯这位雅典少年才俊看到梭伦的教诲如此靠不住,无异于让自己暗中取代了古代的立法者。

民主时代的困境:谁是我们的灵魂引路人

在质疑了梭伦的智慧后,苏格拉底随即转向诗人荷马,或者说,否定梭伦之后,苏格拉底再进一步:否定荷马。

苏格拉底对墨涅克塞诺斯说,"神始终让相似的人相聚"这话只说对了一半。同样,老辈的自然哲人被称为"最有智慧的人",但他们说,"相似的人彼此友好",这话也仅仅对了一半。(《吕西斯》214b4)

为了证明诗人和自然哲人都在撒谎,苏格拉底提出第一个论点是:两个走到一起的坏人不可能成为朋友。显然,这个论点与他前面引了半句的荷马诗相关。苏格拉底的论证如下：由于坏人不但不行正义，反而行不义之事，坏人之间绝无正义可言。换言之，尽管坏人与坏人可能会为一时的利益暂时结盟，走到一起，但坏人的本性会对身边的人行不义之事。

两个坏人离得越近，越可能彼此反目成仇，彼此残害。所以，两个坏人之间绝不可能产生出友谊，没有人愿意与伤害自己的人结交。苏格拉底得出第一个结论：坏人不可能与坏人交朋友。由此苏格拉底反推出，自然哲人的话不适用于两者皆是坏人的情形，只说对了一半；当且仅当两个相似的人是好人时，他们才会互信互爱，成为朋友。

接着苏格拉底提出第二个论点：坏人绝不可能有相似者，甚至他与自身也不相似；坏人没有相似者，因此，他们彼此不可能靠近。所以，必须且仅当坏人有相似者的时候，荷马的话——"神始终让相似的人相聚"才会是正确的。

苏格拉底从两个方面有力地论证了自然哲人和古风诗人的说法并不全对：其一，坏人即便走到一起也不会彼此友好；其二，坏人与坏人不相似，因此不可能走到一起。

这样一来，苏格拉底便推翻了传统的权威：高古的诗人荷马、雅典的伟大立法者梭伦，以及名满希腊的自然哲人。

荷马在泛希腊城邦世界的地位相当于神圣的立法者，梭伦作为雅典的立法者在相当程度上背离了荷马的教诲，智术师将自然哲人的教诲引入雅典之后，梭伦的政治教诲同样受到挑战。因此，苏格拉底在这里的表现显得像智术师一样大胆、激进，他与墨涅克塞诺斯的三轮交谈，看起来简直就是在刻意摧毁这位刚刚成年的雅典才俊心目中的传统观念，尤其是打破他对传统诗人-立法者的信仰。

吕西斯的心性显得单纯，他很快就赞同了苏格拉底的分析，墨涅克塞诺斯则显得更难被说服。苏格拉底最后对墨涅克塞诺斯承认，在他看来，诗人-立法者的话的确像一个谜：

> 我的友伴（ὦ ἑταῖρε）！那么，在我看来，这就是他们用
> 谜一般的方式（αἰνίττονται）说的话——说相似的人彼此
> 友爱：好人只会是好人的朋友，而坏人永远不可能得到真
> 正的友谊，无论他们跟好人还是坏人。你也是这样看吗？
> （214d3—7）

我们值得问，苏格拉底真的是个智术师那样的激进分子吗？
或者说，苏格拉底真的是在碎掉雅典的青年才俊心中的传统观念
吗？答案是否定的，毋宁说，苏格拉底是在通过交谈磨炼雅典的青
年才俊的心智。

我们必须记住，柏拉图让苏格拉底在这一天去接近两个天性美好
的少年，绝非偶然。这一天刚好是他们举行成年礼的日子，这意味着
两个少年应该懂事了，但他们懂事了吗？他们有懂事的心智吗？在民
主时代，智术师让成年等同于理性的成熟，而年轻人也信以为真。

面对这一时代处境，苏格拉底决意让少数天素优异的青少年经
受真正的言辞训练（参见《吕西斯》203a2），让他们学会辨识真正的
灵魂引路人。因此，当他向吕西斯和墨涅克塞诺斯证明荷马、梭伦
以及自然哲人关于友爱的说法都靠不住后，马上提醒他们：其实，他
们已经用自己的方式回答了什么是友者的问题（《吕西斯》214d9）。

换言之，面对民主的政治处境，苏格拉底认为，保护天性美好
的少年的最佳办法是：首先教他们学会识别何谓好人。这意味着，
柏拉图告诉我们，在民主政治的时代，苏格拉底才是天性美好的少
年们的灵魂引路人。因为，在这样的时代，高古的诗人荷马也好，
雅典的圣王梭伦也罢，甚至名满希腊的自然哲人，都不会再有权威
性的约束力。智术师教导的是：不要盲目跟随传统的权威，要相信
自己的理性，要自己为自己做主。

突 转

现代欧洲政治思想中的奥德修斯问题

Homo quia neque nihil est, neque omnia, nec nihil percipit,
nec infinitum

人既非虚无也非整全,他既不是一无所知,也不是无所不晓。

——维柯①

---

① Giovan Battista Vico, *Della antica sapienza deg l'Italiani riposta nelle origini della lingua Latina*, caput II.

引　言

柏拉图是荷马之后西方文史上的第一个思想巅峰。随着地中海周边陆地上的地缘政治变动，这个巅峰被基督教的《新约》覆盖。[①] 尽管今人在《新约》中可以找到荷马诗作的蛛丝马迹，[②]而对《新约》信息的神学解释则多凭靠柏拉图，但无论荷马还是柏拉图，在随后的西方文史的发展历程中，都被埋没在基督教教化的沉积之下——尤其是荷马。

原居欧洲中部、东部和北部的日耳曼族西迁之后，接受了基督教的教化。但正如马基雅维利所说，对于定居西欧的日耳曼族成长为各自独立的王国来说，基督教伦理是一大障碍。马基雅维利表面上试图以古希腊-罗马的政治伦理取代基督教的政治伦理，以此指导西欧君主国的成长，实际上，他更注重按"现代的"实际经验行事。[③]

欧洲近代的文艺复兴以复兴古希腊罗马经典留名青史，我们不能说，这场复兴总体而言是马基雅维利式的，即表面上复兴古希腊罗马的教诲，实际上按"现代的"经验行事，但现代经验与古典教诲不和则是不争的事实。

---

① 参见沃格林，《希腊化、罗马和早期基督教》，谢华育译，上海：华东师范大学出版社，2007。

② 参见麦克唐纳，《模仿荷马：以〈使徒行传〉中的四个故事为例》，叶友珍译，北京：华夏出版社，2018。

③ 参见施特劳斯，《马基雅维利与古典文学》，见施特劳斯，《苏格拉底问题与现代性》（增订本），刘小枫编，刘振、彭磊等译，北京：华夏出版社，2016，页473-488。

伴随着西方新科学与新理性哲学的发展,17 世纪末至 18 世纪初的欧洲爆发了一场跨世纪的大论争——史称"古今之争",这场堪称西方近代观念史上的标志性文化事件恰好处于文艺复兴与启蒙运动之间,有着极其深远的思想史意义。①

纵观"古今之争"的整个论战过程,其导火索是如何评价荷马问题,从而可以说,荷马问题开启了"古今之争"的大门。

在这一章里,笔者从西方近代思想史中挑选出两个案例加以考察。它们都与荷马问题相关,更重要的是,与何谓最佳城邦或对于政治体来说什么是"最最美好的东西"的奥德修斯问题相关。

在第一场已经看到,奥德修斯问题是在圆目巨人族与费埃克斯技术王国的对比框架中展开的。我们值得注意到,在孟德斯鸠的《波斯人信札》中,波斯人所讲的"穴居人"故事和盖布尔人(Gheber)习俗,都会让我们想起荷马笔下的圆目巨人族。②

同样,"穴居人"或盖布尔人的生活方式与欧洲君主国的对比,会让我们想到圆目巨人族与擅长技术的费埃克斯城邦的对比。荷马笔下的对比与孟德斯鸠笔下的对比有一个决定性的差异:前者有宙斯的视野,而后者不可能有这样的视野,取而代之的是一种所谓"公法"(public law)视野。③

欧洲人真的能建立起这种所谓的"公法"视野吗? 从西方政治思想史来看,维柯的《新科学》与施米特的《大地的法》也许算得上欧洲人思考这个问题的起点和终点。

不管怎样,奥德修斯问题在现代欧洲政治思想语境中已经出

---

① 刘小枫,《古典学与古今之争》,北京:华夏出版社,2016,页 67–156。关于"古今之争"的历史事件的清晰梳理,参见列维尼的"维柯与古今之争",见刘小枫/陈少明主编,《维柯与古今之争》("经典与解释"第 2 辑),北京:华夏出版社,2008,页 106–141。

② 参见施特劳斯,《女人、阉奴与政制》,黄涛译,上海:华东师范大学出版社,2016,页 69–85,138–144,225–232。

③ 同上,页 152–172。

现"突转",与其平泛地描述这一"突转",不如细看几个关节点——本章即尝试这种节点式的考察。

一　维柯在古今之争中如何挽救荷马遗产

直到 17 世纪,荷马仍然是西方文人眼中最伟大的古代诗人,以其古奥的智慧、庄严神圣的道德感及无人比肩的诗才成为古人智慧的代表,具有不可撼动的崇高地位。古代贤哲是今人模仿和追随的对象,这是 17 世纪西方学界的共识,也是常识。[①] 然而,到 17 世纪快结束时,这种古代智慧胜过今人的传统观念被打破了。

"古今之争"中的荷马问题

1687 年,法兰西学院院士佩罗(Charles Perrault,1628 — 1703)发表了一场贬低荷马的演讲,紧接着又撰写长诗《对观古人与今人》(*Parallele des anciens et des moderns*),对荷马大加贬斥:"构思贫乏、情节松散、刻画拙劣、品行丑陋、风格粗野以及比喻笨拙",不一而足。[②]

在此之前,法国知识界已经出现古今阵营的对峙,佩罗在 1687 年发表的这两篇攻击古人的作品让古今之争突发为一场围绕荷马的大战。随后 30 多年里,围绕荷马是否真有其人,诗才优劣,《奥德赛》与《伊利亚特》是否同一个作者等等问题(统称荷马问题),欧洲的知识人中的"崇古派"与"崇今派"两大阵营激烈论争,互有攻讦,胜负难分。

崇今派坚信,只要击败荷马,古代阵营就会全线溃败。在佩罗等人看来,"诗人的君主"荷马作为古人知识的代表,不过是古人的

---

① 参见克罗齐,《维柯的哲学》,陶秀璈、王立志译,郑州:大象出版社,2009,页 125。

② 列维尼,《维柯与古今之争》,前揭,页 123。

虚构人物，《伊利亚特》只是诸多古代故事篇章的拼凑。

新科学的出现以及新的理性哲学的发展，使得欧洲新智识人在培根（1561－1626）、伽利略（1564－1642）、笛卡尔（1596－1650）的影响下滋生出这样一种看法：古人的见识未必比今人更高。因此，这场撼动整个欧洲知识界的大论争，表面看来是如何评价荷马的问题，而就其实质而言，则是近代新科学知识与古典知识的尖锐对立。直到今天，这场古今知识的论战仍在继续。

维柯的抱负

早在 1605 年，培根发表《学问的进展》就已隐晦地表达了贬抑古人的看法。崇今派领袖人物丰特奈尔（Bernard Le Bovier de Fontenlle，1657－1757）接过培根提出的古代比现代更年轻的观点，作为攻击崇古派的利器。

作为崇今派的鼻祖，培根不仅要破除对古人智慧的迷信，他还雄心勃勃地计划提出一整套新的科学研究方法。1620 年，培根出版了著名的《新工具》（*New Organon*），但这仅是其整个计划的第一部分。直至去世，培根也没有完成自己的整套计划。①《新工具》发表整整 105 年之后，维柯（Giambattista Vico，1668－1744）的《新科学》第一版（1725）问世，才完成了培根没有完成的重建科学研究方法的计划。

巴黎爆发大论争那年，维柯刚好 21 岁。他的家乡那不勒斯虽远离论争中心，但思想的风暴很快就传到那不勒斯知识圈。随着古今之争愈演愈烈，法国思想界的新书籍在那里流行起来。

维柯年轻时外出谋生，在"过完了 9 年之久的幽居生活"后返回那不勒斯时，古今之争正从自然哲学转向神学问题。新思想对维柯的冲击极大，基于数学和物理学晚近发展的新自然科学大有

---

① 刘小枫，《古典学与古今之争》，前揭，页 88。

取代旧有的古典知识体系之势：亚里士多德的物理学沦为学界笑柄，甚至古代医学和法学也不能幸免。在这样的知识处境中，维柯觉得自己有如置身"一片荒野森林"，只能"凭自己的才能去摸索出自己的研究道路"。①

1698 年，维柯获得了那不勒斯大学的教职，从次年起至 1732 年（长达 33 年），维柯在那不勒斯大学的开学典礼上共发表了九次演讲（第八次演讲原文已佚失）。1708 年发表的第七次演讲题为《论我们时代的研究方法》(*De nostri temopris studiorum ratione*)，维柯在讲演中透露，自己正在构思一部富有创见的论著，对学术界来说，它绝对新颖。他还明确提到培根的《新工具》，言下之意，他自己的论著当媲美培根的新颖。维柯对自己设计的新研究方法的新颖之处颇为自信，而这种自信基于与古人竞赛：

> 让我们看看它是否丧失了古人所有的一些优点，或者掺杂了古人所没有的缺陷；再来谈谈我们的弊端能否避免，又能否吸取古人的方法中的优点以及如何做到；如果我们不能避免这些弊端，那么又能从古人方法的哪些弊端中加以平衡。②

可以看到，维柯设计新的研究方法旨在调和古今冲突。他在这段文字前几行还说，他的演讲都围绕着"新的重大的问题"，即"把一切关于人和神的知识都结合在一条唯一的大原则之下"。

培根用拉丁文写过一本小书题为《论古人的智慧》(*Of the*

---

① 《维柯自传》，见维柯，《新科学》（附录），朱光潜译，北京：商务印书馆，1982，页 659，663—664（以下随文注页码）。

② 维柯，《大学开学典礼演讲集：维柯论人文教育》，张小勇译，上海：上海人民出版社，2012，页 101。

Wisdom of the Ancients），这本书启发维柯"动念要去寻找比诗人们的神话故事更早的关于古人智慧的一些起源"。维柯想到，借解释古希腊语文来探究古人的智慧，不失为一种有效的研究方法。

维柯企望"从一些同时代的著作中找出一些关于诗的原则"，即"不同于希腊人、拉丁人以及后来人都早已接受的那些诗的原则"（《维柯自传》，页677）。今天的我们以为，维柯这是在探究古典诗学，为文艺复兴以来的文学创作奠定新的诗学原则。其实，如同古希腊哲人借谈论作诗来讨论城邦立法问题一样，维柯的所谓诗学研究同样旨在为新政治态势下的意大利民族创立新法。

不仅如此，维柯还有更大的学术抱负，即通过调和因古今之争而陷入撕裂状态的整个欧洲知识界，为欧洲秩序乃至整个世界建立一套具有普适性的新政治法则——用他自己的话说，即：

> 要思索出一种能够为一般城市都按照天意或神旨来共同遵守的、理想的永恒法律。此后一切时代、一切民族的一切政体都是由这种理想来创造。（《维柯自传》，页677）

但直到1708年之前，心怀如此抱负的维柯仍然没有解决从何下手的问题。1715至1716年间，"古今之争"在法国已经进入第二阶段，或者说"崇古派"与"崇今派"在如何评价荷马这一问题上的论争越来越针尖对麦芒之时，维柯对从何着手逐渐有了比较具体的想法。

1721年，维柯发表了一篇涉及荷马问题的论文，题为《论语文学的融贯一致性》，开篇第一节题为"坚信新科学"。因此，这篇论文被视为维柯形成"新科学"思想的年代标志。次年（1722年），维柯出版了《法学作品》，[①]其中的第 12 章"论史诗的语言，或论诗歌的起源"（De linguae heroicaesive de poeseosorigine）算得上荷马专论；在同年出版的《对两部书的注解》（*Notae in duos libros*）中，同样可以看到维柯在讨论荷马问题。[②]

由此可见，维柯的荷马研究与他的勃勃雄心相关，即应对新科学、新思想的巨大挑战，建构一套有别于新自然科学体系的有关人类生活的普遍法——后来的施米特所谓的"大地的法"。反过来则可以理解，荷马问题为何在维柯的《新科学》中占有很大篇幅，甚至处于枢纽位置。

《新科学》的成书经历

1725 年，57 岁的维柯在那不勒斯出版了《关于各民族的本性的一门新科学的原则，凭这些原则见出部落自然法的另一体系的原则》（*Principii di una scienza nuova d'intronoalla natura delle nazioni*），即如今简称的《新科学》的第一版。

按维柯的理解，所谓"新科学"指一种融合了哲学、语文学、史学和法学的科学方法，通过探究事物名称的起源来探讨事物的起源，最终目的是搞清人类政治生活的普遍法则。因此，这门新科学也是一种道德科学，它既不同于启示宗教的神学传统，也迥异于亚里士多德-托马斯的哲学传统，因为它必须为不断分裂的欧洲文明寻找新的普遍立法根基。

由于篇幅过于巨大，维柯无力负担出版费用，他被迫大幅删减初稿。在晚年撰写的《维柯自传》中，维柯特意提到删改后的《新科学》初版仅仅 288 页，其不满和无奈跃然纸上（《维柯自传》，页

---

① 　G. B. Vico, *Opere giuridiche*：*Il diritto universale*, introduzione di N. Badaloni, a cura di P. Cristofolini, Italiano：Journal Article，1975.

② 　列维尼，《维柯与古今之争》，前揭，页 127、页 128 注 1。

689)。的确,这部《新科学》耗费了维柯大半生心血。自准备写作时的 40 岁(1708 年)算起,《新科学》在 17 年后才第一次正式出版。这时维柯已经 57 岁,他甚感欣慰地在《自传》中宣称:凭靠此书,他为自己的祖国意大利赢得了傲视新教强国荷兰、英格兰和德意志王国的地位。

1725 年版的《新科学》并非定本,首版 5 年后的 1730 年,维柯又推出《新科学》第二版;14 年后,即 73 岁的维柯离世 6 个月后,他生前 9 次修改的《新科学》第三版(1744)面世,书名改为《关于各民族共同性的新科学的一些原则》(*Principii di una scienza nuova d'intronoal la comunenatur ad elle nazioni*)。可见,维柯一生都在精心锤炼他的"新科学",直至辞世:即便第三版的《新科学》仍非定稿,因为他留下的只是一部"几经修改而尚未完全定稿的手稿本"。

1928 年,意大利学者尼柯里尼(Fausto Nicolini)参照第二版编校 1744 年版,并在此版的基础上复原维柯手稿中"删去或作了重大改动"以及多次修改之处。这个编辑校勘本仍是西方学界通用的《新科学》意大利原文权威本,为与 1744 年版区别,尼柯里尼把这一版称为"增补本《新科学》"。①

我们必须注意书名中对"新科学"的界定:"关于各民族本性的一门新科学的原则"。严格来讲,现代社会科学中的民族学,即源于维柯的《新科学》。如果《新科学》的目的是要为整个关于人世的

---

① 尼柯里尼与克罗齐(Benedeto Croce)、金蒂勒(Giovani Giantile)合编了八卷《维柯著作集》(*Opere di G. B. Vico*,Bari, 1911—1941),是目前维柯研究学界通用的权威原文定本,《新科学》的第一版和第二版分别在第三卷(1931)和第四卷(1928,1942—1953 重订本)。尼柯里尼基于大量历史文献撰写的《青年维柯》(*La giovinezza di Giambattista Vico*,Bari,1932),至今仍是维柯生平研究的重要著述。《新科学》中译本所依据的英译本的译者前言详细说明了 1928 年尼柯里尼的意大利原文标准版《新科学》所增补的段落,1977 年出版 Paolo Rossi 编注的《新科学》意大利文笺注本也以尼柯里尼本为底本。

学问奠基,那么,关于"民族本性"的科学自然就成了关于人世的学问的基础。因而,政治思想史家沃格林曾这样评价《新科学》:

> 为政治和观念的科学奠定了新基础,可是这个新基础在他那个时代几乎无人知晓,所造成的直接影响也很少。从 18 世纪后期开始,包括整个 19 世纪,经常都可以找到维柯影响的印记。①

18 世纪那些鼎鼎大名的人物如孟德斯鸠、休谟、卢梭等,可能都或多或少接触过维柯的《新科学》。青年卢梭在法国驻威尼斯公国使馆工作时,曾读过维柯的《新科学》。有研究者甚至认为,卢梭的《论人类语言的起源》前六章中的语言学观点很可能来自《新科学》。

尽管如此,《新科学》以及维柯本人在欧洲思想界都长期默默无闻。在伯林看来,"维柯尽了最大的努力,尽可能多地把自己的思想展现给当时意大利国内外具有影响力、博学的批评家,但仍然没有获得他所预期的认可",这是由于当时"反对他的潮流太过汹涌"。②《新科学》初版整整一百年后的 1827 年,法国史学家米什莱(Jules Michelet,1798—1874)出版了《新科学》法译本(节译),维柯的时间才到来。

"新科学"新在何处

维柯自信地认为,《新科学》奠定的自然法原则足以取代荷兰的格劳秀斯(1583—1645)、英格兰的塞尔登(1584—1654)和德意志的普芬多夫(1632—1694)这三位大名鼎鼎的自然法思想家。因

---

① 沃格林,《秩序与新科学》,谢华育译,上海:华东师范大学出版社,2009,页 95。
② 伯林,《启蒙的三个批评者》,马寅卯、邓想译,南京:译林出版社,2014,页 137。

为,这些法学家没能成功地为欧洲提供新的政治秩序原则,而维柯自认为完成了这项重大的使命。他所发现的这门新科学的独特之处在于:

> 用一种新的批判方法,从各(异教)民族创始人所创建的民族流传的一些民间传统故事中耙梳出该民族创建过程的真相,而那些因其著作受到批判的作家则要晚于该民族创建人若干千年后才出生。(《维柯自传》,页690)

《新科学》明显带有向培根的《新工具》致敬之意。按维柯自述,他先后崇敬过四位先哲:柏拉图、塔西佗、培根和格劳秀斯。柏拉图作为形而上学智慧的代表探求了人类理性智慧的高贵性,塔西佗作为实践智慧的代表下降至现实利益层面:

> 塔西佗按人的实在样子去看人,柏拉图则按人应该有的样子去看人。(《维柯自传》,页668)

但维柯认为,这两位古代先贤各有所失,真正的哲人应该两者兼而有之。在他看来,柏拉图用"荷马的普通智慧与其说是要证实,毋宁说是要装饰他自己的形而上学智慧"(《维柯自传》,页682)。换言之,柏拉图没能理解荷马的精髓,只是想借诗来装饰哲学,忽略了诗人的真正价值。

至于塔西佗的学问,其基础不过是"一些零散而混乱的事实",没有形成一套完整的解释体系。从这个标准来看,似乎培根才是维柯心目中真正的哲人,因为培根"在理论与实践两方面都是全人"(《维柯自传》,页669)。

可见,维柯虽然表面上宣称柏拉图、塔西佗、培根等三位哲学导师启发他思考"理想的人类永恒历史的规划",实际上无论学术立场(贬抑古人)和学问方向(建立新的科学研究方法),他都跟随培根。

尽管如此,在维柯看来,就寻找一种新的适用于人类社会的普适性法则而言,培根的学术仍有欠缺:

> 培根虽看出当时涉及神和人的知识总和也还有待补充和纠正,但是涉及法律,培根并没有能使他的那些准则适用于一切时代和一切民族。(《维柯自传》,页 682)

由于前三者的种种欠缺,格劳秀斯成为了维柯的第四位导师:

> 格劳秀斯能用一种普遍法律于一切民族,能用一种体系来包罗全部哲学和语言学,而语言学还包括历史,即语言的事实和事件的历史(无论是真实的历史还是神话寓言),又包括希伯来,希腊和拉丁三种语言,即三种由基督教传下来的古代三种被人研究过的语言。(《维柯自传》,页 683)

与格劳秀斯一样,维柯的雄心是以一门"新科学"将圣史与俗史、哲学史与民俗史整合起来,构建一种具有普适性的人类普遍历史,抹平异教徒与基督徒之间的差异,调和新哲学与古希腊-罗马哲学,这意味着调和古今之争。

因此,维柯在《新科学》中依据对民族历史形成时的地理和历法的考察,提出所有民族都有自己的自然神学。正是凭这种自然神学,各族的人民都创造了自己的神,由此建立起本民族的生活制度和伦理法则。

为了让自己的论点建立在坚实的实证基础上,维柯推出了他的语言学研究法则。维柯所理解的"语言"不仅仅指语言、文字,还包括徽章、纹章、钱币等等。在他看来,人类的历史共有三种语言:预兆、徽章和文字。这三类语言分别对应人类历史的三个时期:神的时期、英雄的时期和人的时期。维柯凭靠这种语言研究来展开的"新科学"虽然对后来(19世纪后期)形成的人类学没有直接的影响,但他应当被视为现代人类学的先驱。

通过考察历史中的语言,维柯发现,"一切原始民族中的诗歌都起于同样的自然必要",而这种"自然必要"即民族习俗或生活方式的需要。民族语言的衍化清晰地反映了生活制度的变化,由于语文随时代而变化,各民族也逐步在本民族诗学的成熟过程中逐步认识到自己的民族本性。

因此,维柯在《新科学》最后一卷提出了一种文明循环论,即世上的各个民族都必然经历一种永恒复返的历史模式,即神的时代、英雄的时代和人的时代的关系是一种循环进程。与此相应,政体也有三种:神的政体、贵族政体和君主政体。

> 维柯式的文明循环论经由三个阶段完成:从诗人-奠基者氏族专制政体的原始有机统一,经由表现英雄与民主政体之过渡阶段的社会冲突,转向城邦民君主政体下不稳定的社会平等,随着该君主政体的瓦解,这个过程又重新开始循环。[1]

维柯大胆提出,如果依民族本性而言,那么,所有民族都会停驻在君主制阶段。因为,古代作家的理性思维与17世纪的欧洲流行的几何理性不同,他们凭靠"诗性智慧"而非数学式的理性来书

---

[1] 哈顿,《维柯的历史理论与法国革命传统》,刘小枫主编,《维柯与古今之争》,前揭,页92。

写自己民族的历史。为了证明这一点，维柯展示了自己对荷马史诗的全新理解。

荷马与诗性智慧

对维柯的"新科学"来说，他必须论证荷马的"诗性智慧"（Sapienza Poetica）与柏拉图的"形而上学智慧"具有同样重要的地位，因为诗性智慧代表的是诸民族的初民阶段的文明。因此，维柯格外重视"诗性智慧"的论述，《新科学》的第二版不仅扩充了"论诗性智慧"部分，而且用了整整一卷篇幅讨论荷马。他认为，通过荷马问题，

> 所有这些思想在其中都得到了发展；哲学与语文学，古代与现代也都以一种闻所未闻、出人意料的方式结合了起来。

在尼柯里尼编辑校勘的第三版《新科学》中，曾经 9 次删改此书的维柯最终仍将以"发现真正的荷马"（della discoverta del vero Omero）为题的第三卷置于全书中心位置。严格来说，第二卷与第三卷谈论的是同一个问题：诗性智慧及其代表者荷马。一旦把握住这个核心问题，《新科学》表面上逻辑散漫的叙述及其格言体的写作风格，就有了一条清晰的论述线索。

《新科学》开篇有一个总论，题为"本书的思想"，最后有一个结论，题为"论由天神意旨安排的每种政体都是一种最好的永恒自然政体"，两者框住全书五卷。第二卷"诗性智慧"的篇幅最长，而紧随其后的第三卷"发现真正的荷马"恰好处于最中间。可见，在这部现代式社会科学的先驱之作中，首要的问题是如何看待荷马。维柯以"诗性智慧"为荷马的思维方式一辩，表明他没有忘记年轻时让他震惊的"古今之争"中的一幕："崇今派"把伟大的古代诗人

荷马掀翻在地，随意诋毁抹黑，将其贬低为末流诗人。

维柯借《新科学》第三卷的标题"发现真正的荷马"向欧洲知识界宣布，自己已经"发现"一个前人没有发现的真正的荷马。"发现"（discoverta）和"真正"（vero）这两个词是关键，通过"发现""真正的"荷马，维柯企望证明，他"发现"了人类各民族"真正的"而且是普适的生活规则。

对《新科学》的如此谋篇布局，我们值得进一步追问下去：要为一切民族建构新的自然法原则的维柯何以把思考荷马问题放在重中之重？荷马的诗性智慧与人类各民族的立法基础有何联系？倘若我们要想认识至今仍然撕裂学术界的"古今之争"，返回其思想源头去审视这些至今仍对现代学术产生重大影响的思想史论题，那么，搞清维柯与荷马问题的关系是最佳进路，因为，"荷马与其说是维柯发现新科学的结果，不如说是其原因"。[1]

有一种观点认为：维柯借《新科学》来处理和回应古今之争中的荷马问题，摆明了自己的学问立场归属崇今派。当然，维柯的崇今立场不是基于数学-物理学新发现的那种"崇今"，而是基于另一种新发现的"崇今"。在伯林看来，《新科学》最为重要的思想贡献是将历史引入了真理概念，而这实际基于一种自文艺复兴以来逐渐形成的"一种强大的、卓有成效的历史方法"。[2]

这种观点仍然过于简单化，它很难解释维柯笔下何以还会出现一些贬低今人褒奖古人的观点。事实上，维柯在古今之争中的立场颇为复杂，因为他对待古代知识的态度颇为暧昧。维柯一方面，有极其坚定的基督教信仰，一方面又情不自禁地热爱启蒙。他既坚信古代自然法出自人的创造，又认为神意在人类历史上无所

---

① Michael Mooney, *Vico in the Tradition of Rhetoric*, Princeton, 1985, p. 201, 转引自列维尼, 《维柯与古今之争》, 前揭, 页 129, 注 1。

② 伯林,《启蒙的三个批评者》, 前揭, 页 176。

不在,就好像荷马相信宙斯神的旨意无所不在。面对思想面目复杂的维柯,如果要确认他的真实面目,就得从他精心写作的《新科学》的文本入手。从而,搞清荷马问题在《新科学》中的思想位置,是打开维柯思想的一把钥匙。

维柯是如何返回历史深处去还原荷马的真相的呢?

《新科学》第三卷"发现真正的荷马"开篇就提到诗性智慧,维柯把诗性智慧看作人类原始部落的神话创制的能力。

> 诗性智慧是希腊各民族的民俗智慧,希腊各民族原先是些神学诗人,后来是些英雄诗人。这种证明的后果必然是:荷马的智慧决不是另外一种不同的智慧。柏拉图《王制》却坚决认为,荷马赋有崇高的形而上学智慧,其他所有哲学家们都在附和柏拉图的意见,认为荷马赋有崇高的形而上学智慧,最先是(托名)普鲁塔克写了一整部书来谈这个问题。(《新科学》,780)

在维柯看来,由柏拉图开创的荷马解释传统无异于对历史真实的荷马的刻意曲解。换言之,荷马的真相一直掩盖在古典哲人的形而上学谎言之中。因而,《新科学》的首要任务是借助语文学、历史学、考古学的探察还原一个真实的荷马,揭穿柏拉图、亚里士多德-圣托马斯这一古典传统打造的荷马假象,回到一个被古典哲人遮蔽的民俗世界。

《新科学》第三卷宣告了一个令人震惊的发现:一直被古希腊-罗马异教徒们奉为伟大的城邦教育者的荷马在历史上并无其人。荷马只是"希腊人民中的一个理想或英雄人物性格",或者说"吟唱自身英雄时代的希腊自身"。因为,"不仅荷马,就连特洛伊战争的经过也不真实",这场希腊联军打了十年的战争在历史中"并不曾发生过"(《新科学》,873)。维柯由此得出的结论是:归于荷马名下的《伊利亚特》与《奥德赛》不可能出自一人之手。

直到 20 世纪，维柯的这一革命性的"发现"仍被视为他最为深刻的直觉之一：

> 50 年以后，在百科全书式的沃尔夫时代，学者们开始掌握希腊方言、制度和考古的知识，加上对比较资料如梵语文献的了解，才逐渐打破《荷马史诗》的孤立。①

维柯提醒读者，他在第二卷"诗性智慧"中已经证明过这一观点。他还扼要地回顾了这个论证过程：

> 希腊各民族最早出现的是神学诗人，随后是英雄诗人，这种证明的后果必然是：荷马的智慧决不是另外一种不同的智慧。但是，柏拉图的《王制》却坚决认为，荷马赋有崇高的形而上学智慧。（《新科学》，780）

可见，维柯与柏拉图评价荷马的分歧在于：荷马具有诗性智慧还是形而上学智慧。不过，维柯在此给出的论证过于简扼，可谓语焉不详。因为，即便证明了希腊各民族先后出现过神学诗人、英雄诗人，我们仍然很难由此推断荷马的智慧不是形而上学智慧，而是诗性智慧。

要充分理解维柯这个令人费解的结论，我们有必要回到题为"诗性智慧"的第二卷去看他的论证过程。换言之，诗性智慧与形而上学智慧的差异是理解维柯的"荷马问题"的关键，也是新科学的立论基础。

---

① 莫米利亚诺，《论古代与近代的历史学》，晏绍祥译，北京：北京大学出版社，2015，页276。

诗性智慧与形而上学智慧

按维柯的理解，荷马到底拥有何种智慧，是他与柏拉图以降所有哲人的重要而且尖锐的分野点。可是，柏拉图在《王制》中真的认为荷马拥有形而上学智慧？这个问题我们暂且放下，先来看看维柯说的诗性智慧到底是什么。

在第二卷中，我们可以看到，在"诗性智慧"这个标题下，维柯列出了 11 种名称：诗性形而上学、诗性逻辑、诗性伦理、诗性经济、诗性政治、诗性历史、诗性物理、诗性宇宙、诗性天文、诗性时历和诗性地理，然后分十一章分别论述之。由此可见，"诗性智慧"是整个《新科学》的立论基础，维柯想要在此基础上来创建一套百科全书式的人类科学体系。然而，究竟什么叫作"诗性智慧"呢？

在第二卷开头（引论部分），维柯首先给"智慧"下了这样一个定义："它主宰我们为获得构成人类的一切科学和艺术所必要的训练。"接下来，他进一步引用了两个关于智慧的古老定义，并分别加以阐发。第一个是柏拉图在《阿尔喀比亚德前篇》(124e)中给出的定义："（智慧）使人更加完善。"维柯由这个定义推导出以下观点：由于人是由心智和灵魂或者说理智和意志两部分构成，柏拉图式的智慧是完善人的理智和意志，由理智引导意志去谋求至善至美之物。

> 最终，心智(mente)受一种至高之物的知识启发，引导灵魂(animo)去选择至好之物。宇宙中那些朝向并且与神结交的就是至高之物；那些谋求全人类的善就是至好之物。前一种称为属神事务，后一种称为属人事务(humane cose)。由此可见，真正的智慧应该教授属神事务的知识，以便把属人事务引向至高的善。(《新科学》,364)①

---

① 朱光潜译本将 cose 译为"制度"，当为"事务"。

在维柯看来,宇宙中存在两类事务:至高的属神事务和至善的属人事务,柏拉图的形而上学智慧最终引导人的意志运用理智去认识至高的神法和至善的民法。维柯随后在"诗性政治"一章中用了相同的说法:政治事务的主权者即"至高的政治人物"(sovrana civil persona)也是由心智和身体两部分组成,哲人阶层属于主权者的心智——这是好政体的第一个永恒特性。维柯甚至说,一个没有哲人阶层组成的政权,其实是"死的无灵魂的躯体",即便它拥有政治共同体的身体和外形。

好政体的第二个永恒特性是:政治共同体内分工明确,一部分人运用心智实施统治,另一部分人则利用身体承担"和平和战争时期"所必需的商业和工艺活动。好政体的第三个永恒的特性是:"心灵永远应发号施令,身体应经常服从"(《新科学》,630)。

从前后文来看,我们可以这样来理解维柯的这番话:哲人是城邦的心智,民众则是城邦的身体。哲人的教诲是民众可完善的前提,哲人在神意的启示下,认识到属神的事务和属人的事务,其职分就是引导民众选择对于城邦最好的东西。

维柯的说法会让我们想到《奥德赛》中费埃克斯人由13位"执权杖的"王公组成的政体,为首的费埃克斯王阿尔基诺奥斯恰恰具有某种哲学知识,即技术智识,其他王公们恐怕也大多服膺这种智识。那么,荷马笔下的这个城邦是好城邦吗?我们知道,费埃克斯城邦大概只能对应柏拉图《王制》中猪的城邦,那里的人无意义地生,无意义地死。

维柯引用的第二个关于智慧的古老定义出自荷马的《奥德赛》(8:63):智慧是"关于好与坏"(scienza del bene e del male)的知识,后来叫作占卜术(divinazione)。那么,在《奥德赛》的原文中"好""坏"到底指什么呢?

荷马在随后的诗行中有解释:缪斯取走了"歌手"的眼睛,但给了他甜美的歌声。显然,诗里的"好""坏"指歌手的人生遭际的幸与不幸。① 如果维柯认为能够理解并洞见到人生中的各种难以预料的遭际，能承受个体生命，乃至民族共同体身上的偶然性，便是荷马的诗性智慧所教诲的知识，那么，真正拥有智慧的就不会是阿尔基诺奥斯为首的王公们，而是奥德修斯以及费埃克斯人的王后阿瑞塔。

但是，我们别忘了维柯是虔诚的天主教徒。对他而言，异教的智慧不过是他引入启示宗教的进阶。所以，维柯进一步说，犹太教和基督教都先后脱胎于这类"自然不允许凡人掌握而加以禁止"的智慧。在诸异教民族中，智慧的最初特性就是"凭天神预兆来占卜的一种学问。这就是一切民族的民俗智慧"（《新科学》，365），换言之，这类智慧是初民智慧。

我们本来会望文生义地以为，"诗性智慧"与诗人的天赋相关，读到这里才知道：维柯所说的"诗性智慧"是"一切民族的民俗智慧"！尤其值得注意，维柯把自己从荷马那里发现的这种诗性智慧也视为一种知识，即"按照神的预见性这一属性来观照天神"的知识。依据占卜（divinari）与神道（divinity）两词具有词源上的亲缘性，维柯认为，神的本质或神道其实出自"占卜"一词。

那么，所谓"诗性"这个含义又是怎么来的呢？维柯说到了神学诗人（poeti teologi），这类人精通玄秘神学，"能解释预兆的神谕中的天神奥义"（《新科学》，381），在古希腊他们被称之为 mystæ。维柯还说，贺拉斯正确地把这类诗人理解为"诸天神的传译者"，即占卜者、祭司、先知一类。于是，神学诗人在维柯看来就是诸异教民族的早期创建者，而"神谕就是异教世界的最古老制度"（《新科学》，381）。

看来，维柯是从荷马诗作中随处可见的神谕得此洞见。奥德

---

① 　这两个词在维柯原文中用的是 bene e del male，英译本译为 good and evil，朱光潜先生译为"善"和"恶"。

修斯、圆目巨人波吕斐摩斯身上背负着预兆个人命运的神谕,费埃克斯族身上有关于全族人命运的神谕,《奥德赛》中的神谕无处不在。

但是,维柯却把占卜、偶像崇拜、祭礼的起源——古代城邦的这些生活方式通通归结于原始人类简单而粗糙的理智,《新科学》称为圆目巨人族的智慧。他们依靠感官想象,出于对大自然神秘力量的恐惧产生出这一系列的习俗。这些习俗都源起于巨人们对于天神奥秘的渴望和畏惧,从而服从于那些自称掌握神谕的神学诗人。因为,他们自称能从各种预兆与自然符号中探知天神的意旨。

由此可见,维柯所谓的诗性形而上学(metafisica poetica),即指早期的形而上学。神学诗人就是掌握了诗性形而上学的少数人,是早期异教世界的哲人,他们所使用的语言是"无声的宗教动作或神圣礼仪",在维柯看来,这就是神心中的语言(《新科学》,401、972)。

> 诗性的智慧,这种异教世界的最初智慧,一开始就要用的形而上学,不是现在学者们所用的那种理性的抽象的形而上学,而是一种感觉到的,想象出的形而上学。(《新科学》,375)

因此,维柯按历史分期把形而上学分为两阶段:早期形而上学和理性形而上学,早期形而上学是以感知为主的诗性智慧,理性形而上学则是以抽象理性为主的形而上学智慧。早期形而上学与理性形而上学一样,也派生出两类学问:第一,神的学问(物理学、宇宙学、天文学、时历学和地理学);第二,人的学问(逻辑学、伦理学、经济学和政治学)。(《新科学》,367)

这样一来,维柯就把诗性智慧(民俗智慧)提到与形而上学智慧同等的地位,两者之间的差别在于所处的人类历史阶段不同,并无高下之分。前者偏重身体的感官印象,创制了异族宗教和诗,后者偏重心灵的理智认识,建立了人类自然科学体系和政治制度。

维柯大胆宣称,他已彻底推翻了从柏拉图和亚里士多德直到近代意大利文艺复兴时期的斯卡里格(J. C. Scaliger,1484－1558)、卡斯特尔维特罗(L. Castelvetro,1505－1571)及帕特里齐(F. Patrizzi,1529－1597)建立的新古典诗学(Poetica)传统(《新科学》,384)。按照这个哲学-诗学传统,荷马通常被认为是具有形而上学智慧的城邦教育者,诗起源于拥有形而上学智慧的诗人的创制,是对政治制度的模仿和再现。

与此不同,维柯要论证的是:荷马仅仅拥有诗性智慧,即凭感官和想象来建立一整套社会制度的民俗智慧。由此我们可以说,维柯寻找真正的荷马的用意是,重新回到大地深处寻找人类智慧的起源,找回人类政治生活的根基,以此抵抗近代以笛卡尔为代表的理性智慧。

为何是荷马?

作为诸民族的最早创建人,既然神学诗人只有基于感官想象力产生的民俗智慧,并无形而上学的抽象思维亦即形而上学智慧,在维柯看来,传统说法把异教诸民族的起源归因于极少数拥有极高智慧的哲人创建,就站不住脚了。在维柯看来,异教民族的立法者不可能是哲人,只会是神学诗人。

神学诗人利用诗性形而上学(占卜术)制作了神谕,这些神谕就是诸民族的早期诗歌。按维柯的解释,俄耳甫斯用音乐驯化猛兽的传说,其实指神学诗人利用高贵的谎言(神谕)把自然野蛮人驯化成城邦民。神学诗人俄耳甫斯的这些谎言并没有形而上的智慧,只不过是基于感官想象的民俗智慧,也就是形象化的诗性智慧。

维柯的这一说法让我们想到,卢梭在《社会契约论》中所说的强者驯化野兽的寓意,可能另有所指。这一喻意的源头,很可能是《奥德赛》中的那个带有寓意的情节:奥德修斯凭靠摩吕草抵挡神女基尔克将人变成野兽的迷幻术。哲人离不开诗的谎言,而神学诗人的谎言既能把人变成野兽,也能把野兽般的人驯化成理智的人。

表面看来,维柯由此解释了异教民族的起源,但其真实意图是否在于借此暗自攻击启示宗教,也说不定。① 由于把诗性智慧的起源归于人的感官想象,维柯得以把政治制度的起源归于早期神学诗人对自然界的想象和感觉,从而否认了政制出于自上而下的神授:既非来自某个神秘时刻的神启,也非出于哲人立法者的形而上学智慧。这是维柯让后世思想家感到最具有革命性的观点之一:人只能认识自己所创造的东西——伯林对此大加赞赏。②

换言之,人只能从内部获得自我认识,对于外部自然世界,人永远是一个陌生的存在。人无法认识神意创造的世界,但是人可能凭感官来认识自己身处其中的社会,因为这是人类自己一手创造的。在这个意义上,我们可以理解,为何维柯要用"诗性"来命名这种原初的智慧:希腊文的"诗"出自动词"制作"。早期人类的民俗智慧其实就是制作的智慧,各民族早期的诗源于制作,其政治制度同样源于制作。

因此,在维柯看来,古罗马的十二铜表法不过是早期罗马人的民俗智慧的成品,并非如传统说法所说来自哲学智慧。为了论证这一点,维柯再次用上了如今所谓语源学式的论证方式。凭靠这类起源研究,维柯自豪地宣称,古人的智慧不可超逾的看法完全站

① 安布勒,《施特劳斯讲维柯》,刘小枫编,《从普遍历史到历史主义》,北京:华夏出版社,2017,页282,291;沃格林,《革命与新科学》,前揭,页149—152。
② 伯林,《启蒙的三个批评者》,前揭,页131—136。

不住脚(《新科学》,384)。就我们眼下关心的问题来说,重要的是,维柯的这一观点与荷马相关,如莫米里亚诺所说,

> [维柯]小心地在《荷马史诗》与《十二铜表法》之间建立起对应的关系:两者都是集体的产物;两者都潜藏在"英雄式的"语言中,两者之中都浓缩着从原始的野蛮风俗走向英雄时代相对成熟这一渐进转变过程的不同阶段。①

说到底,在维柯看来,形而上学智慧与诗性智慧都源于原始人粗糙的诗性形而上学(即制作的形而上学)。同样,诗与宗教有相同的起源,都源自一种特有的材料——"可信的不可能"(l'impossbilie credibile)。神学诗人利用这类特殊材料,凭靠感官想象而非理智在异教民族中创制了宗教,也创制了诗。

既然维柯这样看待异教民族的宗教和诗的起源,他接下来就得面临如何看待诗人荷马一直具有的崇高地位问题。倘若诗性智慧只是人类的童年时期特有的产物,用维柯自己的话说,"诸异教民族的原始祖先是发展中的人类儿童"(《新科学》,376),那么,维柯必须解释:荷马为何被传统视为有史以来的最伟大诗人。

在《新科学》第二卷里,维柯已经对这个问题给出了一个简要的解释:由于"人类欠缺推理能力,才产生了崇高的诗",一旦人类进入理性占支配地位的时代,就再也产生不出崇高的诗。换言之,诗属于感官发达的时代,宗教同样如此。原始人粗鲁无知,单凭肉体方面的想象力,就以"惊人的崇高气魄"创造出宗教,创制出最早的神法和涉及婚姻、祭祀和葬礼等制度的民法。文明人的心智突破了感官的限制,能够充分运用理智来认识世界,已进入人类的成

---

① 莫米里亚诺,《论古代与近代的历史学》,前揭,页276。

年,从而不可能再回到孩童时期,去理解和体会早期人类的"巨大想象力"。(《新科学》,376)

按照这番道理,与其说后代诗人无法企及英雄时代的荷马的高度,不如说成年人没法还童,重新变得幼稚,凭感官和想象力来生活。这样看来,维柯掉入自己制造的悖论之中。他从为荷马辩护为起点,却又跌入了崇今派的逻辑陷阱。

可是,在《新科学》中,维柯又显得把荷马的位置摆得很高。《新科学》开篇就说:荷马诗作中隐藏着诸民族早期生活的"事实真相"。

> 前此荷马是无人知道的。他把诸民族中的寓言(神话)时代的事实真相都隐藏起来不让我们知道,至于昏暗时代的事实真相是无人敢问津的,更是如此,结果是历史时代中各种制度的真正根源也被隐藏起来。(《新科学》,6)

我们应该如何来理解维柯对荷马的基本评价所具有的否定和肯定两面性呢?不妨这样来讲:维柯做的是 19 世纪以来的哲学、史学、人类学热衷做的核心工作,这就是让英雄时代的圣贤去神圣化,让神圣的传说还原为人性的自然史。反过来说,维柯是 19 世纪以来日渐兴盛的实证史学和人类学的伟大先驱。要对荷马做去神圣化的手术,就得既揭示其诗作不过是"诗性智慧"的成品,还得看到其诗作中隐藏着古代诸民族的真实历史:荷马名下的两部史诗是仍在野蛮状态中的"希腊诸民族的自然法的两座宝库"(《新科学》,7)。

这样一来,荷马诗作虽然不再是圣书,仍然算得上极为珍贵的历史文献。毕竟,荷马属于英雄时代的教育者,他的智慧适合英雄时代的习俗,同时也是英雄时代习俗的反映。就此而言,在维柯看来,古今知识孰优孰劣的论争毫无意义,无论崇古派还是崇今派,都没有把握住历史发展的特征。荷马的伟大属于过去的英雄时代,同样,摩西律法也只能属于"刚脱离世界大洪水的杜卡良和庇拉夫妇那批人"(《新科学》,919),他们都代表人类历史某个阶段的特征。

在本部分一开始时说过,维柯的抱负是完成培根没有完成的"新科学"计划,要重新制作出一种适用于全人类的普遍法则。要实现这一目的,首先得清理人类关于普遍历史和自然法的思想源头,毕竟,这是后来一系列思想谬误的源头。荷马被去神圣化之后,其诗作的真实身份也就显露出来了。

接下来需要做的是:澄清荷马诗作中所反映的民俗智慧及其与自然法相关的所有问题。只有澄清了"荷马问题",才能凭靠培根所揭示的新经验理性来建构适应所有民族发展历史的新科学。

因此,《新科学》在头两卷已然论证过荷马具有诗性智慧而非形而上学智慧之后,维柯还要用整个第三卷来着重处理"荷马问题"。"新科学"显然是针对"旧科学"而言的,只有搬掉"旧科学"这个绊脚石,维柯的"新科学"体系才能有立足之地。通过重新定义荷马,维柯趁机清除古典哲学传统中的思想起点,唯有清除荷马这个例外之后,维柯才能顺理成章地讨论人类的普遍历史的进程。

打造新荷马

在柏拉图《王制》的第三卷中,苏格拉底对诗人荷马提出了指控,维柯在《新科学》第三卷第一部分却显得是替荷马回应苏格拉底的指控。可以说,维柯对柏拉图的辩驳构成了题为"寻找真正的荷马"的第一部分的内在思想线索。

然而,让人感到蹊跷的是,柏拉图在《王制》中从未宣称荷马诗作中有什么形而上学智慧,维柯何以会对柏拉图提出如此辩驳?明摆着的文本事实是,苏格拉底指责诗人荷马缺乏哲学智慧,不能胜任城邦教育者的责任。荷马的诗歌对于灵魂教养毫无用处,让人放任自己的激情,动摇了城邦的政治基础。显然,柏拉图笔下的苏格拉底对于荷马的指控是政治哲人的指控,攻击荷马诗歌导致了享乐主义和毫无节制的情欲享乐。

另一方面,如笔者在第二章所展示的那样,柏拉图笔下的苏格拉底在诗艺上处处模仿荷马,甚至模仿荷马笔下的奥德修斯。维柯对柏拉图的误读太过明显,以至于很难说是真的误读,倒有可能是故意误读。倘若如此,就需要推测维柯刻意误读的理由。由于维柯所建立的普适的新科学是以民俗智慧(诗性智慧)为基础,而非形而上学的智慧为基础,可以推测的一个理由是:维柯刻意曲解柏拉图对荷马的指控,为的是重新把荷马打造为民俗智慧的化身。

可是,民俗智慧不是人类初级阶段的智慧吗?为何维柯建立普适的新科学时要以民俗智慧为基础?要回答这个问题,就涉及维柯对诸民族历史过程的看法。维柯把普遍历史分为三个阶段:神的时代、英雄的时代和人的时代,相应地有三种政体:神权政体、贵族政体和人道政体。[①] 通过历史考察,维柯大胆地预测,人类历史的第三阶段——人的时代即将到来。

因此,维柯在《新科学》最后一章力图论证:"由天神意旨安排的每种政体都是一种最好的、永恒的自然政体。"在他看来,不同的时代适合相应的政体,诸种不同的政体皆是神意按不同时代的整体特征所安排。

在神的时代,宗教是驯化原始初民的凶狠和残酷的唯一手段,因而需要神权合一的政体。在英雄时代,少数"类属人类而非野兽的"英雄自称是天神所造,凭借这种自然的高贵性,这些少数英雄

---

① 维柯指出,自由民主政体和君主专制政体都属于人道政府,但按照维柯勾画的政制发展次序,民主政体在君主政体之前(《新科学》,927、939、953)。

们创建了贵族政制，对劣质的多数人施行统治。到了第三个时代，即多数人统治多数人的时代，则是基于"人的自然本性"的时代。在这个时代，人的自然本性不同于神的时代和英雄时代的人。"人的自然本性"已经变得"有理智"，谦恭、和善、讲理，"把良心、理性和责任感看成法律"，因而需要民主政体（《新科学》，916－918）。换言之，人的时代就是民主的时代——"把自己的政治责任感教给每个人"，民俗是"有责任感"的民俗，与英雄时代"暴躁、拘泥细节"的民俗不可同日而语（《新科学》，921）。

可以说，维柯在历史即将发生重大转折的时刻预见到民主时代即将来临，但他并不承认，这就是人类普遍历史终结的地方。他认为人类历史始终处于一个永恒循环的历程，对于人类而言，最好的政治制度仍然是君主政制（《新科学》，936、951、953）。①

既然如此，荷马所代表的民俗智慧何以对民主时代有益呢？关键在于，维柯认为，三个时代并非呈现为直线式的历史历程，而是交替出现的历史。比如，中世纪在维柯眼里就是野蛮时代的复归，接下来会是英雄时代和人的时代的复归。按照维柯的逻辑，如果说荷马是第一个英雄时代的立法者，哲人柏拉图是第一个民主时代的立法者，那么，但丁便是英雄时代复归后的立法者，民主时代复归后的立法者就应该是维柯自己。换言之，维柯接替了哲人柏拉图的立法者位置，期望通过重铸一个新荷马，为人的时代复返创建新的立法基础。

吊诡的是，奉柏拉图为师的维柯一直思考如何从一个全新的角度重新定义古今优劣的问题，但他的反思并没有使古人赢得更体面更尊贵的位置，反而强化了荷马问题的现代性。

---

① 比较《新科学》讨论君主专制的段落：927、936、951、953、994及以下，1007及下页。维柯认为"君主独裁制是理性充分发达时最能适应人性的一种政府形式"（《新科学》，1008）。

荷马问题的现代性

维柯的《新科学》标志着现代式社会科学的诞生。正如维柯自己宣称的：他要建立一门"与有关物理现象的科学对立的，真正的本质科学，它将是一门可以与自然科学相匹敌的有关政治的科学"。如同新的自然科学诞生必须排除基督教的宇宙观和创世论一样，维柯的"新科学"也必须抛弃他那个时代处处援引圣经的做法：整部《新科学》仅有两次提及耶稣基督，两次提及"摩西的黄金格言"。维柯"发现真正的荷马"的努力与马基雅维利在《论李维》中对待圣经一样，抬高李维仅仅是为了将他以及圣经权威一同打倒。① 因此，维柯大量引用了古代寓言、法律、历史、习俗、宗教、哲学和政治经验。

由此，我们或可以说，处于古今之争语境中的维柯，其思想中充满了悖论。他虽痛恨启蒙，却又以最大的热情去质疑古代圣贤，揭穿了古典哲人的哲学谎言，极力还原一个所谓历史的荷马真相。而荷马问题在维柯的思想中之所以如此重要，原因仅仅在于，维柯把荷马史诗视为"古希腊习俗的政治历史"。但作为"古希腊部落自然法的两大宝藏"，荷马史诗仍然可以为现代民主政制提供新的根基。

凭借寻找荷马，还原荷马历史真相的思想行动，维柯强调民俗智慧与形而上学智慧、神道智慧具有同等重要性，三者之间不存在德性上的优先次序，而是人类不同历史时期的产物。如果说神的时代和英雄的时代占主导地位的是神道智慧和形而上学智慧，那么，自由民主的时代就应该是新的民俗智慧占主导地位。

二　近代乌托邦思想中的荷马魂影

当卢梭的笔下出现荷马的名字时，诗人荷马在 17 世纪末以来

---

① 安布勒，《论施特劳斯谈维柯》，前揭，页 287。

的"古今之争"中遭受折磨已经半个多世纪。从而,卢梭与荷马相遇并非一场始料未及的奇遇,而是有着近百年风起云涌的思想史发展的铺垫。

卢梭在近代思想史上被视为伟大的民主政治思想家,他关于民主政制建设的思想迄今是人们思考最佳政制问题的宝藏。不过,目前学界仍面临一个理解卢梭的难题:卢梭的民主政治论究竟是着眼于实际的政制设计,还是仅仅纸上谈兵? 换言之,卢梭究竟是在致力于设计实际的民主政制,还是仅仅在构造一个言辞中的民主城邦? 要厘清这个思想史上的难题,我们仍然要回到荷马的《奥德赛》。

我们在第二场中看到,荷马笔下的费埃克斯城邦其实仅仅是言辞中的城邦,言辞诡异的奥德修斯也参与了打造这个言辞中的城邦。显然,诗人荷马打造这个言辞中的城邦,为的是探问和思考何谓最佳城邦,即奥德修斯所说的"最最美好的东西"。后世的西方哲人、诗人、史家无不是在荷马搭建的言辞之城中思考这一问题。

但是,西方近代思想史上出现的所谓乌托邦思想中飘荡着荷马的魂影吗? 换言之,荷马笔下的费埃克斯城邦算得上西方思想史上最早的乌托邦吗? 言辞中的城邦与乌托邦是一回事?

考察过维柯与奥德修斯问题的关系之后,笔者再来考察西方近代思想史中的乌托邦书写,乃因为近代乌托邦思想关于何谓最佳城邦的思考与维柯的思想方向刚好相反:维柯致力于回到人类历史的原初状态,其探究具有后来的实证史学乃至人类学的诸多特征;与此相反,乌托邦思想不可能这么思考。

让我们还是从柏拉图开始吧,因为,他恰好站在荷马与西方近代以来的思想家之间,而他的《王制》也的确被后来 20 世纪的好些学人称为乌托邦思想的元祖。[①]

---

① 参见赫茨勒,《乌托邦思想史》,张兆麟等译,北京:商务印书馆,1990,页 90—118。

言辞与行动

在柏拉图的《王制》卷二中,我们读到,苏格拉底对一群热爱智慧的青年说:

> 来吧,现在,我说,让我们从头建一个言辞中的城邦。
> 看起来,我们的需要会把它建起来。(369d1)

说这话时,苏格拉底正在老人克法诺斯(Cephalus)的家中。

那天,苏格拉底与格劳孔一起下到佩莱坞港,苏格拉底要到这个离雅典有将近一天路程的港口去观看异邦人的节日游行(327a)。苏格拉底没有告诉我们,他为什么想去考察这个祭拜异邦女神本狄斯的节日,而我们若用维柯喜欢用的语源学方式来看,这个女神可谓大有来头。

先说女神本狄斯是何方神圣。据现代的古典学者考证,她是希腊北方色雷斯地区的一个狩猎女神,其职能类似于奥林波斯的狩猎女神阿尔忒弥斯,因此也被称为色雷斯的"阿尔忒弥斯神"。[①]在伯罗奔半岛战争初期,色雷斯与雅典城邦交甚好,因此这个外邦的节日也开始出现在雅典的港口,那里生活着不少外邦来的侨民。

庆典在每年六月初,苏格拉底观看的这次庆典刚好是佩莱坞港的外邦人(色雷斯人)第一次过自己的节日。色雷斯在哪里?查看一下古代历史地图就知道,这个地方离雅典很远,在特洛伊正北,东临黑海,但靠近荷马笔下的故事发生的地方。[②]

我们不清楚,为什么苏格拉底会对这件事情好奇,因为他从不凑热闹;而且,为何他偏偏与格劳孔这个有志投身雅典政治事业的

---

① 参见刘小枫,《柏拉图笔下的佩莱坞港》,见刘小枫,《王有所成》,前揭,页 2—21。
② 关于荷马笔下的古代地理,参见波德纳尔斯基编,《古代的地理学》,梁昭锡译,北京:商务印书馆,1986,页 2—21。

青年人一起去，也不清楚。但若我们注意到苏格拉底后来提到，他的此行与女神本狄斯的节日有关，问题似乎就有了眉目。① 但要从语源学乃至古代地理角度探究色雷斯的"阿尔忒弥斯神"，我们就得回到《奥德赛》的第六卷，当时，奥德修斯刚刚踏上斯克里埃岛——荷马恰好在那里提到林中狩猎女神阿尔忒弥斯。

我们记得，从海难中逃生的奥德修斯正好躺在海滩休息，硬生生地被一群少女的嬉闹声吵醒，而这群少女为首的正是费埃克斯的公主瑙西卡娅，荷马将美丽的公主比作阿尔忒弥斯：

> 白臂的瑙西卡娅再带领她们歌舞。有如狩猎的阿尔
> 忒弥斯在山间游荡，翻越高峻的透革托斯和埃律托斯山，
> 猎杀野猪和奔跑迅捷的鹿群愉悦。（6.101－104）

少女们惊醒了沉睡的奥德修斯，瑙西卡娅成为奥德修斯在斯克里埃岛上的第一个乞援人，好心的公主赠他蔽体的衣裳和饮食。可以说，没有费埃克斯的"阿尔忒弥斯"——瑙西卡娅的一系列指点和帮助，奥德修斯不可能顺利回到家乡伊塔卡。善良美丽的公主瑙西卡娅与奥德修斯相遇的一幕可以说是《奥德赛》整部诗中最美好的场景之一，公主对奥德修斯一见倾心，暗生情愫。面对奥德修斯必将离去的结局，瑙西卡娅凝视着这个生命中的过客，忧伤地对奥德修斯说，希望他返乡也能记住自己。（8.461－462）

对此，理智的王者奥德修斯回答得很冷静，甚至有些敷衍，他淡然许诺，倘若自己能如愿回到家中：

> 那时，我将会敬奉神明那样敬奉你，一直永远，姑娘，
> 因为你救了我。（8.467－468）

---

① 参见刘小枫，《柏拉图笔下的佩莱坞港》，前揭。

　　回到伊塔卡的奥德修斯没有记起费埃克斯的"阿尔忒弥斯"，自然也没有如敬神般永远记得那个异邦的女孩儿。不过，柏拉图似乎通过这个细节暗示，他笔下的"奥德修斯"即苏格拉底将会替荷马的奥德修斯去兑现这一承诺。同时，这个史诗典故也将苏格拉底在克法洛斯家里探讨最佳政体的情节，巧妙地置于荷马的叙事情境中。奥德修斯在理想之城费埃克斯城的惊异和观看，如同苏格拉底随后在言辞城邦中的种种惊异和观看。

　　回到《王制》开头，观看完本地人的节庆和色雷斯人祭拜完色雷斯的"阿尔忒弥斯"的庆典后，苏格拉底着急回城，却被克法洛斯的大儿子珀勒马科斯（Polemarchus）这个外来移民缠住，苏格拉底被迫与他们一起回家聊聊哲学问题。我们知道，在这个远离雅典城的叙拉古移民富豪的家中，苏格拉底将和一帮青年人讨论城邦的本质以及何谓最佳城邦的问题。

　　谈话刚开始时，苏格拉底与克法洛斯和珀勒马科斯分别谈了老年和区分敌友与正义的关系的话题，随后与暴脾气的智术师忒拉绪马霍斯（Thrasymachus）有过一番关于"正义是否是强者的权力"的争论。苏格拉底在言辞上战胜忒拉绪马霍斯后，与他同行的格劳孔却缠了上来，于是才有了笔者在前面引过的那句话："让我们从头建一个言辞中的城邦。"

　　这句话隐含着这样一个意思：言辞中的城邦是基于我们的需要。如此问题便来了："我们"指谁？为什么我们需要建立一个由言辞承载的城邦？言辞中的城邦有多少现实的可行性？最核心的问题是：哲人在多大程度上愿意推行由言辞制作的最佳政制？毕竟，在这场关于最佳政制的讨论中，苏格拉底曾无奈地承认：在哲学成为统治城邦的主人之前，由于城邦与邦民皆生活在恶中，言辞中的城邦不可能实现。（《王制》502a10—e3）

　　苏格拉底与其热爱智慧的伙伴意欲在言辞中建立一个崭新城邦基于两个前提：第一，年迈体衰的克法诺斯离场去照看祭礼；第

卢梭说过,最伟大的哲人可能就是那位英格兰的大法官。法国启蒙思想家视他为必不可少的先驱。[①]

西方学者多将卢梭的《社会契约论》与莫尔的《乌托邦》、培根的《新大西岛》相提并论,从中辨析三种最佳城邦的异同。笔者在13年前撰写博士论文研究卢梭《致达朗贝尔的信》时,就对其中描述的洛夏岱尔寓言感到费解,直到读过莫尔和培根言辞中的城邦,才大致寻找到求解的线索。三个文本都采用寓言体,因此,从分析卢梭的洛夏岱尔寓言对《乌托邦》和《新大西岛》中最佳城邦理念的承继与背离入手,应该是恰当的进路。[②]

何谓最佳城邦的奥德修斯问题首先由柏拉图的兄弟格劳孔向苏格拉底提出,当时雅典民主正处于由盛至衰的历史时刻。苏格拉底回避了最佳城邦的现实可行性这一问题,他婉转地表明:哲人在言辞中建立的只能是现实政制的一个理想范本,最乐观的状况是以最接近范本的方式去治理地上的城邦,而非复制一个完全相同的最佳城邦。换言之,柏拉图-苏格拉底认为,在城邦正义问题得到解决之前,言辞中的城邦不可能完全实现。(《王制》471c5)

看来,柏拉图离老辈子诗人荷马的教诲还不是太远,现代哲人就不好说了……

本撒冷岛上的"费埃克斯人"

培根的《新大西岛》与柏拉图的《蒂迈欧》有思想史关联,但在柏拉图的对话中,这个大西岛并不完美,它只是通向完美大陆的桥

---

① 朗佩特,《尼采与现时代:解读培根、笛卡尔与尼采》,李致远等译,北京:华夏出版社,2009,页16。

② 在《王制》第四卷中,苏格拉底将贵族制和君主制称为最佳政制:"如果统治者中一个卓越的个人统治,它将被称为君主政体,若有多个卓越者统治,则为贵族政体"(445d),共和制与民主制次第则要低于前两者。

梁(《蒂迈欧》25a)。狂妄且好大喜功的大西岛人入侵希腊时,被梭伦率领的希腊军队剪灭,整个岛屿没入海底变成了淤泥。

　　培根的《新大西岛》似乎从海底"捞起"了大西岛,让它重新浮出海面。由此不难理解,新旧大西岛会呈现出迥异的面目。有研究者指出,培根这部寓言质疑了柏拉图的《王制》、《蒂迈欧》、《克里提阿》乃至莫尔的《乌托邦》。[①] 培根的新大西岛更像是升级版的费埃克斯城邦,这里充满着进步和希望,而这种希望与科学事业的高度发展联系起来。

　　《新大西岛》的本撒冷人(Bensalem)与《蒂迈欧》里狂妄好战的大西岛人不同,他们更为理性和冷静,甚至比生活在《乌托邦》艾默若(Amaurot,源自拉丁文 amauroton[无明,混沌])城的人们更为自信。古大西岛人的狂妄自大摇身为神秘的萨罗门科学院(Salomon's House)内的科研热情,在培根笔下,这个学院又称"六日工作学院"(College of the Six Days' Works)。培根解释说,这个名称来自希伯来的上帝在六日中创世的说法。

　　这里隐含着一种对比:重建新大西岛的所拉门纳王(Solamona)可与旧约中创世的上帝相提并论,作者将凡人的王者升至与神对等的位置,不啻于渎神。这比《奥德赛》中费埃克斯国王阿尔基诺奥斯有过之而无不及。阿尔基诺奥斯仅仅是宣称神明常在祭祀时与本族人同坐同饮,没有差别,在洋溢着进步乐观的培根这里,掌握科学技术的所拉门纳王能与上帝平起平坐,甚至取而代之。

　　　　培根把科学院的名字拼作萨罗门,而不是所罗门,是
　　　　根据希腊文《圣经》、拉丁文《圣经》和早期的英文《圣经》,

---

① 参见 *Francis Bacon's New Atlantis*: *New Interdisciplinary Essays*, ed. by Bronwen Price, Manchester University Press, 2002;比较魏因伯格,《科学、信仰与政治:培根与现代世界的乌托邦根源》,张新樟译,北京:三联书店,208,"导言:古代乌托邦与现代世界"。

如 Tyndale 和 Cloverdale 版的《圣经》。因此，把所拉门
纳变成萨罗门并不表示所拉门纳与所罗门之间的妥协，
而是表示完全屈从萨罗门。①

　　新兴的自然科学在新大西岛上处于至关重要的位置。在培根
笔下，本撒冷人对自然的掌控力已远远超出了古典哲人的想象。
17 世纪新兴自然科学的突进，让培根在这部未竟之作中预言了今
天发生在我们这个时代的各种事情，诸如在医学、气象和农业方面
的现代成就，已然在本撒冷岛上呈现出来。连荷马都不敢想象的
呼风唤雨、更改四时气候的神迹，也被本撒冷人实现。

　　有学者惊叹培根的预见力和想象力，称赞他笔下"美丽宜人的
本撒冷岛证明了科学的优越性，因为它完全展示了科学提供的希
望"。② 这类赞美忽略了荷马的警告，那个最早的技术之邦因为敢
与海神争权，最后落得巨石封城的悲惨结局。

　　培根借助新科学的力量，为"生活"在新大西岛的本撒冷人设
计了一个完美的科学城邦。但是，培根在《新大西岛》中的隐微笔
法，又让我们困惑于寓言作者的暧昧含混：培根究竟是在向我们兜
售一种新的城邦政治理念，还是在向我们揭示并预言：科学宗教的
治辖将是现代社会不幸的根源？ 有研究者认为，培根在《新大西
岛》及另一部未完之作《宣告一场圣战》中，曾暗自透露了他发誓绝
口不提的"政治的最高秘密"。③

　　诸多研究者还注意到，这两部书的断章笔法似乎是作者有意
而为，毕竟两部书的开放性结尾给了读者更多的想象。笔者更愿
意把培根的这种笔法视为向遥远的荷马致敬，因为荷马，在《奥德

---

① 见朗佩特，《尼采与现时代：解读培根、笛卡尔与尼采》，前揭，页 32。
② 英尼斯，《培根的新大西岛：基督教的希望和现代的希望》，见培根《论古人的智慧》
　　（增订本），前揭，页 228。
③ 温伯格，《论〈宣告一场圣战〉》，见培根，《论古人的智慧》（增订本），前揭，页 205。

赛》中为费埃克斯人同样设计了一个开放式的结尾。

就西方思想史而言,关于技术与幸福之间联系的探讨永无止境。荷马之后的最佳城邦的想象,一直处在这一开放式的叙事框架之中。后世的哲人在荷马开启的技术与人类幸福的关系这一论题中思考,甚少有人超越荷马的思考范围,除了荷马最伟大的读者——柏拉图。

新大西岛的缔造者和立法者所拉门纳国王"全心全意地谋求他们的幸福",却忽略了在本撒冷人中间树立正义。或者说,本撒冷人的新大西岛不再讨论苏格拉底的正义问题,他们更关心当下生活的完善。古典哲人提出的好城邦应具备四重美德:正义、审慎、勇气和智慧(柏拉图《王制》427e7),在培根的本撒冷岛则只剩下智慧,在现代哲人的政制理想中,被古典哲人视为城邦首要问题的正义消失了。

荷马的斯克里埃岛由13位王公组成权力核心,新大西岛的统治核心是少数哲人组成的萨罗门科学院,它凭靠科学知识拥有至高无上的统治权柄。萨罗门科学院是这个国家的"眼睛",它时时关注子民的生老病死,致力于改造和征服自然,尤其是要改造人身上的自然:本撒冷人已然克服了费埃克斯人想都不敢想的事——永生不死,接近神族的永生。

我们值得对比莫尔在《乌托邦》中处理生死问题的方式:艾默若人同样依靠理性来解决生死问题,他们劝服绝症患者要适时摆脱病痛折磨,在教士的允可及帮助下自行了结生命,免得给生者及自身带来生命的负担,相当于今天北欧一些国家合法化的安乐死。但是,在这种理性化地对待生命的方式中,"进步"宗教扮演了一个不可或缺的角色。乌托邦施行宗教宽容政策,各种宗教信仰并存,受传统宗教驯养的全体乌托邦人皆相信,人死后会因生前的行为受到奖惩:

> 他们相信死后可享广大福泽，因此他们哀怜病痛之
> 人所受的苦，但面对死亡却不觉悲伤。（《乌托邦》，页
> 115）

艾默若人鄙夷贪生怕死之徒，认为这类人必不为上帝所悦。因此，艾默若人不会与自然生死对抗，这一点倒与费埃克斯人类似，他们都能接受人的生命有限性。此外，《乌托邦》中的艾默若人沿袭了《王制》中的治邦原则：尊崇正义和审慎。

艾默若人与本撒冷人对自然的态度也完全不同：乌托邦人研究自然，进而敬畏自然，他们认为这是合乎上帝旨意的崇拜方式。而本撒冷人则将科学教推行到极致，"人类的科学事业取代了神意和恩典"，科学教取代传统启示宗教的地位。连普通人合乎自然限度的寿终正寝，在本撒冷岛也变得不正义。

新科学支配着新大西岛人生活的方方面面，荷马笔下的古代城市和传统的基督教城市都让位于培根的新科学城。若说荷马的费埃克斯城只是想与诸神平分权力，那么，培根的本撒冷城则在理性温和的外衣下弑杀了诸神。由科学理性打造的"新世界"严苛而冷酷，一切都有条不紊，这里不会上演喜剧，因为科学不需要笑料，也不会上演悲剧，因为科学克服了偶然性，生活中的一切都必须经过严格计算，毫厘不爽。

笔者不禁想到费埃克斯人的王后阿瑞塔，她鲜有笑容，亦无忧伤。相反，国王阿尔基诺奥斯虽然鲁莽，却多少有着饱满的情感，他能体会奥德修斯的忧伤和喜悦。假如这些人生活在本撒冷岛，阿瑞塔恐怕会是隐身萨罗门科学院内的少数哲人，她与这些人同样地理性严谨。

这些萨罗门科学院内的少数哲人们狂热地投入到改造自然的工作中。他们发明"天堂水"以促使常人延年益寿；用药物来维持人的健康，甚至能让人永葆青春。他们在实验室里模拟种种

自然现象,以期最终能呼风唤雨,改变动植物的生育发展规律等等。尽管如此,新大西岛并非没有一件宗教外衣。那位基督教总管向流落新大西岛的外乡人宣讲宗教立法的起源时,曾给"我们"讲述了一个萨罗门院士亲眼目睹的启示:上帝在新大西岛显圣并赐予圣经的神迹,更像是一个院士编织的谎言。在新大西岛的宗教宽容政策下,犹太教徒也能自由地保有自己的信仰,但当科学重塑城邦民众、彻底改造自然时,传统宗教至多是新科学的一件外衣。

由此看来,培根讲述的是一个反荷马式的最佳城邦故事。凭靠新科学或新工具的发展,培根似乎刻意接续荷马未完成的费埃克斯人的故事。我们若回想上一节所看到的维柯,那么,他既跟随又离弃培根,重新寻找和发现真正的荷马,难免让人掩卷深思。

洛夏岱尔镇的"圆目巨人"

1758 年,为批驳启蒙阵营的朋友,卢梭写下著名的《致达朗贝尔的信》(*Lettre à d'Alembert*)。这篇长信共 230 个段落,在第 96 至 98 段,卢梭用温暖动人的笔触回忆了自己青年时期造访瑞士的洛夏岱尔(Neuchtel)山区的一段经历。这 3 个自然段恰好处于全信的中心位置,也是整部书信中笔调最优美、最打动人心的部分,如同一部雄浑的交响组曲中的行板段落,缓慢而深情,我们不妨称之为"洛夏岱尔之歌"。

卢梭似乎要为即将没入 18 世纪启蒙大潮中的日内瓦共和国——乃至为整个欧洲建造一个言辞中的最佳城邦。因此,卢梭把这个美好城邦置于僻远山区,似乎有意让它远离城市,一如"乌托邦"和"新大西岛"在远离大陆的海岛。不过,卢梭要模仿的并非是费埃克斯人,而是同样居住在山区的圆目巨人。

这会是笔者的过度联想吗?无论如何,远离大陆的海岛也好,远离城市的山区也罢,都是哲人打造的言辞中的城邦。但与莫尔和培根营造的言辞中的城邦带有明显的虚构色彩不同，卢梭打造的言辞中的城邦出现在一个实际的共和国中，让人能产生亲临其境的感觉，尽管这种真实仅存在于卢梭的言辞之中。换言之，卢梭以回忆自己的亲身经历取代他人的转述，以时间的虚构性替换了空间的实存性。

如果我们记得，回忆说是柏拉图笔下的苏格拉底时常提到的修习智慧的基本途径，那么，我们就值得问，卢梭的回忆接续了何种传统？

我们不妨跟随卢梭的回忆去看看他如何建造言辞中的最佳城邦：

> 我内心仍珍藏着，青年时代见过的那令人惬意的一幕，这景致可能是世间独一无二的。在邻近洛夏岱尔的一个山区，这里布满庄园，每个庄子都是其所属土地的中心，这些房屋按与所属者的财产比例相等的距离分布，这就保证了它们的主人即这个山区人数众多的居民们既能获得退隐（la retraite）的安宁，也能享受到共聚（la société）的甘美。这些快活的乡下人（paysans）无不享受着自由宽松的环境，摆脱了人头税、杂税、衙门老爷和徭役。他们尽其所能地经营自己的耕地，土地的收获全归自己所有，耕作之余，他们利用闲暇制作种种手工制品，充分发挥自然赋予他们的发明创造才能。

这看起来是不是一幅最佳城邦的图画？我们尤其值得注意到，这"令人惬意的一幕"（un spectacle assez agréable）的首要特征就是：按财产比例划分居住地，确保财产相当的人相邻而居。在卢梭的精心安排下，每户人家既是分母又是分子，"每个庄子都是其所属土地的中心"。

卢梭是否想起,亚里士多德曾反对柏拉图在《王制》中对政治共同体成员的单一化要求?在《政治学》卷二中,亚里士多德写到,成员的单一化不可能最终形成一个真正的城邦,因为,"城邦在本质上是许多分子的集合"(《政治学》1261a18)。

由此看来,卢梭似乎与亚里士多德站在一起。但是,卢梭笔下的洛夏岱尔山民不仅是分子还是分母,他们既享有共同的集体生活又各自为政,从而显然有别于亚里士多德所谈到的政治体样式。

其实,卢梭笔下的洛夏岱尔山民更像是荷马笔下的圆目巨人族:

> 他们没有议事的集会,也没有法律。他们居住在挺拔险峻的山峰之巅,或者阴森幽暗的山洞,各人管束自己的妻子儿女,不关心他人事情。(9.110—115)

圆目巨人波吕斐摩斯受到奥德修斯及其同伴攻击时大声呼救,散居各处的圆目巨人纷纷前来相助。可见,圆目巨人平时处于散居状态,可一旦其族类受到威胁,他们就会立即聚集起来。正因为如此,卢梭在《论人类不平等的起源与基础》(简称《论不平等》)中所描述的原始人的生活方式,让我们难免想到荷马笔下的圆目巨人的生活状态。

看来,卢梭读透了荷马。但卢梭笔下的"洛夏岱尔之歌"与维柯对"诗性智慧"的赞美,难道没有异曲同工之妙?

从荷马笔下的政治状态中,卢梭选取了被视为野蛮但更自然的圆目巨人族作为洛夏岱尔山民的同类,也许是为了与拥有技术智慧的巴黎对比,尽管这个现代城邦正在追求更加舒适、文雅的生活方式。卢梭自称是生活在文明人中的"野蛮人",对他而言,巴黎的舒适和文雅正是现代人堕落的根源。

联想到他在《论科学与艺术》中对科学与艺术的严厉批判,攻击为人类盗取了科学火种的普罗米修斯，我们还可以说，卢梭未必没有从荷马笔下的费埃克斯城邦的覆灭中得到警示。换言之，当卢梭高调抨击科学与艺术的危害时，他很可能想到费埃克斯城的前车之鉴，耳边响起的是荷马笔下的盲歌手遥远而苍凉的歌声……

如果卢梭在《论不平等》中对自然人生活方式的描绘确实是在化用荷马笔下的圆目巨人的自然生活方式，那么，他在《致达朗贝尔的信》中所打造的洛夏岱尔山民的生活方式具有同样的品质，就完全可以理解了。

与此形成对照的是，在《致达朗贝尔的信》中，处处可见卢梭对以巴黎为代表的温雅、理性、彬彬有礼的社交礼仪的反感。换言之，在卢梭眼里，巴黎人与费埃克斯人别无二致，他们太推崇技术文明，其下场如何还真难说。

不过，我们显然不能说卢梭照搬荷马笔下的圆目巨人的生活方式。因为，与圆目巨人随意散居不同，卢梭笔下的洛夏岱尔山民按财产比例来划分居住位置，从而最大限度地保证了每户家庭生活的自足性，但又形成了一种共同生活的社会空间。卢梭在洛克和孟德斯鸠之后打造言辞中的城邦，对圆目巨人族形象的修改完全可以理解。按财产多寡来安排民众居所意味着，在卢梭看来，洛克和孟德斯鸠所关心的问题未必那么重要。

我们还值得想起，卢梭在《论不平等》中曾引用过笛福的《鲁滨逊漂流记》里的那个孤独者的话："他是他自己的王。"这个说法也会让我们想起圆目巨人，尤其是想起亚里士多德在谈到政治体时提到的圆目巨人的生活方式。

卢梭在《论不平等》中一再提到，自足的独居生活能削弱人与人之间的攀比心和自尊心，更好地保存人的天性中的善，听起来就像是在为圆目巨人的生活方式唱赞歌。倘若如此，我们也许可以说，卢梭打造言辞中的最佳城邦的方式，看起来就像是维柯所谓的"诗性智慧"的复归:"洛夏岱尔之歌"是一阙诗性智慧之歌。

现代哲人在言辞的城邦中考虑什么问题

在处理私有制这一问题上,卢梭显得并不赞成柏拉图笔下的苏格拉底提出的取消家庭和私产共有,而是选择跟随亚里士多德的路子:在最佳城邦里保有私产制度和家庭。亚里士多德在《政治学》第二卷开篇即讨论柏拉图的最佳城邦方案(1261a3),他提出的问题是:一个优良的城邦是否应该尽可能把一切划为公有? 在随后的论证中,他推翻了《王制》中的极端方案,理由是整齐划一会致使城邦灭亡,城邦在本质上是不同分子的集合体。问题在于,难道亚里士多德不知道《王制》中的极端方案仅仅是言辞中的城邦,而且只是就如何培养城邦卫士而言? 换言之,苏格拉底当时仅仅是在假设,如果哲人施行统治的话,从逻辑上讲会怎样,难道亚里士多德没有看出这一点? 从莫尔到卢梭,欧洲哲人怎么看待这一古典的问题,本身就是一个有趣的思想史问题。

莫尔的《乌托邦》中的人物似乎亦步亦趋地执行了苏格拉底在《王制》第五卷中提出的方案,他严厉批评私产制度:

> 在私有财产的制度之下,一切都以金钱来衡量,一个国家的政治不可能清明,民生也不可能富足。一国之中最不肖的人民独霸最好的资源,极少数的人享受一切生活中的富丽荣华(他们的日子却过得忐忑不安),其余的人悲惨莫名。你不至于以为这样的国家有公义,人民有快乐吧? (《乌托邦》,页53—54)

在《乌托邦》中,艾默若人消除了私有的概念:每一户人家都居住在"经过特别规划"的街区,与洛夏岱尔自成中心的独居不同:艾默若的民宅整齐划一。每户房子都正面朝向 20 尺宽的街道,各家屋后则围成一座大庭园,庭园四边的长度与街区等长。

莫尔没有给艾默若人留下任何独居生活的空间:艾默若人的房门皆不上锁,人人可以自由出入他人之屋,并且每十年通过抽签的方式调换一次住房,以此在城邦中达到最大限度的公平。显然,在莫尔看来,唯有偶然性(抽签)才能应对政治共同体中不可避免的不公正。

我们不能设想卢梭没读过莫尔,因此,他极力要消除攀比心,未必不可以理解为是在针对莫尔,因为莫尔笔下的人物在极力倡导以街区为单位的园艺竞争,似乎要将人的灵魂中难以消除的血气引向有益于政治共同体生活的方面。毕竟,苏格拉底在《王制》中告诫,煽动"爱欲和血气"这类情感,对城邦生活不利(《王制》606d)。

在莫尔笔下,艾默若城完全没有个人生活的空间,连最私人化的家庭也时时处于向全体邦民开放的状态。唯一谈得上私密的择偶行为,也被安排在公共空间中进行:相亲的男女双方在第三者的陪同下裸裎相对。

培根和卢梭笔下的言辞城邦与此刚好相反:《新大西岛》中的家宴和洛夏岱尔山民的散居方式表明,保持距离的私人生活方式对培根和卢梭来说很重要。问题在于,这意味着什么呢? 换言之,在现代哲人的心目中,苏格拉底在《王制》第五卷中提出的那个极端方案究竟是什么意思,他们如何理解这个方案,对今天的我们来说,这始终是一个谜。

"洛夏岱尔之歌"还讴歌了邦民自治:没有赋税和徭役的负担,土地收获全部私有。卢梭给洛夏岱尔山民安排了恰如其分的劳动,这意味着,个体的劳动仅仅是为了满足自身日常生活的需要,每个人都掌握基本的工作技能。因此,洛夏岱尔不存在"木工、锁匠、玻璃工和旋工"这些属于下层阶级的职业。①

卢梭一再强调,每个人的工作"只为自己,不为别人"。这意味着,洛夏岱尔尽管保留了山民拥有财富的不均,但取消了生存方式上的不平等。当每个人的工作都只是为了满足自身的生活需要时,超出自身生活的欲望似乎就没有必要或受到了抑制。换言之,在卢梭的设计中,他考虑的问题是如何最大限度地限制会引发山民虚荣心的外部环境。反过来则可以理解,他的"洛夏岱尔之歌"为何会讴歌自足的工作方式与散居的生活方式。

与之相反,《乌托邦》中的艾默若人不分男女老幼,人人务农,除此之外,每人还要学习一门技艺作为终身职业,若想多学一门,则要经过统治者的批准。艾默若人绝对的集体生活限制了个体技艺的多样性,把人与人之间天资上的不平等降到最低限度,保证每个人都能成为城邦不可或缺的一分子。

培根的《新大西岛》把这种自治推到极致,这是因为,

> 渴望自治,是"人之为人意味着什么"这一问题的核心,然而渴望自治本身并不自治,这一渴望本身可能更近于对受制于人的痛恨。谋求自治的计划可能会遇到两方面的障碍。一方面,不能接受外在的帮助,因为那意味着由他人做主(hereronomy),另一方面,从内在谋求自治,等于已经是自治的。②

由此出现了一个问题:所谓"自治"在苏格拉底那里是对所有

---

① 在 17 世纪、18 世纪的欧洲,"一切工匠、木匠、铁匠、造武器匠、织工、制鞍匠、鞋匠、制面包匠、屠户,都下层阶级的人。"参见瑟诺博斯:《法国史》,沈炼之译,北京,商务印书馆,1964,页 99。

② 戴维斯,《古代悲剧与现代科学的起源》,郭振华、曹聪译,北京:华夏出版社,2008,页 12。

人而言的吗？我们不可忘记，苏格拉底在《王制》第五卷讲述的那个极端的生活方式，是为了培养城邦卫士而特别设计的，或者说是为了培育少数人的政治教育目的而设计的。若对比现代哲人所打造的言辞的城邦，我们现在就得问：这个问题还存在吗？

如果荷马笔下的奥德修斯故事的根本要核是王者的教育，而如我们在第二章已经看到的那样，在苏格拉底那里，政治家的教育仍然是同等重大的问题，那么，我们可以说，在现代哲人所打造的言辞城邦中，所谓公民"自治"问题成了首要的问题。

《乌托邦》和《新大西岛》中有公共教育设施，更不用说处于新大西岛政教核心的萨罗门科学院，这些设施都是为了让多数人获得"自治"能力。到了卢梭那里，洛夏岱尔山民已经不需要老师，他们的教育仅仅来自有益的书本和习传的音乐：洛夏岱尔没有学校和图书馆。换言之，洛夏岱尔没有为少数有政治德性的人留下位置。洛夏岱尔人大多是中等之资，在他们房屋的墙上挂着自己制作的"虹吸管、磁铁、望远镜、水泵、晴雨表和暗箱"。[1]

本撒冷人中少数天分极高的人都是阿尔基诺奥斯那样的头脑，他们在萨罗门科学院内展开种种掌控自然的实验，为的是让整个世界的所有人在未来都能生活得"自治"。卢梭虽然反对创立这种由技术智识人统治的城邦，但他的"洛夏岱尔之歌"同样呈现了所谓的公民"自治"。

既然如此，奥德修斯问题的要核就消失不见了。因为，所谓奥德修斯问题不仅仅是何谓最佳城邦的问题，毋宁说，更为重要的是何谓真正的王者这一问题。当卢梭把科学的火种从萨罗门科学院紧闭的大门内引到洛夏岱尔山民的家中之后，山民们就获得了"自治"能力。

也许有人会如此质疑：这些被科学武装起来之后的居民又何以可能过着圆目巨人式的生活？其实答案也许很简单，卢梭看到

---

[1]　卢梭，《致达朗贝尔的信》，第 96 段，中译见王子野译本，页 79，李平沤先生译本，页 94。

了圆目巨人和费埃克斯人的生活各有欠缺,所以他所设计的洛夏岱尔人的生活要合二为一。卢梭试图去弥补诗人荷马在智慧方面的欠缺,殊不知却将启蒙的大潮推得更远……

卢梭让散居的洛夏岱尔山民各自组成一个微型的技术家庭,在今天的我们听起来非常接近当代科技正在实现的目标。也许,卢梭的意思是:奥德修斯问题的要核在现代之后命中注定会不复存在。由此来看,现代哲人所打造的言辞城邦绝非仅仅是言辞中的"乌托邦"。

倘若如此,技术王国最终将在政治世界中取得完胜。换言之,荷马笔下的故事结局会发生彻底的翻转:费埃克斯城邦最终会战胜圆目巨人。这意味着什么呢?在这个未来前景之下,施特劳斯的如下说法还有什么意义?

> 亚里士多德坚定不移地认为,科学本质上乃是理论的,而将技术从道德和政治的控制下解放出来,将会导致灾难性的后果。①

换言之,古典政治哲人区分言辞与行动的界限,古代人懂得哲学思考仅存在于言辞中,一旦冲破了道德与政治的围栏就会导致不可估量的灾难。随着费埃克斯式的城邦最终取得胜利,这样的思考已经没有意义。

三　施米特在《大地的法》中为何回到荷马?

施米特在《大地的法》②的前言中饱含感情地宣称,本书是献

---

① 施特劳斯,《自然权利与历史》,前揭,页 24。
② 施米特《大地的法:欧洲公法的国际法中的大地法》,刘毅、张陈果等译,上海:上海人民出版社,2017(以下随文注页码)。

给欧洲公法学祭坛的祭品。这部著作基于作者40多年从事公法研究的心得,是"一部不设防的学术成果"。可是,当我们翻开第一章,马上被卷入了困惑的漩涡。

《大地的法》全书共四章,第一章由五篇短文构成,合称"引论五篇"。至少从形式上看,这五篇短文各自独立成章,似乎缺乏有机联系。初读之下,每篇的主题皆清晰明确,逻辑严密。但既然合称"第一章",这五篇引论之间定然有内在关联,然而,这种关联究竟何在,令人费解。

一般而言,"引论"大多独立成篇,但施米特让自己的"引论"同时也是第一章。这意味着,"引论"不仅具有总领全书的重要意义,而且与后三章交织一体。如此笔法让我们不得不细心揣测,作者的用意究竟何在。何况,作者在前言中已经表白,他与自己的古典前辈们一样预见到,本书与属意的读者相逢纯属偶然:

> 我无法预见谁能理解这部学术祭品,他也许是一个思想者,也许是实干家,也许是一个根本无视其存在的破坏者和毁灭者。一本书的命运并非掌握在作者手中,更少与作者本人的命运有关。(《大地的法》,页1)

悉心的作者往往通过巧妙的笔法为自己的用心之作封印,直至它遇上属意的读者。面对施米特在第一章布下的迷魂阵,我们不妨猜测,这部号称"不设防"的书其实一开始就在设防:第一章的"引论五篇"有如五重封印,贴在《大地的法》这部献给欧洲公法学祭坛的"祭品"之上。

作者声称,《大地的法》是他"发现大地的丰富意义"路上的"探险尝试",我们若能随这位"欧洲最后一位公法学家"去探问大地的秩序与法则,又何尝不是一种幸运?

在五篇引论中,题为"基督教中世纪国际法之解读"的第三篇和题为"论法概念的含义"的第四篇引论篇幅最长,涉及的问题也最为重要。不过,两个论题表面上相去甚远,显得关系不大。引论的头两篇最短,简要讨论了"前全球时代"的法权和国际法。在第一篇短论"作为秩序和场域之统一的法权"中,全书最重要的概念"占取"出现了。作者用了三之分二篇幅从词源学角度讨论"占取"概念,随后,这个概念消失了。

相隔三篇引论文之后,"占取"概念才重新作为第五篇引论的标题返回。在接下来的第二章,主标题就是"占取新世界"。从结构上看,"占取"主题使得五篇引论头尾相扣,形成一个自成一体的修辞空间。由此我们看到,第一章的主题应该是"占取",它既是引论的关键词,也是全书的关键词。

何谓"大地的法"? 施米特在引论第一篇就提出,"法"的原初含义是"占取"。如此理解"法"是施米特的创见吗? 当然不是。施米特在第一篇引论文中清楚地告诉我们,如此理解"法"的源初含义,得归功于维柯。这让我们想到:施米特与维柯是同行,而且他与维柯一样特别喜欢语源学式的论证。理解施米特与维柯的关系对于我们理解《大地的法》一书至关重要,甚至可以说,维柯隐身于《大地的法》之后。

"法"与"占取"

第一篇引论题为"作为秩序和场域之统一的法权",施米特开篇第一句话就说:

> 在神话的语言里,大地被称之为法权之母,这意味着法权和正义的三重根源。(《大地的法》,页 13)

《大地的法》以这样的言辞开头,显得是在向两百多年前的维柯致敬。维柯虽然终生不曾迈出阿尔卑斯山南麓的意大利,他的

《新科学》有与施米特《大地的法》同样的抱负：通过勘寻人类的立法历程，在时代的政治困惑中重新为欧洲秩序立法。不同的是，施米特以极为悲观的情调为全书结尾：美国的崛起终结了欧洲公法秩序。让施米特如鲠在喉的问题是，美国是欧洲公法秩序的衍生物，如果说欧洲公法秩序了结了，那么，这是自己了结自己。

　　如前所述，维柯雄心勃勃，立志完成培根未竟的"新科学"，即重新勘寻支配整个人类生活的普遍法则。显然，要实现这一目的，首先就得清理人类的普遍历史和自然法的源头。在维柯那里，我们看到，他试图借当时学界争论不休的荷马问题为寻找自然法或普遍法的历史源头提供基础。维柯说，荷马和摩西都让我们看到人类历史源初阶段的 nomos［法］含义。

　　施米特在"前言"中已经说过，"法学与神话的渊源要远甚于法学与地理学的联系"。（《大地的法》，页 2）这无异于说，现代地理学家根本无法理解空间秩序问题，他们与维柯实在不可相比。施米特说，从去神话的神话学来理解人类的原初法，虽然是萨维尼（1779－1861）和巴霍芬（1815－1887）的功绩，但他马上又警告，法学必须保持自身存在的基础，不能与历史人类学混为一谈。这无异于告诉我们，虽然维柯凭靠历史探究"法"的起源，但他毕竟是法学家，而非人类学家。换言之，即便要从去神话的神话学来理解人类的原初法，也必须持守法学的立场，而非人类学的立场。

　　这里隐含着的问题是，人类学的历史法学属于现代自然科学，而维柯的《新科学》不仅是法学，而且还带有天主教神学信念，这在现代的人类学式历史法学那里绝不可能见到。尽管自然地理的新发现使得"旧的欧洲中心主义的传统国际化秩序走向衰落"，大地的法面临新旧更替，但是，自然科学的新发现不能解决"人间此在的基本秩序"问题，也不能真切认识大地法的丰富意义。

　　施米特与维柯一样，对罗马天主教传统忠诚不渝。所以，他在第三篇引论中追溯了中世纪基督教的法学传统，直至第四篇引论文往前追溯古希腊的 nomos 意涵。我们若要问,为什么题为“基督教中世纪国际法之解读”的第三篇引论文位于五篇引论文的中间位置,恐怕不是在提出一个莫须有的问题。毕竟,按照历时的顺序,第四篇引论“论法概念的含义”应该在这一篇前面。

我们可以设想,从“基督教中世纪国际法之解读”回溯到“论法概念的含义”,类似于天主教徒维柯在致力打造“新的法学体系”时返回古代异教神话的深处去寻找法的概念源头。发人深省的是,维柯恰恰从古代异教神话中认识到,法权的根基并非神授,而是基于最初的占取土地——施米特称之为“一切空间与权力、秩序与场域的连接点”(页 12)。施米特说,对于土地最初的丈量与分配构成了法权的开端和基点,是“法权基础的原初行动”(页 10),无论是对内的分配、划分,还是对外的侵占与夺取,“占取”必然是某一重大的历史事件的结果。这些说法若还没让我们看到维柯的身影,那么,只能说明我们忘了维柯。无论如何,施米特将最初占取视为法的基本内核,具有维柯的“新科学”色彩:

> 有一个希腊词,它对于最初的、奠定一切后来标准的丈量尺度,对于最初的占取——最初的空间划分和安排,初始的区分与分配,具有非凡的意义,这个词就是“法”(nomos)

正是在这一语境中,施米特提到维柯:

> 如维柯说所,人类第一个法权是英雄们以土地法(Agrargesetze)形式获取的,在维柯那里,土地的分配和划分(la Divisione dei Campi)是宗教、婚姻和避难庇护之外所有人类法权和人类历史的第四大组成因素。

施米特没有给出维柯说法的出处，这显得颇有意味。维柯的原话出自《新科学》第二卷，该章的标题是"系定理：是天神意旨制定了诸政体，同时也制定了部落自然法"，原文语境的修辞意味十足。按维柯的说法，那些宣称人类社会制度出自诸神的说法，仅仅是"说得很正确"，但"意思错误"。维柯没有进一步解释这一说法，直至此章结束（相隔了两个自然段），维柯才轻描淡写地提醒读者，他在前面（即《新科学》，437、439）已经指出：由于最初的城邦英雄都自称天神，用"由天神制定的法律"来定义"诸部落自然法的各种制度"并不为过。显然，维柯的"天神"并非启示宗教的上帝或异教徒的神，而是异教的部落首领。在"诗性逻辑"一章，维柯说：

> 英雄们把自己称作"神"，以别于他们的城邦中的平民，把平民就叫作"人"（就如在第二轮野蛮时代，佃户也叫作人，使 Hotman 大为惊怪），而大地主们（像在第二野蛮时代那样）乱夸口说自己掌握着许多灵丹妙药的秘密（《新科学》，437）。

维柯又进一步解释说（《新科学》，449），在氏族部落时期，强人们因傲慢引发的"自然的野心"僭称原本属于天神的名号——"父亲"（patrare），这个词的原义是"制作"或"工作"，维柯称之为"普遍的特权"（al dritto universale）。这显然指立法的特权，即强人假借神意为部落立法的特权。

施米特在《大地的法》中引用维柯这个观点，明确将维柯笔下的"强人-部落首领们"称为英雄们，将人类最早的法权归于强人之手。施米特没有进一步解释，维柯为何在讲到强人立法时笔法曲折，还故意给强人立法"披上神学的外衣"。毕竟，凭靠语义稽古的手法将这些最早的立法行为解释为天神为人间制作法律，实在有些牵强。

1963 年秋天，施特劳斯在芝加哥大学开设了"维柯研讨课"，他在课上向学生提出了一个问题：为什么维柯的《新科学》要披上一件神学外衣？这是施特劳斯在研讨课上提出的值得深究的七个维柯问题之一。施特劳斯相当郑重地对学生们宣布，自己此前没有研究维柯，但是：

> 现在是我该研究维柯的时候了。那么，他基于我恰好所知道的哪个点上进入我的研究之中呢？我想可以给出一个很简单的答案：历史问题。①

施特劳斯对探究维柯感兴趣，是因为维柯在"历史取代自然正确的过程中所起的作用"：在自然正确被历史主义取代的过程中，维柯"可能是一位先行者和教育者"。在 1970 年 9 月撰写的《自然正确与历史》第七次重版序言中，施特劳斯提升了维柯的位置，短短千字序言三次提到维柯。施特劳斯承认，维柯的《新科学》既加深了他对"自然正确与历史"这一主题的理解，也使他的现代自然权利论得到确证。

因而，在 1963 年的维柯研讨课上，施特劳斯质疑，"政治的公正"（civil equity）等于"国家理性"（the reason of state）的说法，因为这意味着政治的公正等于政治实用。基于这一质疑，施特劳斯提出，要关注维柯如何评价"针对民主制和君主制促进这种实用的能力"。据此，施特劳斯向自己也向研究者提出了一个相当尖锐的问题：

> 维柯为什么赋予其新科学一件神学外衣？尤其是维

---

① 施特劳斯，《维柯研讨课录音记录稿》（芝加哥大学施特劳斯中心网站），比较安布勒，《施特劳斯讲维柯》，前揭，页 271。

柯宣称,在历史的展开过程中,他看到了神意在起作用,这种神意起作用的方式至少是,野蛮人自私和利己行为的方式逐渐形成了社会生活和共同的善,并导致了一种发展,这与亚当·斯密"看不见的手"的隐喻中暗示的发展一样显著,或许更加显著。(《施特劳斯讲维柯》,前揭,页 278)

施特劳斯暗示,维柯的"神意"与亚当·斯密"看不见的手"有某种一致性,这意味着,维柯的"神意"与他在《新科学》中所宣称的虔敬程度并不匹配。眼尖的施特劳斯提醒学生们,《新科学》中仅有两次提及耶稣基督,两次提及"摩西的黄金格言"(13.3 参看《新科学》,816、948)。若与维柯用整整一卷篇幅讨论荷马相比,施特劳斯认为,必须重新审视维柯的"天主教捍卫者"形象。

同为天主教忠实信徒的施米特对维柯笔下的"神意"不置一词,似乎在他看来,维柯的意义仅仅在于,他看到人类早期占取土地的行为是法的源初含义。维柯将之与宗教、婚姻和庇护所并称为构成人类政体的四大原因,是人类社会"简单而自然的起源"(《新科学》,630)。施米特似乎刻意忽略了维柯紧随其后的补充:维柯在总结了人类诸种政体起源的四大要因后,随即提出"神意"是更为主要的原因。神意在制造诸氏族诞生的同时,也为头等部族制定了最早的自然法,他们通过强力占取土地,从而取得土地,以及统治依附于土地之上的子民们的治辖权,施米特称之为"人类第一个法权"(页 18)。这些氏族父主们依靠"由神意制定的法律"(iura a diisposita),统治受其庇护的子民和所占土地之上的一切。在维柯看来,神意——这个构成人类政体最大的因素,是区分贵族政体与民主政体的关键。因此,神意制定自然法是人类社会全部法律的起源(《新科学》,631)。

对于这些说法,施米特一笔略过,理由是"为了避免造成'占取无非事关神话学的法律古董'的印象"(《大地的法》,页12)。随后,他提议讨论更现代的两位法学家:以洛克和康德的观点来进一步论证,何以"占取"是大地法的核心问题。可是,维柯笔下的原初"占取"与现代式的"占取"究竟是什么关系呢?

施米特返回荷马

第四篇"论法概念的起源"的篇幅最长。施米特在简要讨论法的语义后突然说,为避免陷入"语言学的语义阐释的泥淖",不妨看看"荷马意义上的法"。他提议读一读荷马《奥德赛》开篇头五行诗。施米特暗示读者,要格外注意第三行诗有两个不同版本:*καὶ νόον ἔγνω*[我懂得他们的心思]与 *καὶ νόμον ἔγνω*[我懂得他们的法]。

《奥德赛》开篇的头五行诗,以精炼的言辞概括了英雄奥德修斯的经历:

> 这人游历多方,缪斯哦,请为我叙说,他如何历经种种引诱,在攻掠特洛伊神圣的社稷之后,见识过各类人的城郭,懂得他们的心思;在海上凭着那份心力承受过好多苦痛,力争保全自己的心魂,和同伴们的归程。(1:1—5,刘小枫译文)

诗人恳请缪斯神倾听一个游历多方的"老水手"(施米特语)如何历经磨难,挣脱引诱而后保全心魂,力保同伴归程的大地之子的故事。奥德修斯的故乡伊塔卡与希腊各城邦一样,遵守的仍然是陆地的法则秩序,他们对海洋有着天然的敬畏。我们值得注意到,此处是《大地的法》全书正文中首次出现的诗句,除此之外,施米特在前言部分引用了歌德创作于1812年7月的两行箴言体诗句:

> 所有无关紧要的事情终将消散,只有海洋与大地于

此长留。

《大地的法》全书仅两处出现引诗,而且皆暗含海洋与大地(空间),永恒与短暂之间的对比(时间)。似乎在施米特看来,唯有人类的心智(νόον)和礼法(νόμον)堪与海洋和大地的永恒相媲美。《奥德赛》中那位"足智多谋的老水手"奥德修斯在凡人中最具神样的智慧,作为"欧洲最后一位公法学家",施米特在《大地的法》中提到奥德修斯,显然是因为这位古代英雄曾见识过世间的诸种政体,懂得不同的政体代表着不同城邦的品质,而这些品质都是立法者心智的体现。立法者的心魂借城邦的 nomos[法]得以表达——这正是法最初的而且最本质的含义。

而欧洲最后一位公法学家则在《大地的法》一书中,意图化身为"游历多方"的奥德修斯,他成了施米特考察大地的法在近代以来所经历的巨大变迁的引路人,期冀借心智超凡的古代王者的眼光拨开现代人布下的"法"的迷雾:

> "法"被功能化为 19 世纪风格的"法律"。(《大地的法》,页 39)

其实,当施米特诗意地提及"荷马意义上的法"时,就不免让人想到,《新科学》将荷马归为"诗性智慧",视荷马为最早的异教立法者。正如维柯在《新科学》中"寻找"与"发现"荷马,施米特同样效仿了维柯的思想进路。

施米特借古老的诗句返回到 nomos 这一词语最早的诞生时刻,探察法的原初含义。首先,他着重强调了希腊人对于 nous 与 nomos 的区分。在希腊人看来,nous 具有普世意义,nomos 则不然。不同的城邦,以及生活在城邦里的人并没有什么独一无二的品性。在施米特看来,奥德修斯之所以会对"不同的城邦"或"'众多之人'的独特'精神'"产生兴趣,毋宁说,令这位足智多谋的英雄真正关注的是城邦"自身特定的,与众不同的秩序",这些秩序则为城邦的 nomos 所缔造:

> 希腊人决不会将这种区分与 nous[心智](而不是nomos)相联系。很少有人会讲出"众人"的 nous[理智],因为 nous[理智]具有普遍意义,属于所有能思考的人类,而不是"众多之人"。然而,包含有法(nomos)之意的圈围或神圣之地,明确地表明其具有自身特定的,与众不同的秩序,为实现该秩序的特殊性,就需要一个具有洞察力且"足智多谋"的水手。(《大地的法》,页 45)

施米特并没有明言,那位"具有洞察力且足智多谋的水手"是谁。而且,在前一段中,他曾不无调侃地将"足智多谋的水手"说成"最早的社会心理学家",嘲讽那些实证主义法学家从"认识论的角度解读 nous[心智],简直可以视其为新康德主义的先驱"。他甚至故意将孟德斯鸠、赫尔德,甚至赫尔帕赫和凯泽林伯爵说成是奥德修斯的"真实而动人的写照"(页 45),似乎这些近代思想前辈能带领《大地的法》的读者冲破 19 世纪实证法学的迷障,重新认识大地之上的 nomos。凡此说法都不过是反讽,施米特随即话锋一转,毫不客气地说:

> 但是,在我看来,把城邦和城郭(ἄστεα)同表示精神、理性和心性的词语 nous[理智]联系在一起是荒谬的。因为 nous[理智]是普遍适用于所有人的,一个受到保护的城郭不存在自己特有的 nous[理智],但具有自身特定的 nomos[法]。(《大地的法》,页 45)

　　将 nomos 与 nous 混为一谈的"现代心理学（关于精神的研究）"，依据不同城邦的品性提出了"历史-社会心理学主题"，在施米特看来，这完全背离了 nomos 真正的原初含义，这种理解不仅令古人觉得不可思议，也绝不可能理解真正的法。施米特随即引用品达的诗句：

　　Nomos Basileus[法即王者]。

　　施米特颇具深意地指出，希罗多德在《原史》(3.38)中曾引用过这句诗。施米特此前区分了"众多之人"与"所有能思考的人类"，这两类人在不同城邦都能见到，前者人数众多，却不见得有 nous[心智]。毕竟，大地之上，能思考的人从来都是少数。这些有心智的少数人是为众多之人建立法的王者吗？施米特没有明说。只是在"荷马意义的法"一节结束时，他才最后提醒读者们，倘若要探看大地上诸城邦的法，"需要一个具有洞察力且'足智多谋'的水手"，即需要借助一个奥德修斯式的王者眼光。①

　　施米特暗示，他自己才是这个"老水手"。在《大地的法》中，这位老水手将借助古典的智慧，引领有心智并能严肃思考的人将眼光转向大地-海洋，深入理解人类空间秩序的历史嬗变：秩序与场域何时以及如何完成"结构导向性汇合"，最终成为现在的大地法。

　　在第四篇引论结束时，施米特宣称，对于生活在"业已被现代科学测量过的地球上"的人们，无论是帝国、国家，还是各种政体的统治者及其政治体，开辟一个新时代和新纪元的基础必然是"新的空间分配、新的圈围和新的大地空间秩序"。既然如此，重新奠定

---

①　其实，在《奥德赛》中，荷马在奥德修斯返乡漂泊历险的明线之下，暗中的主线则是出城的王者如何通过对各种城邦政制的考察和比较，重新打造出具有哲人-王的洞察力的思考。参见"特勒马科斯游历的政治寓意"一节。

新的大地法势在必行。

现代全球化的"法"原义

《新科学》借"神学的外衣"强调了人类社会的法权起源的神圣性，同时又用语源学和神话学的例子暗中摧毁了法权起源的神圣性，以便为基督教上帝的"神意"所制定的"法"留下历史空间。换言之，在维柯笔下，"诗性智慧"与野蛮的原初生活秩序联系在一起。维柯对新教徒霍布斯的反驳在于：自然状态并非没有"法"，毋宁说，自然状态自有其"法"。我们尤其值得注意到维柯的"循环往复"说：欧洲近代历史中出现的残酷战争，是野蛮的自然状态的"复现"。既然如此，霍布斯的法学就无异于在提供一种野蛮的自然状态的"法"。当我们读到施米特下面这段话时，我们不得不说，施米特与维柯心有灵犀：

> 这些"利维坦"依据条约进行自我约束，但事实上，这是一种问题多多，具有高度不确定性的法律。这不过是一群利己主义者和无政府主义的联合，指望他们自我约束，岂不是开玩笑？ 实际上，传统的约束力——例如教会、社会、经济的力量——倒更具持久性。因此，这个时代的法（nomos）是另外一种不同的，更坚固的结构。（《大地的法》，页 125）

通过批判 19 世纪以来实证主义法学导致的法学概念和语词混淆，《大地的法》返回"法"的原初意义，绝非是要"为过时的神话赋予人为的新生命"，而是要为我们理解现代欧洲公法问题提供一个历史的基础："法的原初含义"与"最初的占取行为"连在一起，不正是现代欧洲民族国家兴起，罗马天主教的空间秩序观念遭到遗弃后的现实吗？

　　换言之,施米特强调"占取"在大地法权中的核心位置,将"具体的秩序"与"最初的场域"结合,意在强调中世纪的秩序观的历史意义。19 世纪以来的实证法学强调"章程、规章、命令、措施"等等,听起来十分理性化,实质上不过是对"仅有合法性(Legalität)之法律赋予原始意义的行为"(《大地的法》,页 40)。

　　由此我们可以理解,为何在五篇引论文中,题为"基督教中世纪国际法之解读"位于中间位置。施米特以与维柯相同的方式充分展示现代的大地法的"占取"含义,为的是提醒欧洲人,中世纪基督教的法学观念并没有过时。按照基督教的法学观:

　　　　法可以被视为城墙,因为城墙也建立在神圣定位的基础上,法也可以像土地和财产一样不断成长与繁殖:一个神圣的法可以"养育"出全部的人类诸法。(《大地的法》,页 37)

　　这意味着"法"其实有两个来源:源于大地的自然状态的"法"和基督降临所带来的"神圣的法"。Nomos Basileus[法即王者]听起来是个希腊的表述,但基督同样是"王"。事实上,希腊的"王者"概念极为含混,僭主也可以被称为"王"。

　　引论第四篇对"法"与"法律"做了概念性的区分之后,施米特马上转入讨论"作为统治者的法"。这一表述出自亚里士多德《政治学》卷四第四章。亚里士多德在此主要探讨平民政治体与贵族政体的优劣问题,"作为统治者的法"的原文是 ἄρχειν δὲ τὸν νόμον[出自礼法的统治],而且短短五行重复出现了两次(《政治学》1292a1–5)。亚里士多德强调,在两类平民政治体中,法具有统治的权威性,其共同特征是:全体具有城邦民身份的人皆可"参与行政管理"。他马上又列举了第三种平民政治体,在这种政体内部,民众代替法行使权力,民众的决议取代法成为最高的统治权威,究其原因在于：

> 造成这一后果的正是那些蛊惑人心的平民领袖们。
> 因为在依法统治的平民政治体中没有平民领袖的位置，
> 主持公务的是那些最优秀的城邦民，然而一旦法失去其
> 权威，平民领袖就应运而生了，平民大众合成了一个单一
> 的人格，变成高高在上的君王；民众并不是作为个人执政
> 掌权，而是作为众人的整体。……这种性质的平民，由于
> 挣脱了法的束缚，就俨然以君主自居，寻求君主式的统治
> 权力，就滋生了极权专制，奸佞之人在这种政体中得势，
> 这种性质的平民制就好比是从君主政体中演变出来的僭
> 主的敕令，而平民领袖与僭主佞臣相比，简直是一丘之
> 貉。（《政治学》1292a8—21）

在亚里士多德所描述的第三种平民政治体中，平民领袖僭越
身位，取代了法的统治地位，民众则抽象为一个单一的人格，平民
领袖以全体人民的名义实行君主式的统治。在亚里士多德看来，
这是极权专制的源头，甚至不能称其为政体，因为"法失去了权威，
政体也就不复存在"（《政治学》1292a33）。

施米特在"作为统治的法"一节中，绝口不提所引原文的语境，
仅轻描淡写地指出："作为统治者的法"是与"平民统治"相对立的
概念，并且法的统治建立在"均衡、适中、稳定的土地财产制度基础
之上"。施米特还特意标注此观点在《政治学》中的详细出处。倘
若我们不能设想施米特的记忆力和文献功夫不可靠，那么，他在此
很可能更改或者说推进了亚里士多德的原意。

这意味着，施米特暗示民主政体与法的统治不相容，其观点的
尖锐之处在于：民主政体既谈不上合法性也谈不上正当性。

　　"法"在本义上完全是非间接性地，即不需要通过法
律而获得"法权之力"（Rechtskraft），"法"是一种建构性
的历史事件，而建构正当性（Legitmitä）的行为，即对仅
有合法性（legalität）之法律赋予初始意义的行为。（《大
地的法》，页 43）

　　施米特所称的"一种建构性的历史事件"即最初的占地，"所谓
的'法'就是专属强者的恣意法权"。他不无调侃地说，这种说法如
同当代德国的法律实证主义的表达："实然就是应然，事实即为
法律。"

　　不过，在第一章临近结束时，施米特专门对这一令人震惊的说
法做了澄清。他犀利地指出，19 世纪法律实证主义是非基督教和
无神论的，而现代法律的实证主义是法学家们理想幻灭后的结果：
弃精神转而追求"自然科学至上、工业-技术进步，以及新的革命正
当性"。《大地的法》后三章所描述的，正是大地的法脱离罗马天主
教秩序后的现代转向过程：离基督教欧洲的秩序与场域的统一体
越来越远的历史过程。

　　在现代欧洲已然离弃上帝这个统治者权威的历史处境中，施
米特除了目睹全球化的"法"不断引出一个又一个恶果，这位化身
奥德修斯的"老水手"还能有何作为呢？

　　沃格林说，欧洲古典文明"法"的秩序瓦解之后，给欧洲心智带
来了无以复加的绝望和荒谬感，为了反抗生存的荒谬感，加缪
（1913－1960）数十年来如一日，一直保持着沉思张力。沃格林非
常好奇：加缪从哪里寻得精神的力量来支撑自己在绝望中的思考？
他看到，加缪寻获的精神力量最终来自奥德修斯的故土：

　　Nous choisirons Ithaque, la terre fidèle, la pensée auda-
cieuse et frugale, l'action lucide, la générosité de l'homme

qui sait[我们将选择伊塔卡,那方忠诚的土地,无畏的思想,明智的行动,还有知晓之人的慷慨]。①

对欧洲最后一位公法学家施米特来说,情形恐怕同样如此。

---

① 沃格林,《记忆》,朱成明译,上海:华东师范大学出版社,2017,页460。

图书在版编目(CIP)数据

荷马之志——政治思想史视野中的奥德修斯问题/贺方婴著.
—上海:华东师范大学出版社,2019
ISBN 978-7-5675-9100-4

Ⅰ.①荷⋯　Ⅱ.①贺⋯　Ⅲ.①史诗—诗歌研究—古希腊
Ⅳ.①I545.072

中国版本图书馆 CIP 数据核字(2019)第 061106 号

政治哲学文库

荷马之志——政治思想史视野中的奥德修斯问题

著　　者　贺方婴
责任编辑　彭文曼
封面设计　吴元瑛

出版发行　华东师范大学出版社
社　　址　上海市中山北路 3663 号　邮编　200062
网　　址　www. ecnupress. com. cn
电　　话　021 - 60821666　行政传真　021 - 62572105
客服电话　021 - 62865537
门市(邮购)电话　021 - 62869887
地　　址　上海市中山北路 3663 号华东师范大学校内先锋路口
网　　店　http://hdsdcbs. tmall. com

印 刷 者　上海盛隆印务有限公司
开　　本　890×1240　1/32
插　　页　2
印　　张　9.5
字　　数　180 千字
版　　次　2019 年 4 月第 1 版
印　　次　2019 年 4 月第 1 次
书　　号　ISBN 978-7-5675-9100-4/B・1183
定　　价　68.00 元

出 版 人　王　焰

(如发现本版图书有印订质量问题,请寄回本社客服中心调换或电话 021 - 62865537 联系)